TUDO POR VOCÊ

Shannon Stacey

TUDO POR VOCÊ

Tradução
Gracinda Vasconcelos

HARLEQUIN®

2016

Título original: ALL HE EVER NEEDED

Originalmente publicado em 2012 por Carina Press

Publisher: Omar de Souza
Gerente editorial: Livia Rosa
Assistente editorial: Tábata Mendes
Editora: Juliana Nóvoa
Estagiária: Caroline Netto

Arte-final de capa:
Ô de Casa

Editoração Eletrônica:
ABREU'S SYSTEM

Impressão:
RR DONNELLEY
www.rrdonnelley.com.br

Distribuição para bancas de jornais e revistas de todo o Brasil:
Dinap Ltda. – Distribuidora Nacional de Publicações
Rua Dr. Kenkiti Shimomoto, nº 1678
CEP 06045-390 – Osasco – SP

Editora HR Ltda.
Rua Nova Jerusalém, 345
Bonsucesso, Rio de Janeiro, RJ – 21042-235

Contato:
virginia.rivera@harlequinbooks.com.br

CAPÍTULO 1

MITCH KOWALSKI estava a quase cem quilômetros por hora quando passou veloz pela placa "bem-vindo a Whitford, Maine", e teria sorrido, se sorrir em uma Harley, no crepúsculo, com um capacete aberto, não significasse engolir um grande número de insetos.

Estava em casa novamente. Ou estaria, depois que passasse direto pelo centro do vilarejo e pilotasse a moto, com cuidado, ao longo da estrada de terra que levava à Northern Star Lodge. Embora se sentisse ansioso para chegar, aliviou o acelerador quando as primeiras luzes da rua principal surgiram em seu raio de visão.

Fazia três anos que não visitava sua terra natal, mas ele poderia trafegar na estrada com os olhos fechados. Passaria pela agência de correios, onde conseguira seu primeiro emprego de verdade – e depois o perdera, porque folhear a revista *Playboy* do velho de Farr era muito mais interessante do que classificar contas de luz. Em seguida, vinha a Whitford General Store & Service Station, de propriedade de Fran e Butch Benoit. No primeiro ano do colegial, ele levara a filha do homem ao baile e depois lhe dera uns amassos de encontro ao quadro-negro em uma sala de aula vazia.

Mitch reduziu a marcha e parou em um cruzamento de quatro vias que passava pelas principais interseções do vilarejo. À esquerda, havia duas fileiras de prédios de tijolos antigos que abrigavam o banco e a sede da prefeitura da cidade e algumas pequenas empresas. À direita, situava-se o departamento de polícia, que sempre contara com a presença dos rapazes Kowalski na juventude, e a biblioteca, que era um território de caça fértil para um adolescente tentando dissuadir as meninas inteligentes a deixarem de lado seus trabalhos de álgebra.

Sim, era bom estar em casa, mesmo que todo o comércio já estivesse fechado àquela hora. O povo de Whitford sabia que, se tivessem negócios a tratar no centro do vilarejo, deveriam fazê-lo antes do noticiário noturno. Ele atravessou o cruzamento, mas não foi muito longe, antes de o velho restaurante chamar sua atenção. Ou melhor, o letreiro, já que se encontrava iluminado.

Na última vez que passara ali, o lugar havia sido fechado devido a problemas econômicos e um proprietário que não se preocupou o suficiente para tentar salvá-lo. Mas agora havia um novo nome no letreiro, alguns carros no estacionamento e a luz vermelha de néon na janela era um indício de que estava aberto.

Seu estômago se manifestou, embora o sentisse mais do que ouvisse o barulho, devido ao ronco potente de sua moto. Mitch resolveu parar no estacionamento. Josh, seu irmão, não o esperava, a menos que as caixas de roupas e outras coisas que ele enviara na frente tivessem chegado. Além do mais, não comia há horas. Em vez de ir vasculhar as sobras na cozinha da hospedaria, decidiu fazer um lanche rápido antes de seguir viagem.

A primeira coisa que notou ao passar pela porta da frente foi a decoração totalmente remodelada, inspirada nos anos 1950, com uma profusão de vinil vermelho e mármore preto e branco. A segunda, foi a pessoa atrás do balcão, uma mulher que ele nunca vira antes, o que era raro em Whitford.

Imaginou que ela devia ter aproximadamente 30 anos, sete anos mais jovem que ele, o que parecia adequado para ela. Possuía uma vasta cabeleira castanha torcida e presa em um daqueles nós desarrumados que imploravam para ser soltos. Calça jeans e uma camiseta com o logotipo do restaurante aderiam-se às suas curvas suaves. No dedo anelar, não havia qualquer aliança de ouro ou marca de sol recente.

Um pequeno retângulo de plástico se encontrava preso acima da bela elevação do seu seio esquerdo. Crachás eram raros em uma cidade onde as relações se formavam em parques infantis e se cimentavam na caixa de areia dos jardins de infância, por isso o detalhe chamou sua atenção. No momento em que se sentou em um banco com estofado vermelho, no bar, Mitch teve oportunidade de ler o que estava escrito. *Paige.*

De modo deliberado, virou-se de costas para os dois outros casais que se encontravam no local, esperando não ser reconhecido. Primeiro, porque preferia que Josh soubesse que ele estava de volta à cidade pela sua própria boca, não pela de outros. E, segundo, porque estava muito mais interessado em, talvez, se familiarizar com Paige do que voltar a se relacionar com quem quer que fosse que estivesse no estabelecimento.

– Café, senhor?

– Por favor. – Os olhos dela eram castanhos, ainda mais escuros do que o café que ela lhe verteu em uma caneca de tamanho grande. – Você é nova aqui?

Ela lançou-lhe um olhar por sobre o ombro, enquanto colocava a jarra na cafeteira outra vez.

– Trabalho aqui todos os dias, há quase dois anos, mas nunca o vi antes. Nova é relativo, suponho.

Mitch pegou um cardápio que se encontrava entre a bandeja de condimentos e o porta-guardanapo, imaginando se as opções de comida também haviam sido atualizadas, assim como o letreiro e o vinil.

– Tomei o primeiro sorvete da minha vida naquela mesa ali.

Ela encostou o quadril de encontro à ilha de aço inoxidável da cafeteira e o avaliou.

– Alto, moreno, bonito, lindos olhos azuis. Você deve ser um dos irmãos de Josh.

Em geral, os homens não gostavam de ouvir que possuíam algo *lindo*, mas ele aprendera, muito tempo atrás, que ter olhos lindos ajudava a conquistar lindas mulheres.

– Sou o mais velho. Mitch.

O sorriso iluminou o rosto dela de tal modo que a elevou de apenas atraente a terrivelmente atraente.

– Oh, ouvi algumas histórias a seu respeito.

Mitch podia apostar que sim. Não havia escassez de histórias sobre ele e os irmãos na cidade, mas não pôde deixar de se perguntar se ela ouvira sobre aquela no banco de trás do carro do pai de Hailey Genest, já que era uma das mais contadas em Whitford. Diziam os rumores que, quando o pai de Genest finalmente trocou o veículo por um modelo mais novo, as manchas de vinho barato no tapete e as marcas de unhas de Hailey ainda podiam ser vistas no couro do Cadillac.

Mesmo tendo apenas 17 anos na ocasião e Hailey, 19, ele ainda ouviria falar sobre aquelas marcas se ousasse ficar ao alcance da voz do sr. Genest. Considerando que a sra. Genest parecia um pouco mais especulativa do que censuradora, tendia a evitá-la também. E isso não era fácil em uma cidade como Whitford, mas ele podia ser rápido quando precisava ser.

– Então, você é o que manda tudo pelos ares? – perguntou ela, quando ele não teceu qualquer comentário sobre as histórias que ela ouvira, como se não houvesse nada para dizer – embora pudesse haver um pouco de exagero aqui e ali, a maioria delas provavelmente era verdadeira.

– É, pode-se dizer assim. – Ou ela poderia dizer que ele era um dos especialistas em demolição controlada mais respeitados do país. Sua formação, trabalho árduo e registro de segurança não excitavam as pessoas, tanto quanto o pensamento de ele ser pago para explodir coisas. – Ainda tem bolo de carne no menu?

– A primeira coisa que o pessoal da prefeitura me disse quando solicitei um alvará é que não se pode ter um restaurante na Nova Inglaterra sem o bolo de carne moída no cardápio.

– Vou querer um, e pagarei por uma porção extra e mais uma tigela de molho.

– Que tal se eu lhe oferecer os extras como um presente de boas-vindas?

– Eu agradeço – disse Mitch, com um de seus encantadores sorrisos, um que fazia seus *lindos* olhos azuis cintilarem – pelo menos, era o que lhe diziam. E, considerando que quem lhe dizia eram mulheres prestes a deixá-lo passar para a segunda base, sentia-se inclinado a acreditar nelas. Podia notar, pelo rubor subindo pelo pescoço de Paige, que ela não era imune ao seu charme. Nem ele imune ao balanço sutil de seus quadris, enquanto ela caminhava até a janela que dava acesso à cozinha e entregava o pedido a um jovem, que ele tinha certeza de que se tratava do filho mais velho de Mike Crenshaw. Gavin era o nome do rapaz.

Demolir um velho cassino no centro aglomerado de Las Vegas para a construção de um maior fora um trabalho extenuante, por isso fazia, pelo menos, uns dois meses que Mitch não despendia energia entre os lençóis. E um relacionamento de seis semanas seria perfeito. Poderia desfrutar do *estou interessada em conhecer você, conheço você o suficiente para fazermos sexo*, mas dar o fora antes do *estou apaixonada por você, Mitch*.

Mitch apreciou a curva suave do quadril de Paige, quando ela se abaixou para pegar um pote de pacotes de açúcar, e sorriu. Era muito bom estar em casa.

Ouvir as histórias e, céus, algumas eram picantes, não preparou Paige Sullivan para a realidade de ter Mitch Kowalski ocupando um banco em seu restaurante. Com seus vastos cabelos escuros, olhos azuis e sorriso fácil, ele podia ser um astro do cinema, não um cara comum à procura de uma porção de bolo de carne.

E talvez um pouco de companhia, a julgar pelo que ouvira falar a seu respeito. Em tese, estava sempre disposto a um pouco de companhia. Para o seu azar, e talvez para o dela também, tudo o que ele conseguiria no Trailside Diner seria uma refeição por um preço baixo.

– Então, de onde você é?

Paige deu de ombros, sem desviar o olhar do açucareiro que estava reabastecendo.

– Originalmente, sou de vários lugares. No momento, sou de Whitford.

– Filha de militar?

– Não. Mãe com um... espírito aventureiro. – Mãe com alguns parafusos soltos seria mais preciso, mas não tinha o hábito de compartilhar sua história de vida com os clientes.

– Como veio parar aqui?

– Aquele velho clichê: meu carro quebrou e nunca mais parti. – Paige verteu mais café na caneca dele, mas estava ocupada demais com as sobremesas da mesa seis para ficar próxima ao balcão batendo papo. Enquanto montava as fatias de bolo com creme de chantili e morangos, ficava cada vez mais ciente do olhar de Mitch sobre ela. E não apenas um olhar ocasional, porque ela era a única coisa em movimento na sua linha de visão. Não, ele estava descaradamente avaliando-a. Considerando que ela estava desacostumada a ser objeto de interesse, o escrutínio a incomodou, e o fato de ele ser o cara mais bonito que entrara no Trailside Diner desde de sua reinauguração não ajudava.

Nada de homens, lembrou a si mesma. Estava celibatária. Ou em estado de abstinência. Ou qualquer palavra que significasse que ela não aceitava o convite tácito nos olhos de um homem para fazer sexo, não importava o quanto fosse atraente. Nada de homens.

Gavin chamou-a poucos minutos depois de ela ter servido as sobremesas, e Paige pegou o prato com o bolo de carne na janela. Mitch deu um sorriso bastante apreciativo antes de pegar o garfo.

Ignorando a excitação que aquele sorriso lhe causou, porque, caramba, não estava excitada, virou-lhe as costas e começou a preparar outro bule de café fresco. Normalmente, não o prepararia próximo da hora de fechar, em uma noite, durante a semana, mas não tinha o suficiente para encher uma caneca se seus clientes estivessem dispostos a renunciar ao sono em favor de um pouco de cafeína e conversa fiada.

Assim que o café ferveu, Paige pegou uma bacia plástica limpa e saiu para o salão, passando de mesa em mesa para recolher frascos de ketchup, tentando não pensar no homem sentado no bar. Sabia que Mitch Kowalski exercia um trabalho perigoso e, com certeza, tinha a aparência de um rebelde, de calça jeans surrada e camiseta preta que se aderia a um peito que denotava árduo exercício físico.

Pensando bem, ela sabia bastante a respeito do mais velho dos Kowalski. Embora todos os irmãos gozassem da fama de mais cobiçados da cidade, podia-se ver um brilho especial nos olhos da população feminina quando o nome de Mitch era mencionado. No encalço do brilho vinham os detalhes e, se havia algo que ela sabia sobre aquele homem, era que ele não decepcionava.

Usando os quadris para empurrar as portas de vai e vem, Paige levou a bacia com os frascos de ketchup de volta ao refrigerador. Não os reabasteceria até a manhã seguinte, mas aguardou um minuto, esperando que o frio refrescasse seu rosto superaquecido. Certo, talvez seu corpo também.

Se um Mitch de 17 anos de idade podia fazer uma jovem cravar as unhas no assento de couro do carro novo do pai, o que um Mitch experiente, de trinta e poucos anos, seria capaz de fazer? Não que pretendesse fazer algo com ele, uma vez que se encontrava em abstinência, mas imaginar não fazia mal a ninguém.

O mais estranho nas histórias sobre Mitch Kowalski era a falta de animosidade. Não parecia possível que um homem pudesse namorar uma boa porcentagem de mulheres em uma cidade pequena, sem deixar um rastro de ciúmes e corações partidos. Mas, pelo visto, ele conseguia. Nostalgia e um brilho sonhador no olhar era o legado que deixava para trás.

Faltando cinco minutos para fechar o estabelecimento, quase todos os clientes já haviam ido embora, com exceção de Mitch e um casal de idosos que desfrutava suas canecas mornas de café descafeinado. Ela caminhou até a porta da frente e retirou a placa de "aberto". Para substituir sua garçonete, Ava, que trabalhava no último turno e estava doente, Paige se ocupara de tudo sozinha, das 6h às 21h, e estava louca para ir se deitar. .

Mitch a encontrou na caixa registradora com a conta e o dinheiro nas mãos.

– A que horas é o desjejum?

– Às 6h. – Pelo menos ela conseguiu não gemer em voz alta, temendo o alarme das 4h30.

Ele riu e meneou a cabeça.

– Deixe-me reformular a pergunta. Até que horas posso tomar o desjejum?

Não ocorrera a Paige que teria de vê-lo com tanta frequência. Seria muito mais fácil resistir à tentação quando a tentação não estivesse sentada em seu bar, observando-a trabalhar.

– Durante o dia todo, mas não servimos ovos pochê após às 11h.

Mitch pareceu querer dizer algo mais, mas o casal da mesa seis percebeu que estava na hora de fechar e caminhou em direção à caixa registradora. Após lhe dar outro sorriso que a fez sentir outra onda de excitação proibida, ele saiu, e Paige se concentrou nos últimos clientes de um dia demasiado longo.

Quando se dirigiu à porta da frente para fechá-la, viu Mitch no estacionamento, preparando-se para pegar a estrada, sobre o que parecia ser uma moto possante. O ruído potente da máquina soava diabólico. Embora os alforjes de couro a impedissem de ver as coxas dele, Paige não pôde deixar de notar a forma como o tecido da camiseta se retesava sobre seus ombros largos.

Quando Mitch partiu em direção ao asfalto, virou a cabeça e, por um longo minuto, seus olhares se encontraram. Em seguida, ele sorriu e acelerou, desaparecendo na escuridão da noite.

Nada de homens. Paige apagou as luzes exteriores e se afastou da luz dos faróis, agora a distância. Por dois anos, evitara ter um homem em sua vida. Mas a tentação nunca viera em um pacote como Mitch Kowalski.

MITCH ESTAVA ao lado de sua moto com os braços cruzados, o prazer de estar em casa eclipsado pela condição da Northern Star Lodge.

Como as coisas podiam ter se deteriorado tanto em apenas três anos? A frente da hospedaria, visível através da iluminação do jardim, se não estava completamente destruída, encontrava-se em péssimo estado de conservação. A pintura da varanda estava descascando; os arbustos, tomados pelas ervas daninhas. Uma das barras do guarda-corpo da escada estava faltando. Não queria sequer imaginar como o lugar pareceria à luz do dia.

Seu bisavô construíra a hospedaria como um refúgio familiar quando os Kowalski estavam prosperando, e o local começara sua vida como uma sólida propriedade da Nova Inglaterra com um enorme pórtico de fazenda. Fora pintada com o branco tradicional, e as venezianas, originalmente pretas, receberam, mais tarde, uma camada de tinta verde-escura, um esforço de sua mãe para torná-las menos austeras. Podia ver que uma dessas venezianas estava faltando e várias se encontravam um pouco tortas. Todas estavam necessitando de pintura.

Em algum momento, seu bisavô mandara construir um igualmente sólido anexo em formato de "L" nos fundos, com uma grande cozinha, sala de jantar formal no térreo e quartos para a criadagem no segundo andar.

No entanto, seu filho, o vovô Kowalski, tivera problemas com o mercado de ações. Era mais aventureiro do que homem de negócios experiente e, quando a riqueza da família se foi, juntamente com a residência, na cidade, ele transformou a casa de veraneio em um clube de caça exclusivo, e assim nascera a Northern Star Lodge. Os aposentos dos criados transformaram-se em quartos para a família. Com a geração seguinte, os caçadores cederam lugar aos praticantes de motoneve e agora Josh dirigia o lugar, embora os cinco irmãos fossem proprietários.

As tábuas rangeram sob o peso dos seus pés quando Mitch subiu os degraus que levavam à pesada e rangente porta de carvalho. O lugar estava um desastre.

O salão se encontrava iluminado, e seu irmão, Josh, esparramado em um dos resistentes sofás de couro marrom, com uma bota de gesso, flagrantemente branca, até o joelho. Havia um conjunto de muletas no chão, na frente do sofá. Josh tinha uma cerveja em uma das mãos e uma lata fechada na extremidade da mesa ao lado da cadeira favorita de Mitch. Ele afundou-se nela e abriu a lata de cerveja.

– Como sabia que eu estava a caminho?

– Mike Crenshaw viu você no restaurante quando voltava do VFW. Ele disse à esposa, que ligou para Jeanine Sharp, que ligou para Rosie, no bingo. E ela me ligou avisando.

Rosie Davis era criada, dona de casa e mãe substituta na hospedaria desde que Sarah Kowalski morrera, vítima de um aneurisma, quando Mitch tinha 12 anos.

– Veio bancar a minha babá?

A julgar pela aparência, Josh parecia de fato estar precisando de uma babá. E de uma ducha. O pai havia passado seus genes para todos os filhos. Todos, até mesmo Liz, eram magros e altos, mas havia diferenças. Josh tinha um rosto redondo e o nariz da mãe; Ryan e Sean, a mandíbula mais quadrada e o nariz do avô; Josh e Mitch, os cabelos escuros do pai, enquanto os outros o castanho-claro da mãe. O rosto de Mitch era másculo, com o nariz dos Kowalski, e ele era o mais belo dos irmãos, naturalmente. Todos possuíam o mesmo tom dos olhos do pai, também. Um azul brilhante que fazia as pessoas, em especial as mulheres, dar uma segunda olhada.

Muitas pessoas não se arriscariam a dar um segundo olhar a Josh naquele momento. Seus cabelos estavam um desastre, e parecia que não fazia a barba há alguns dias. A calça de moletom surrada, com uma das pernas cortadas na altura do joelho, para acomodar o gesso, e a camiseta, manchada pelo que parecia ser molho de espaguete, só pioravam ainda mais a sua aparência.

– Eu tenho cara de babá? – Mitch tomou um longo gole de cerveja, considerando a melhor maneira de lidar com o irmão. Confronto tendia a não funcionar bem com os Kowalski. – Ouvi dizer que havia uma nova garçonete gostosa na cidade. Pensei em vir conferir.

– Está bem. Rosie ligou para você?

– Claro que sim. Seu gesso provavelmente ainda não havia secado e ela já estava ao telefone. Quando foi a última vez que tomou uma ducha?

Josh bufou.

– Não posso tomar uma ducha. Tenho de tomar banho como uma mulherzinha, com esta maldita coisa apoiada na lateral da banheira.

– Coloca algumas gotas perfumadas com aroma de frutas?

– Vá se danar! Quanto tempo vai ficar desta vez? Três dias? Uma semana inteira?

Cansado. Seu irmão parecia mais cansado do que qualquer outra coisa, e Mitch sentiu uma pontada de preocupação. Josh, sem dúvida, estava com péssima aparência.

– Rosie disse que você estava podando o grande carvalho na frente e caiu.

– Não caí. A escada derrapou. – Ele deu de ombros e tomou um gole de cerveja.

– Provavelmente porque você a escorou contra a sua caixa de ferramentas na parte traseira da caminhonete.

– Sem dúvida. Não havia uma escada alta o suficiente.

– Por que não chamou um serviço de podas de árvore?

– Puxa, sr. Renomado Engenheiro, por que não pensei nisso antes?

Em vez de morder a isca, Mitch bebeu a cerveja e esperou que Josh percebesse que estava agindo como um tolo. Não fora ele o estúpido que escorara uma escada na parte traseira de uma caminhonete nem o teimoso que não quisera pedir ajuda; logo, não aceitaria provocações infundadas.

– Certo. Eu deveria ter chamado um serviço de podas de árvores. Mas não chamei. Agora minha perna está quebrada. Feliz?

– Não seja idiota. – Mitch sorveu o último gole de cerveja e jogou-a no cesto de lixo que alguém, provavelmente Rosie, havia colocado ao lado do sofá para recolher a substancial coleção de latas vazias do irmão. – Quantas das que estão aqui você bebeu hoje?

– Não o suficiente. – Josh bebeu o restante da cerveja, antes de amassar a lata com a mão e deixá-la cair no cesto junto com as outras.

Mitch não tinha certeza do que estava acontecendo, mas, fosse qual fosse o problema de Josh, não se devia apenas à perna quebrada. Toda vez que voltava para casa – o que não acontecia com tanta frequência quanto deveria –, era obrigado a admitir que a atitude de Josh parecia subir um nível na escala de imbecilidades.

– Por que não toma um banho amanhã de manhã e eu o levo para o desjejum no restaurante? – perguntou Mitch. – Podemos sentar e apreciar a nova garçonete trabalhar.

– Paige? Ela é a proprietária, não uma garçonete, e não está interessada.

– Ela estava interessada.

– Todos os caras em Whitford tentam sair com ela e, eu estou lhe dizendo, ela não está interessada. Vive aqui há dois anos e todos sabem que não teve um único encontro. E, nesta cidade, qualquer um saberia.

Mitch recordou a maneira como ela evitara fitá-lo nos olhos, o modo como corara, e decidiu que Paige estava apenas esperando o cara certo aparecer. Não havia falta de interesse da sua parte e, assim que ela percebesse que ele era o cara certo, em todos os sentidos, estaria mais do que disposto a quebrar seu suposto período de seca de dois anos. Poderiam se divertir um pouco, enquanto ele colocava a Northern Star em ordem, e depois ele lhe daria um beijo de adeus e partiria para o próximo trabalho, sem pesares e ressentimentos. Como sempre acontecia.

CAPÍTULO 2

Aos 56 anos, Rose Davis tinha coisas melhores a fazer do que tomar conta das crianças Kowalski. Coisas como tricotar um estoque de cobertores para o neto que sua filha, Katie, não parecia estar com a menor pressa de lhe dar. Talvez fazer uma longa e agradável viagem até o luxuoso casino em Connecticut com as amigas.

Mas cuidava daquelas crianças desde que tinham doze, onze, nove, sete e cinco anos de idade, e ainda não se sentia capaz de deixá-los. E, pelo visto, jamais se sentiria, ou pelo menos não até que encontrassem pessoas especiais dispostas a se casar com eles e fazê-los parar de agir como tolos. Após a morte da mãe deles, e com o pai tentando manter a hospedaria funcionando bem o suficiente para sustentar os cinco filhos, Rosie abrira mão de quase tudo para manter as crianças na linha. Tinha sua própria filha, Katie, para educar, mas, com a ajuda de Mary, a tia das crianças, que vivia em New Hampshire e criava quatro filhos, conseguira ajudá-los a crescer e a se transformar em adultos razoavelmente bem-ajustados.

Razoavelmente bem-ajustados e preguiçosos, tendo em vista que já eram 8h da manhã e Mitch ainda não arrastara o traseiro para fora da cama para lhe dizer "olá". Na noite anterior, ela dera uma carona à amiga Darla até o bingo, onde ficara sabendo que Mitch havia chegado à cidade. Como não pôde deixar o local até finalmente a amiga perder as esperanças de ganhar, os rapazes já haviam se deitado quando ela chegou em casa. E, quando cedera à tentação de pressionar a orelha contra a porta do quarto de Mitch, ouviu o ruído do seu ressonar. Tudo levava a crer que estava cansado da longa viagem até o Maine. Apesar de se sentir tentada, ela não o acordou.

Mas fazia três anos que o garoto estava fora de casa e ela queria muito vê-lo, então resolveu ligar o aspirador de pó. Era um aparelho antigo com um motor barulhento, e ela não tomou o cuidado habitual para evitar bater nas paredes do corredor do lado de fora do quarto dele.

Não levou dez minutos, e Mitch saiu do quarto com os cabelos desgrenhados, a mandíbula desalinhada e um sorriso sonolento.

– Oi, Rosie.

Ela mal teve tempo de deligar o aparelho, antes de ser envolvida em um caloroso abraço de urso. Mitch apoiou o queixo sobre o topo de sua cabeça e Rosie sabia que, se se permitisse recordar de quando isso não acontecia, acabaria em prantos.

– Três anos é muito tempo – disse ela, quando ele a apertou com mais força.

– Eu sei. Queria vir para os feriados, mas a maioria dos meus auxiliares tem esposas e filhos, e peguei o hábito de substituí-los para que pudessem ficar com as famílias. Antes que eu me desse conta, se passaram três anos.

Rosie se soltou e deu um passo atrás para lhe lançar um olhar severo.

– Você tem família, também, mesmo não tendo se casado ainda. E não pense que não tenho orado para que isso aconteça.

Mitch fez uma careta, como sempre, e mudou de assunto.

– Falando em família, Josh ainda está lá em cima?

– Ouvi o barulho de água na banheira antes de começar a limpar, e ele estava xingando um bocado, então eu diria que deve estar no banho agora.

– O que está acontecendo com ele, Rosie? Parece tão cansado e irritado. E este lugar está caindo aos pedaços.

– As coisas estão difíceis, Mitch. Muito difíceis. Com a economia do jeito que está, o preço da gasolina e tudo mais, menos pessoas podem vir para cá passar uma semana ou até mesmo um fim de semana. Se a neve estiver boa o suficiente, esquiam localmente. Se não, não esquiam.

– Por que diabos ele não disse nada? Vem fazendo os depósitos, como de costume. Como poderíamos saber que a hospedaria está passando por dificuldades?

– Vocês não saberiam.

– Mas estamos juntos nisso.

– Não, não estão. – Ela lhe deu um sorriso caloroso, esperando amenizar um pouco a acidez das palavras. – Vocês foram cuidar das próprias vidas e Josh ficou sozinho para gerir este lugar. Ficou aqui quando você e Ryan foram para a faculdade, quando Sean entrou para o exército e Liz fugiu com aquele inútil. E tem cuidado de tudo sozinho desde que o pai de vocês morreu.

– Ele não precisava de nós.

– É claro que precisava.

– Então, por que não disse?

– Orgulho, talvez? Você decidiu se dedicar ao ramo de demolição, e agora, olhe para você. A Northern Star Demolition é uma das empresas de demolição mais importantes do país. Ryan enveredou pelo ramo da construção e agora constrói casas de milhões de dólares para pessoas abastadas e poderosas. Sean e Liz podem não estar tão bem financeiramente, mas estão lá fora, no mundo, fazendo o que querem fazer.

Mitch não conseguia entender. De todos os irmãos, Josh sempre fora o mais interessado na hospedaria. Acompanhava o pai e tentava dirigir o lugar desde que tinha idade suficiente para andar, e nunca mencionou querer fazer outra coisa na vida.

– Vou levá-lo ao restaurante para tomar um desjejum hoje. Talvez eu consiga fazê-lo conversar comigo.

– Seja prudente. – Rose colocou as mãos nos quadris e o imobilizou com um de seus olhares. – E por que não tomar café aqui e eu preparo sua torrada francesa favorita?

– Fará bem para ele sair um pouco. Só vamos até o restaurante para nos familiarizarmos com o local.

Como se ela não soubesse como funcionava a mente dos rapazes Kowalski!

– Deixe Paige Sullivan em paz. Ela é uma moça doce e está gostando de viver aqui. Não precisa de você para virar tudo de cabeça para baixo, antes de partir novamente e ficar fora sabe-se lá por quanto tempo.

Mitch sorriu, embora soubesse que era tempo perdido jogar seu charme para Rose.

– A propósito, qual é a história dela?

– Não é da sua conta, e você vai se manter afastado dela. Tem o suficiente para fazer aqui, ajudando o seu irmão. Não há necessidade de brincar com os sentimentos dessa mulher. – Um estrondo, seguido por alguns palavrões no fundo do corredor, deixou claro que Josh havia saído da banheira e, provavelmente, estava tentando se vestir, então Rosie apontou o dedo para Mitch. – Estou falando sério.

– Preciso tomar uma ducha. Não deixe Josh começar a beber cerveja antes de eu terminar.

– Ele não chegou a esse ponto – disse ela, balançando a cabeça enquanto Mitch entrava no quarto e fechava a porta. – Ainda.

Uma vez que ela chamara Mitch, não para lhe pedir ajuda com a hospedaria, mas para ver se ele conseguia tirar Josh do atoleiro que parecia estar afundado, Rosie esperava que Paige Sullivan não se tornasse uma distração.

Quatro e meia da manhã era a pior hora do dia.

Paige deu um tapa no despertador para fazê-lo parar de apitar e poder fechar os olhos novamente. Alguns minutos depois, porém, o alarme disparou mais uma vez. Com esforço, ela sentou-se e balançou as pernas na lateral da cama, antes de desligá-lo. Não gostava de acordar cedo, especialmente quando ainda estava escuro.

Enquanto caminhava com passos trôpegos em direção à pequena cozinha para pegar uma – não tão pequena – caneca de café, recordou-se pela enésima vez de que, se quisesse dormir, não deveria ter comprado um restaurante em uma cidade cheia de ianques madrugadores. Naquela manhã, estava sendo ainda mais difícil acordar pelo fato de que havia coberto o turno de Ava e saíra do restaurante na hora em que geralmente já estava na cama.

Então, quando por fim se viu entre os lençóis, perdera um tempo de sono precioso pensando em Mitch Kowalski e na maneira como ele a olhou antes de partir do estacionamento. Era um olhar que prometia... algo. Algo bom, talvez impertinente, e não tinha certeza do que mais. Mas ponderar as possibilidades a manteve acordada, virando-se de um lado para o outro, até desejar não ter conhecido aquele homem.

Uma vez vestida e, não, não se enfeitara mais do que o habitual, apenas porque havia a chance de ver o homem em questão de novo, deixou sua pequena casa móvel e caminhou a distância até a porta dos fundos de seu restaurante.

Havia adquirido um pacote, o restaurante antigo e fechado mais o pequeno – e ainda mais antigo – trailer por um preço razoável. Mas o mais importante é que ela gostara da cidade. Claro, poderia ter sido melhor comprar uma pequena casa, com um jardim mais vistoso do que a grama malcuidada entre o seu trailer e o estacionamento do restaurante. Mas gastara quase até o último centavo para reformar e reabrir o estabelecimento.

O mais importante, no entanto, é que lhe pertenciam. Seu nome constava na escritura do restaurante e do pequeno trailer. Finalmente fincaria raízes e, embora, ainda não fossem muito profundas, estavam se alastrando.

Carl, o cozinheiro do primeiro turno, parou sua caminhonete em uma vaga no estacionamento, enquanto ela abria a porta, e lhe deu seu costumeiro grunhido matinal. Carl era um homem de poucas palavras, mas ela praticamente chorara de emoção a primeira vez que ele lhe preparou um perfeito ovo frito com a gema mole e batatas fritas. Quando ele serviu como acompanhamento torradas francesas e panquecas mais saborosas do que as da avó de qualquer pessoa, ela reajustou o orçamento, apertou o cinto e lhe pagou um salário um pouco acima da média, o necessário para ele sustentar a esposa e ajudar as filhas na faculdade.

Às 6h da manhã em ponto, Paige abriu a porta, e às 6h30 todos os bancos junto ao balcão já se encontravam ocupados, e algumas das mesas também. Ela havia feito um exame minucioso de números, tanto em seu orçamento pessoal quanto no custo de fazer negócios, enxugando-os até conseguir reduzir os preços do menu e ainda obter lucro suficiente para se sustentar. Como resultado, conseguira o que pretendia. O Trailside Diner, com seus preços acessíveis e boa comida, era mais do que um lugar para comer. Tornara-se o centro social de sua cidade recém-adotada, e as pessoas se reuniram ali antes do trabalho para compartilhar as últimas notícias. Infelizmente, a notícia daquele dia era Mitch Kowalski, em tempo integral.

– Você soube que Mitch Kowalski está de volta à cidade? – perguntou Katie Davis a Paige, quando ela fez uma pausa longa o suficiente para encher o copo de café de Katie.

– Eu o conheci na noite passada, quando ele parou aqui para jantar.

– Oh, é claro! Você não o conhecia. O que achou dele? – Sob a aba do boné do Red Sox, Katie sorriu, enrugando os olhos. Ela geria a barbearia local desde que o pai morrera, e Paige tinha certeza de que sua foto constava no dicionário na definição de moça que se interessa por atividades masculinas.

O que ela pensava? Não estava disposta a compartilhar seus pensamentos noturnos sobre Mitch com a filha da empregada da Northern Star Lodge. Todo mundo parecia conectado de alguma forma e, em Whitford, os graus de separação eram bem inferiores a seis. Ela aprendera muito rapidamente a pensar antes de falar.

– É legal da parte dele ter vindo ajudar, enquanto Josh se recupera da perna – respondeu Paige, pensando ser algo honesto e menos incitante a dizer.

Katie fez uma careta.

– Sim, sim. Ele é um excelente irmão mais velho. Mas o que você achou *dele*?

Uma vez que o rubor a estava denunciando de qualquer maneira, ela se inclinou e baixou a voz.

– Eu pensei, *Oh. Meu. Deus*!

Ambas estavam rindo quando o sino sobre a porta soou e Paige olhou para cima. Direto para aqueles olhos azuis. Droga. Embora Mitch não pudesse saber o motivo das risadas das duas, ela virou as costas para que ele não a visse corar.

Por sorte, Carl gritou seu nome e a avisou de que havia um pedido pronto, o que lhe proporcionou um momento para se recompor enquanto servia a comida. E depois teve tempo para verter mais café nas xícaras dos clientes e preparar mais um bule, porque metade das pessoas no local queria trocar algumas palavras com Mitch enquanto ele e o irmão caminhavam até uma mesa vazia. Ela o ouviu fazer alguns comentários sobre a perna de Josh e, por fim, os dois foram deixados sozinhos tempo suficiente para se sentar.

– Bom dia, Paige – disse Josh, esforçando-se para acomodar a perna com o gesso embaixo da mesa e fora do caminho.

– Bom dia. – Ela teve uma breve folga enquanto Mitch foi encostar as muletas do irmão no canto junto com as capas e os guarda-chuvas, mas depois ele voltou, sentou-se e sorriu para ela.

Paige não sabia por que sentiu dificuldade para respirar. Seu sorriso não era tão diferente do de Josh. Os olhos possuíam o mesmo tom de azul e o dois tinham físicos bastante semelhantes. Mas o flerte de Josh não a afetava em nenhum sentido, e os dois se tornaram amigos, uma vez que Josh descobriu que ela não sairia com ele. Mas tudo que Mitch precisava fazer era sorrir e ela se derretia toda por dentro.

Seria assim que sua mãe se sentia?

Aquele vago pensamento sobre a mãe foi o suficiente para deixá-la mais firme, e ela foi capaz de responder à saudação de Mitch com um insípido sorriso profissional.

– Ambos vão querer café esta manhã?

Os dois assentiram e ela se afastou para servir a comida que Carl estava colocando na janela e verter um pouco mais de café nas xícaras de alguns clientes, antes de levar duas canecas para a mesa dos irmãos Kowalski.

– Já sabem o que vão pedir? – perguntou, retirando o bloco de anotações do bolso do avental.

– Mitch já – disse Josh, e sorriu para o irmão de tal forma que Paige tinha certeza de que perdera alguma piada entre os dois. Em seguida, ele fez uma careta, remexendo-se embaixo da mesa, e ela se perguntou se Mitch o havia chutado. Se fosse o caso, esperava que não tivesse sido na perna prejudicada.

– Estou morrendo de fome. – Mitch olhou para o menu. – Quero dois ovos fritos com a gema mole e três panquecas de carne moída. Oh, e batatas fritas da casa. Com um grande copo de suco de laranja, por favor.

– Isso parece bom – disse Josh. – Idem.

Paige anotou os pedidos e tentou não se sentir demasiado constrangida quando se afastou, embora suspeitasse que Mitch pudesse estar observando-a, se a noite anterior devesse ser levada em consideração.

Então, mais uma vez, conhecendo-o, mesmo que apenas por sua reputação, ele poderia ter voltado sua atenção para qualquer uma das outras mulheres no restaurante.

Depois de fixar os pedidos no carrossel pendurado na janela da cozinha, Paige fez suas rondas, passando nas mesas dos clientes, vertendo mais café em suas xícaras e devolvendo o troco na caixa registradora. De vez em quando, se pegava olhando para a mesa dos irmãos Kowalski.

Os dois não conversavam muito, a não ser com algumas pessoas que, de vez em quando, paravam junto à mesa deles, provavelmente para dar as boas-vindas a Mitch e perguntar sobre a perna de Josh. Ao serem deixados sozinhos, porém, não pareciam ter muito a dizer, e ela se perguntou se a longa ausência de Mitch seria o motivo, ou se havia algo mais específico acontecendo.

Quando levou a comida dos dois para a mesa, ambos agradeceram, mas ela não conseguiu sequer um sorriso de Mitch, e talvez fosse melhor assim. Já se sentia um pouco afetada por ele e, como estava escrito na nota adesiva colada à porta da sua geladeira, em casa, homens eram um luxo, e não uma necessidade.

Aquele era seu novo lema de vida desde o dia em que um advogado entrara em contato com ela para lhe dizer que um homem de quem ela mal se lembrava lhe deixara uma razoável quantia em dinheiro ao morrer. E, enquanto ela se lembrasse desse lema, estaria bem.

A COMBINAÇÃO de excesso de autopiedade e analgésicos surtira um péssimo efeito em Josh, então, findo o café, Mitch o levou de volta à hospedaria. Após deixá-lo aos cuidados de Rosie, virou-se e dirigiu de volta à cidade.

O desjejum fora um verdadeiro fracasso. O irmão respondia a tudo que ele dizia com um grunhido ou por monossílabos, e Mitch não achava que o restaurante fosse o lugar ideal para fazê-lo falar e exigir saber que diabos estava acontecendo com ele. Haveria tempo suficiente para isso.

Depois de encontrar uma vaga no estacionamento, Mitch franziu o cenho ao entrar pela porta da frente do Departamento de Polícia de Whitford. Não necessariamente porque lhe trazia de volta algumas das lembranças menos divertidas de sua juventude, mas porque a primeira mesa que viu estava ocupada pelo Diretor Robert Durgin.

Bob era um senhor bem idoso e abençoado com uma memória perfeita quando se tratava de indiscrições da população juvenil, especialmente qualquer coisa que envolvesse os Kowalski. Ryan havia quebrado a janela da casa dele, acidentalmente. Liz havia partido o coração do seu neto, da melhor forma possível. E Mitch o fizera destruir a nova e reluzente viatura do departamento da qual Bob tanto se orgulhava, embora tivesse sido sem querer; afinal, era um bom piloto. Josh e Sean também tiveram sua quota de desentendimentos com Bob, e o fato de todos serem adolescentes na ocasião não parecia contar muito.

Mitch forçou-se a sorrir e acenou com a cabeça ao passar pelo oficial, mas Bob o fitou como se estivesse esperando que ele pegasse a caixa de dinheiro trocado e saísse correndo. O velho policial era apenas uma entre as muitas razões que fazias sua estada em Whitford começar a irritá-lo após alguns dias, não importava o quanto se sentisse feliz por ver Josh e Rosie e alguns outros.

As pessoas costumavam pensar que viver em um lugar onde todos se conheciam pelo nome era agradável. Talvez fosse. Mas eles também conheciam tudo de errado que você fizesse, até mesmo coisas de que você não se lembrava, graças às mães ficarem sentadas nos parques e conversarem sobre seus bebês. Inferno, a primeira coisa que o professor lhe dissera em seu primeiro dia de aula foi: *Espero que sua mira tenha melhorado, ou o zelador não o deixará usar o banheiro.*

Tudo, desde os percalços no troninho às farras da adolescência, era do conhecimento de todos em uma cidade como Whitford, e era por esse motivo que se sentia sempre mais feliz quando chegava a hora de partir, não importando o quanto se sentisse contente por estar de volta. Naquela cidade, Mitch Kowalski não era o homem que geria uma das empresas de demolição mais conceituadas do país. Inferno, talvez até mesmo do mundo! Ali era apenas um daqueles malditos garotos Kowalski.

Pela grande janela de seu escritório, o chefe de polícia, Drew Miller, o viu chegar e acenou, mandando-o entrar. Mitch sorriu quando fechou a porta, e se aproximou para cumprimentar o melhor amigo com um aperto de mão que se transformou em um abraço apertado.

– É muito bom ver você – disse Drew, afundando em sua luxuosa cadeira de couro.

Mitch tentou se sentir confortável na dura cadeira de madeira, do outro lado da mesa.

– Chefe, hein? Que diabos eles estavam pensando?

– Estavam pensando que talvez você voltasse à cidade e, por isso, acharam melhor ter alguém no comando que pudesse mantê-lo na linha.

Mitch bufou.

– Sabe o que mais me irrita? O velho Bob lá fora olhando para mim como se eu fosse um larápio, que vim aqui roubar sua caixinha de *donuts*, e terem promovido você a chefe de polícia, é claro. Você estava no carro naquela noite, também.

– Sim, mas não dirigindo. Eu disse que era um passageiro que estava com muito medo de saltar, mas que gritei com você para parar o carro.

– Você é um mentiroso.

– Talvez, mas o povo de Whitford confia em mim com suas caixinhas de *donuts*, meu amigo.

Mitch meneou a cabeça. Alguns meses atrás, quando abrira o e-mail de Drew com um *você não vai acreditar no que aconteceu* como título, fora obrigado a concordar. Era difícil acreditar que seu velho amigo, que tomara parte em mais de uma travessura dos Kowalski, fora promovido a chefe do Departamento de Polícia de Whitford.

Maldição, na noite em que o velho Bob destruíra a nova viatura, fora Drew que o incitara a aumentar a velocidade em vez de parar, quando as luzes começaram a piscar no espelho retrovisor de seu velho Camaro. Mitch estava acostumado a voar baixo no labirinto de estradas de terra, nos arredores da cidade, e Bob não; por isso, quando Mitch desligou as luzes e confiou na luz do luar e nos seus instintos para guiá-lo, conseguira escapar do oficial. Bob Durgin, no entanto, estava determinado a pegá-lo em flagrante, naquela vez, e acabou derrapando em uma vala e capotando a viatura.

Por sorte, o oficial Durgin era um homem honesto demais e, quando questionado pelo chefe, admitiu não ter chegado perto o suficiente para ver a placa do carro. Uma vez que havia outros dois Camaros na cidade perto o suficiente para o de Mitch ser facilmente confundido no escuro, ele não foi multado.

Bob, porém, jamais o perdoou, e o perseguiu até o dia em que ele foi para a faculdade. E Mitch não tinha dúvida de que o homem estava apenas esperando que ele cometesse algum deslize agora.

– Como está o Josh? – perguntou Drew, arrancando-o do passado.

– A perna não parece tão mal, mas sua atitude em relação a isso está péssima. Na verdade, sua atitude em relação a tudo está péssima, e não consigo descobrir o porquê. E ele não está cuidando direito da hospedaria.

– Quanto tempo vai ficar?

– As seis semanas que ele deverá permanecer com o gesso. Rosie me disse que as coisas estão difíceis, portanto espero que seja tempo suficiente para não apenas ver meu irmão se recuperar, mas também para dar uma olhada nos livros de contabilidade.

Drew se inclinou para a frente em sua cadeira, apoiando os cotovelos sobre a mesa.

– Acha que ele está lesando vocês?

– Calma, policial. Não, acho que os negócios não estão bons e ele não queria contar a ninguém que está quase falido.

– Todo mundo está sofrendo golpes financeiros. Temos visto um aumento de roubos, com certeza. Pessoas furtando bugigangas que podem vender com facilidade. E metais. Conversores catalíticos. Tubulações de cobre.

– Isso é péssimo. Então, fale-me sobre Paige Sullivan.

Drew sequer piscou com a mudança súbita de assunto. Apenas sorriu e recostou-se na cadeira novamente.

– Ela é um osso duro de roer. Acho que nem mesmo você conseguiria.

– Qual é a sua história?

– Estava passando pela cidade e seu carro quebrou. Acabou ficando e comprou o velho restaurante.

Mitch soltou um suspiro exasperado.

– Disso eu já sei. O que não sei é por que ela não namora.

– Interrogar as mulheres na cidade sobre suas vidas sexuais está fora do âmbito do meu trabalho. Talvez ela tenha sido freira antes de se mudar para cá.

– Se uma mulher era freira e depois deixou de ser, não ia querer recuperar o tempo perdido, por assim dizer?

Drew meneou a cabeça.

– Não vou correr o risco de queimar no fogo do inferno para responder a isso.

– Não estou falando de uma freira fazer sexo, idiota. E sim de uma ex-freira.

– Tenho certeza de que Paige nunca foi freira, então vamos mudar de assunto.

– Ficarei na cidade durante seis semanas. Pode ser bom ter um pouco de companhia.

Drew deu de ombros.

– Tenho certeza de que você não terá dificuldade em encontrar uma mulher. Inferno, pode entrar em qualquer lugar na cidade e fazer metade delas desmaiarem por sua causa, pelo amor de Deus!

– Não quero mulheres desmaiadas.

– Boa sorte com isso, cara. Metade das mulheres nesta cidade se envolveu com você e gostaria de se envolver de novo, e a outra metade quer saber o porquê do alarido.

– Não tive a impressão que Paige fosse desmaiar.

– Sorte a dela. Fará bem a você receber um "não". Edifica o caráter.

Mitch sorriu.

– Ela vai dizer "sim". E, falando em mulheres, como está Mallory?

Drew comprimiu os lábios ao ouvir o nome da esposa.

– Deveria perguntar a ela, já que, no momento, ela não está falando comigo.

– Passando por problemas? – Mitch sorriu. – É bom brigar de vez em quando. Não se pode fazer sexo reconciliador, se você não tem nada para reconciliar.

– Eu não acho que faremos sexo reconciliador, e sim advogados e um placa "vende-se" no gramado da frente.

Mitch parou de sorrir e meneou a cabeça.

– Sinto muito, Drew. Você tem certeza? Já tentou... aconselhamento ou algo do gênero?

– Já conversamos tantas vezes sobre isso que esgotamos o assunto. Não acredito que aconselhamento possa ajudar. – Drew caminhou até sua cafeteira pessoal, provavelmente um privilégio do escritório, pegou duas canecas e ligou-a.

Mitch esperou enquanto o amigo preparava o café, pensando que ele talvez estivesse decidindo o que fazer e não queria dizer, e nem sabia como dizê-lo. Drew e Mal começaram a namorar na época de escola, mas haviam seguido caminhos separados quando chegou a hora de ir para a faculdade. Terminaram voltando para Whitford e haviam acabado de completar dez anos de casados.

– Mal não quer ter filhos – disse Drew por fim, depois de colocar as canecas sobre a mesa e sentar-se.

– No momento?

– Nunca.

– Puxa. – Mitch não sabia mais o que dizer. Drew e Mallory sempre falaram sobre ter filhos... um dia.

– Foi sempre não, não tão cedo, algum dia. Eu disse a ela que o algum dia havia chegado, e ela respondeu que o algum dia que havia chegado era o dia que ela ia me dizer que não queria ter filhos.

– Vocês namoraram durante o colegial e estão casados há dez anos. Como não tiveram essa conversa antes? Quero dizer, não faz muito sentido. Lembro-me de vocês conversando sobre filhos. Ela queria uma filha chamada... alguma coisa. Inferno! Era uma flor.

– Margarida.

Drew bufou.

– Ela tinha medo de que eu não me casasse com ela se soubesse, então disse o que pensou que eu queria ouvir e não parava de repetir isso. Agora estou com quase 40 anos e não tenho filhos e talvez nem tenha mais uma esposa.

– Sinto muito, cara. Por que ela decidiu falar a verdade agora?

– Porque eu lhe disse que estava na hora. Nenhum de nós dois é mais tão jovem, sua gravidez seria de risco e eu não queria precisar de um andador para chegar ao meu assento na formatura do meu filho. Ao longo dos anos, toquei no assunto diversas vezes e, por fim, disse a ela que não queria esperar mais. Eu quero um bebê. Ela não quer. Não nos falamos desde então.

– Há quanto tempo?

– Cinco semanas.

– Jesus, você e Mal não falam um com o outro há cinco semanas? Pensei que haviam falado tanto que esgotaram o assunto.

– Isso foi nos meses, inferno, nos *anos*, até cinco semanas atrás.

– Vocês ainda estão vivendo juntos?

Drew assentiu.

– Ela ficou irritada e foi dormir no quarto de hóspedes. Como não estamos nos falando, ela não voltou.

Mitch não conseguia entender.

– Quer dizer que não falam sobre filhos.

– Não, não temos nos falado. No começo, era desconfortável, mas agora... é apenas o nosso novo normal, eu acho.

– Está tudo errado. – Mitch nunca tinha se casado, mas sabia o suficiente sobre relacionamentos saudáveis para reconhecer um que fosse pouco saudável. – Talvez vocês devessem repensar sobre a terapia.

– Quando eu sugeri, ela disse que a terapia era como assumir que havia algo errado com ela por não querer ser mãe. Eu desisti.

– Quanto tempo ficarão sem falar um com o outro?

– Não sei. Há apenas duas saídas: o divórcio ou eu dizer a ela que, para mim, está tudo bem se ela não quiser ter filhos. Mas não está nada bem para mim. – Drew tomou um gole de café. – Jesus, escute. Você não veio até aqui para me ouvir lamentar sobre os meus problemas. Parece que já tem problemas suficientes.

– Tentar ir para a cama com Paige não é nada comparado a você estar perdendo Mallory.

– Na verdade, eu me referia à hospedaria e a Josh, mas aposto uma centena de dólares que você não terá melhor sorte com Paige do que eu estou tendo com Mal.

Mitch riu.

– Se eu fosse um tolo, apostaria. Não me importaria em embolsar seus dólares. Mas nunca faço apostas sobre uma dama. Elas *sempre* acabam descobrindo, mais cedo ou mais tarde.

– Como se pretendesse ficar aqui se ela descobrisse mais tarde...

– Um dia desses, vou surpreender todo mundo e ficar com uma mulher para sempre.

Drew sorriu, mas Mitch podia ver a tristeza rondando o seu olhar.

– Apenas certifique-se de que ambos querem a mesma coisa na vida, porque dói como o inferno quando se descobre depois de anos que não querem.

Embora não tivesse vivenciado um relacionamento longo como o de Drew, Mitch havia aprendido aquela lição da maneira mais difícil e sofrida. Quase sempre, quando um homem e uma mulher queriam duas coisas diferentes, acabavam em dois lugares diferentes, que só poderia levar à infelicidade.

Era muito melhor quando ele e uma mulher queriam a mesma coisa: orgasmos a dois. Talvez apenas um ou talvez alguns, depois seguiam caminhos separados, sem ressentimentos. Com exceção daquele maldito relacionamento, era um plano que lhe servia muito bem, e ele ainda não encontrara uma segunda mulher pela qual valesse a pena mudar de ideia.

CAPÍTULO 3

Às 14 horas do dia seguinte, quando Ava apareceu para assumir seu turno até a hora de fechar, Paige estava exausta. Chegou a pensar em ir para casa e tirar uma soneca, algo que raramente fazia, mas isso só tornaria mais difícil dormir à noite, e o alarme das 4h30 da manhã não costumava perdoar.

Em vez disso, passou em casa e pegou sua bolsa da biblioteca, uma vez que havia terminado o último livro três dias atrás e, cansada ou não, estava ansiosa para pegar mais livros. O tempo estava bom, nem quente, nem frio, então ela se dirigiu à biblioteca, trocando cumprimentos ao longo do caminho.

Ainda achava emocionante o modo como as pessoas da cidade a faziam sentir como se ela fosse um dos seus. Costumavam chamá-la pelo nome e lhe perguntavam sobre o negócio, e ela, por sua vez, lhes perguntava pelos filhos ou um parente idoso. Era o que ela procurara por toda a vida, aquele sentimento de pertencer, e finalmente encontrara em Whitford.

Tendo crescido sendo sempre arrastada de um lugar para o outro, Paige sempre era a novata na escola. Sempre havia um novo homem da casa, alguns se transformavam em padrastos, mas a grande maioria não. E ela também havia feito isso algumas vezes. Mais de uma vez, desistira do que queria ser para ser o que um homem queria que ela fosse.

Quando o motor do seu carro pifou em Whitford, tudo mudou. Inclusive ela. Foi uma oportunidade para começar uma nova vida em uma cidade que acolhera uma estranha fracassada de braços abertos e, para se certificar de que manteria aquela vida corretamente, resolveu se afastar dos homens. Quando tivesse certeza de que era quem gostaria de ser e que vivia a vida do jeito como queria viver, pensaria em deixar um homem fazer parte do seu mundo. Por ora, não correria o risco de cair nos padrões de comportamento que aprendera com a mãe. Nada de homens.

A biblioteca estava em silêncio quando Paige entrou, mas ela sabia que não seria por muito tempo. Logo a escola liberaria as crianças e elas começariam a aparecer, à procura de um lugar seguro para matar o tempo, fazendo a lição de casa ou lendo um pouco antes de seus pais chegarem em casa do trabalho.

Hailey Genest, que carregava a fama de arranhar estofados de couro, encontrava-se atrás do balcão, onde costumava ficar, a partir das 10h da manhã até as 17h, de segunda a quinta-feira, até as 20h nas sextas-feiras, e durante três horas nas tardes de sábado. Ela usava jeans e uma camiseta, com os cabelos louros presos em um rabo de cavalo, aparentando ser nada além de uma bibliotecária.

Fran Benoit, com seus vastos cabelos grisalhos puxados para trás e presos em uma trança, verificava uma pilha de livros e sorriu quando viu Paige.

– Você está muito atrasada. Peguei todos os que contêm boas cenas de sexo.

– Acho que terei de me contentar com os que contêm boas cenas de assassinatos. – Paige não sabia se poderia lidar com Mitch Kowalski e livros com cenas de sexo ao mesmo tempo em sua vida.

– Não ter o primeiro pode levar ao segundo, você sabe – disse Hailey, lançando-lhe um olhar incisivo. – Temos de liberar a tensão ou ela se acumula e, em seguida, *boom*, alguém está chamando os bombeiros.

As três riram, enquanto Paige descarregava o conteúdo da bolsa, alinhando os livros sobre o balcão para serem verificados. Hailey não tendia a ser muito sutil em sua preocupação com a falta de uma vida sexual de Paige. Ou talvez não apenas uma preocupação, mas uma determinação para corrigir o que julgava estar errado.

– Falando em sexo – disse Fran. – Mitch gostou do seu bolo de carne?

Paige meneou a cabeça.

– O que falar sobre sexo tem a ver com bolo de carne?

Fran suspirou.

– Falar sobre sexo leva a Mitch Kowalski.

– É verdade – concordou Hailey, com aquele sorriso tolo e nostálgico, que parecia ser uma reação feminina universal ao ouvir o nome que estava sendo pronunciado em voz alta.

– Tenho certeza de que ele deve ter gostado muito do bolo, ou não teria levado Josh para o desjejum ontem de manhã.

Hailey sacudiu a cabeça.

– Ninguém está ligando a mínima para o bolo de carne, Paige. Mitch ficará na cidade por seis semanas e você pode diminuir um pouco a sua tensão. Não quero que você mate ninguém.

– Então o que está dizendo é que devo fazer sexo com Mitch para salvar vidas?

– Exato.

Fran assentiu.

– Sim.

Paige não podia acreditar que as duas mulheres estavam com suas expressões sérias.

– Boa tentativa. Não estou interessada. – E proferiu *aquela* palavra com uma expressão séria, que era ainda mais difícil de acreditar. Claro que estava interessada em fazer sexo com Mitch. Mas isso não mudava o fato de que não ia acontecer. – Além do mais – acrescentou –, quem disse que ele está interessado em mim?

Fran pegou os livros da mesa e lançou-lhe um olhar.

– Querida, só o fato de ser mulher já o deixa interessado.

Todas riram novamente, até que um áspero e exagerado pigarrear soou, vindo da seção de referência, e Hailey pediu silêncio.

– Meninas, vocês vão me fazer perder o emprego.

– Eles não podem demiti-la – argumentou Fran. – Você é a única pessoa na cidade que conhece a classificação decimal de Dewey.

Após Fran se despedir e apesar de sua provocação, Paige encontrou uma boa seleção de romances sensuais deixada nas prateleiras. Pegou dois, juntamente com alguns de suspense, um thriller político e um de terror que prometia mantê-la acordada à noite. Terror era, provavelmente, uma razão mais saudável para ficar acordada do que pensar em sexo com Mitch.

Enquanto fazia o registro de empréstimo dos livros, duas senhoras se enfileiraram atrás dela, e Hailey não pôde dizer mais nada constrangedor, apenas lhe desejou um bom dia.

Os três volumes de capa dura deixaram sua bolsa um pouco mais pesada do que o habitual, e Paige resolveu parar para descansar no pequeno e belo parque com bancos cercados por lilases e rosas silvestres. E, em vez de pensar se os comentários de Hailey sobre tensão sexual eram ou não exagerados e verdadeiros, retirou um livro da bolsa e sentou--se para ler por alguns minutos.

MITCH PAROU a caminhonete na vaga de um estacionamento na rua principal e deu a volta para ajudar Josh a sair. Seu irmão não gostava de ter de aceitar um ombro para se apoiar, mas era um longo caminho a percorrer para alguém com uma perna quebrada.

Assim que Josh ajustou as muletas sob as axilas, ambos caminharam cerca de 9m pela calçada, e Mitch abriu a porta da frente da Whitford Barbershop. Não era um nome sofisticado, mas o lugar também não era sofisticado. Atualmente, havia alguns salões em Whitford, centros de estética onde se podia cortar o cabelo, fazer as unhas e bronzeamento artificial, se assim desejasse. Talvez até uma sessão de dermoabrasão, que soava para Mitch como receber um jato de areia na pele. Em geral, evitava esses salões de beleza.

Aquela era uma barbearia. Podia-se fazer a barba, cortar os cabelos e, se ela estivesse de bom humor, conversar com Katie Davis sobre qualquer assunto. Mas ela não ficava tocando nos pés descalços de ninguém e, se você lhe pedisse para fazer bronzeamento, ela o mandaria se deitar na calçada e se virar a cada quinze minutos.

– Você de fato está parecendo um lixo. – Soou a saudação, e Mitch ficou feliz por ela estar se referindo a Josh.

– Não consigo lavar os cabelos na banheira. Lavo na pia da cozinha, mas é complicado porque sou alto e só posso firmar o meu peso sobre uma perna. – Ele tirou o chapéu enquanto falava, revelando a bagunça que havia inspirado Mitch a convencê-lo a fazerem uma incursão ao centro do vilarejo.

– Vá para o lavatório – disse ela, pegando uma capa de corte limpa. Depois que Josh se acomodou na cadeira, ela entregou a Mitch as muletas, envolveu a capa sobre os ombros de Josh e abriu a torneira. – Encoste.

Mitch pegou uma revista velha sobre esportes de inverno de 2008 em uma das cadeiras e sentou-se, mas olhou para o lavatório enquanto Katie formava uma espuma espessa de xampu nos cabelos do irmão. Josh emitiu um gemido baixo, e Mitch percebeu o calor, sob a forma de um leve rubor, subir pelo pescoço de Katie. Interessante.

E não era da sua conta. Sempre considerara Katie como se ela fosse quase sua irmã. Rose começara a trabalhar na Northern Star Lodge no ano que Katie nasceu, porque sua mãe não se importara de ela trazer um bebê a tiracolo. Katie praticamente crescera na pousada com eles.

Mas não parecia que ela considerava Josh um quase irmão, isso era certo. E ele não queria saber mais nada sobre aquele assunto, então se ergueu e jogou a revista de volta na cadeira.

– Parece que vai demorar.

Katie exalou um suspiro.

– Vou lavar os cabelos dele duas vezes. Em seguida, fazer um bom corte e barbeá-lo, também. Talvez assim ele pareça humano novamente.

– Vou dar um passeio, então. Se eu não tiver voltado quando ele estiver pronto, mande-me uma mensagem pelo celular.

Katie assentiu e Josh o ignorou. Mitch saiu para a luz do sol pensando em um lugar para ir. Poderia caminhar até a Whitford General Store & Service Station para dizer "olá" a Fran e Butch Benoit. Ou caminhar até o banco e transferir algum dinheiro para a conta da Northern Star Lodge. Talvez tirar um pouco do peso dos ombros de Josh.

Não seria um bom negócio, porém, injetar dinheiro em algo praticamente falido. Se a hospedaria estivesse de fato passando por dificuldades e não fosse capaz de se sustentar a longo prazo, uma transfusão monetária não passaria de uma correção temporária. Precisavam de um plano, e então poderiam trabalhar uma estratégia para conseguir pô-lo em prática.

Andando sem rumo pela calçada para evitar ficar parado em um ponto como um tolo, Mitch deixou a mente vagar, pensando na Northern Star Lodge. E em Josh. Ele havia mudado desde a última vez em que o vira, e não para melhor. E, apesar de uma perna quebrada não ser algo agradável, a mudança em seu humor e em sua perspectiva geral sobre a vida eram bem piores. Mais importante do que ajudar enquanto Josh se recuperava e fazer conjeturas sobre a situação financeira da hospedaria era descobrir por que seu irmão estava se tornando tão amargo.

Quando chegou ao parque municipal – o pequeno, próximo à loja de ferragens, e não o grande, com brinquedos infantis e coreto –, avistou Paige Sullivan sentada em um banco e resolveu empurrar os pensamentos sobre Josh para o fundo da mente temporariamente.

Paige estava sentada de lado, sob os pés e com um braço apoiado sobre o encosto do banco. Na outra mão, havia um livro de bolso, e ela não olhou para cima até ele se sentar ao seu lado.

– Importa-se se eu me sentar com você?

Quando ela quase deixou cair o livro, Mitch se sentiu culpado por assustá-la, mas então ela sorriu. Depois de marcar a página com o cartão da biblioteca, Paige enfiou o livro em uma sacola de lona que estava no chão, ao seu lado, com o logotipo da Whitford Public Library na frente e as costuras retesadas.

– Eu pretendia sentar aqui apenas um minuto, mas estava tão bom que acabei pegando um livro para ler. – Ela olhou para o relógio. – E já se passou uma hora.

– Há maneiras piores de se passar uma hora. Não deixou nenhum livro para o restante da população?

Ela riu.

– Não tenho televisão, então leio enquanto todo mundo está assistindo à TV.

– Eu não leio tanto quanto gostaria. Há alguns escritores de suspense que eu gosto, então baixo os livros para o meu telefone e vou lendo na medida do possível.

– Meu celular faz chamadas e mais nada. Tenho de ter internet no restaurante e, como passo a maior parte da minha vida lá, não preciso carregá-la comigo.

Mitch recostou-se no encosto do banco, inclinando o rosto para o sol. Não conseguia se sentar e não fazer nada com muita frequência. Sentia-se bem.

– Diga-me como veio parar em Whitford. Não é exatamente um destino muito excitante.

– Eu já lhe disse. Estava passando pela cidade, meu carro pifou e eu nunca mais parti.

– Há mais do que isso.

Ela deu de ombros.

– Não, realmente.

– Você não tinha um lar, um emprego ou qualquer outro motivo para voltar para onde de fato era, antes de o seu carro pifar?

– Tinha uma porcaria de emprego e uma droga de apartamento. É óbvio que meu carro também não era lá essas coisas.

Mitch virou a cabeça para encará-la, intrigado com suas respostas vagas, em vez de desencorajado.

– A maioria das pessoas gosta de falar sobre si mesmas, você sabe.

– Vá em frente.

Ele sorriu e sacudiu a cabeça.

– Não. Quero ouvir a *sua* história. Eu já conheço a minha.

– *Todos* nós conhecemos a sua – disse ela incisiva, fazendo-o ofegar. Não era verdade? – Eu vivia em Vermont, mas recebi uma notificação de que haviam me deixado algum dinheiro em um testamento. Eles tinham o cheque, mas a esposa do homem queria muito me conhecer, então viajei para Portland.

– A esposa do homem? Como conheceu esse homem?

– Não *dessa* forma. Ele foi meu padrasto por algum tempo, quando eu era criança. Mal me lembro dele, mas sua esposa disse que ele falava muito em mim. Acho que ele tentou manter contato comigo, mas minha mãe dificultou as coisas e, por certo, ele desistiu e foi constituir a própria família. A mulher disse que ele se preocupou muito comigo ao longo daqueles anos.

Paige parecia triste, como se sentisse muito por ter perdido alguém que gostava dela o suficiente para se preocupar.

– Então, ele lhe deixou algum dinheiro?

– Sim. Eles tinham os próprios filhos, mas ele trabalhava com softwares e estavam muito bem de vida. Então, eu estava dirigindo de volta, tentando imaginar como minha vida teria sido diferente se a minha mãe não tivesse fugido de

Joel e como seria ter sido criada por ele como os filhos dele, quando meu motor pifou.

– E você usou o dinheiro que ele lhe deixou para comprar o restaurante?

Ela assentiu.

– Katie passou pelo local logo depois que o meu carro quebrou. Totalmente bizarro, mas ela me deu uma carona até a cidade. Butch cuidou do meu carro. Fran ligou para Rose, e, em seguida, Josh veio me buscar. Ele disse que eu poderia ficar em um quarto na Northern Star enquanto meu carro estivesse na oficina. E então Mallory apareceu no dia seguinte porque ouviu falar a meu respeito e não queria que eu ficasse presa na hospedaria, sem nenhum lugar para ir. Antes de o meu carro ficar pronto, eu já sabia que queria viver em Whitford.

Mitch olhou de volta para o céu.

– Engraçado, tudo isso contribui para a principal razão que me leva a ficar afastado daqui tanto tempo.

– É uma cidade maravilhosa.

– Não acharia tão maravilhosa, se todos lembrassem e comentassem sobre tudo que você já fez de errado na vida.

– Pelo menos você sempre teve um lugar para chamar de lar. Levei um tempo, mas Whitford é esse lugar para mim, agora.

Mitch não chamava nenhum lugar de lar há muito tempo. Cidade natal, sim. Mas lar, não, e queria que continuasse dessa forma.

– De onde você é? Não soa como se sempre tivesse vivido em Vermont, mas não consigo reconhecer seu sotaque.

– É porque não tenho *um* sotaque. Tenho uma mistura de vários sotaques. Nasci em Nevada, mas saímos de lá antes de eu completar 1 ano, e nunca ficávamos em um lugar por muito tempo. Minha mãe é um pouco nômade, eu acho.

– Você continua chamando-a de "minha mãe". Nunca "mamãe".

– Acho que eu a chamo de mamãe quando falo com ela. O nome dela é Donna, mas eu não consigo usá-lo.

– Não eram próximas?

– Não éramos... não, nem um pouco próximas. Ela sempre se preocupou mais com a própria vida, então não nos falamos muito.

Mitch gostava de pensar que, se sua mãe ainda fosse viva, ele falaria com ela o máximo que pudesse. Dessa forma, nunca passava mais do que algumas semanas sem falar com Rosie ou com sua tia Mary ao telefone.

Seu celular tocou e ele o pegou para encontrar uma mensagem de texto de Josh.

Pronto.

Mitch não queria que o irmão estivesse pronto. Queria continuar ali, sentado ao sol com Paige e fazê-la falar mais sobre si mesma. Como, por exemplo, por que ela não namorava, pelo que os bons habitantes de Whitford podiam ver. E eles podiam ver praticamente tudo.

– Eu tenho de ir – disse relutante. – Deixei Josh na barbearia e Katie terminou o serviço ou desistiu e o expulsou de lá.

– Ele estava com péssimo aspecto quando o trouxe para o desjejum ontem.

– Com certeza estava mais do que na hora de dar um trato na aparência. – Ele se levantou. – Até logo.

– Desfrute do clima.

Mitch se encontrava do outro lado do parque, quando se virou com a intenção de perguntar se ela queria fazer algo, como talvez um passeio de moto com ele, mas Paige já havia enfiado o nariz de volta no livro. Não o estava observando ir embora, o que não era um bom prenúncio de que gostaria de passar algum tempo a sós com ele, após o anoitecer.

Caminhou de volta à barbearia, desejando descobrir quem mais poderia estar disposto a passar algum tempo com ele durante sua estada, não tão tranquila, na cidade. Mas ninguém em sua lista mental realmente despertou seu interesse. Ninguém, além de Paige Sullivan.

O BOM de viver em uma casa móvel, não muito maior do que duas caminhonetes estacionadas, para-choque com para-choque, era o fato de não demorar muito para limpá-la. O antigo proprietário havia reformado o banheiro, e Paige substituíra o linóleo e o carpete antes de se mudar. Embora não tivesse mais idade para isso, adorava andar descalça pela casa.

O estado do quarto e da cozinha estava um pouco precário, mas todos os meses ela tentava poupar dinheiro suficiente para fazer uma pequena melhoria. Naquele mês, fora a substituição da antiga porta amarelo-clara do seu armário por uma porta dupla vazada branca que iluminara aquele canto do cômodo.

Paige abriu e fechou algumas vezes, orgulhosa pelo modo como a porta funcionava bem e como deslizava suavemente sobre o trilho. Em seguida, ligou o aspirador de pó para limpar a pequena bagunça que havia feito. A porta velha já estava do lado de fora, encostada ao rodapé, e ela precisava se lembrar de perguntar a Carl se ele se importaria de jogá-la em sua caminhonete e descartá-la em algum lugar, depois de seu próximo turno.

O zumbido reconfortante do aspirador embalou sua mente, fazendo-a vagar livre, e não se surpreendeu quando seus pensamentos se voltaram para Mitch Kowalski. Pensava nele quase constantemente desde que ele se sentara ao seu lado no banco do parque, no dia anterior.

Na maior parte do tempo, desejava saber se ele queria apenas ser gentil ou se de fato estava interessado nela. E então, por mais que tentasse, não podia deixar de imaginar como seria se ele a tivesse abraçado e beijado lá mesmo no parque, em plena luz do dia.

Isso, sem dúvida, daria o que falar na cidade. Não que os habitantes locais precisassem de muito estímulo para falar sobre Mitch, mas Paige nunca fizera nada, além de reabrir o restaurante, que a incluísse na lista das fofocas mais quentes.

Segundo os comentários, Mitch possuía um apartamento em Nova York, mas raramente ficava lá. Vivia viajando a serviço, hospedava-se em hotéis ou alugava apartamentos mobiliados se o trabalho exigisse alguns meses.

O que talvez explicasse por que ele evitava relacionamentos sérios. Não ficava em um lugar tempo suficiente para que as coisas ficassem sérias. Mais ou menos como a mãe dela, exceto que Donna Sullivan geralmente corria atrás do que acreditava ser o amor, não fugia dele.

Paige se perguntou como seria com Mitch. Ele fugia, de modo que o amor não conseguia alcançá-lo? Ou o amor simplesmente não era capaz de prendê-lo? Era como a pergunta da galinha *versus* o ovo para sua vida amorosa.

Rindo de si mesma, Paige puxou o cabo para fora da parede e o envolveu ao redor do aspirador. Talvez ele viajasse porque seu trabalho exigia. Ponto. E tinha coisas melhores a fazer do que refletir sobre a situação da vida amorosa de Mitch Kowalski.

Seu celular vibrou no bolso e ela revirou os olhos ao ver o nome na tela do identificador de chamadas.

– Oi, mãe.

– Oi, querida. Você está bem?

– Bem e você?

– Já estive melhor.

E, como esperado, a mãe disparou uma ladainha de queixas que revelavam a dúvida crescente sobre seu relacionamento atual. Corey era cinco anos mais jovem que Donna, fato que a encantara no início, mas que rapidamente se tornara uma fonte de insegurança.

– Juro, ele teria esquecido o aniversário de nosso primeiro encontro se eu não tivesse postado nas redes sociais.

Paige ligou o viva-voz do telefone e, muito devagar, espalhou alguns documentos sobre a mesa, à sua frente, cuidando para emitir sons condolentes nos momentos certos. Puxando o que pensava ser a folha de registro dos pratos especiais de Gavin para fora da pilha, esquadrinhou os números.

Gavin Crenshaw era jovem, mas gostava de cozinhar e era bom no que fazia. Estava trabalhando no restaurante até economizar dinheiro suficiente para se mudar para Portland ou Boston e começar a progredir no ramo da culinária. Nesse meio-tempo, Paige permitia que ele experimentasse receitas com seus clientes, desde que os ingredientes não fossem muito caros, e Ava assinalava em uma folha de papel sempre que alguém ordenava uma das especialidades de Gavin.

Whitford não era amante de berinjela com parmesão. A julgar pelas marcas no registro, a maioria dos habitantes do vilarejo sequer *tentara* experimentar o prato. O rosbife no pão de alho grelhado, porém, fizera tamanho sucesso que Ava mantinha um registro separado para o número de clientes que solicitava que fosse adicionado ao cardápio regular. Paige fez uma anotação para Gavin oferecê-lo mais algumas vezes e, se o interesse permanecesse alto, consideraria a possibilidade.

– Na noite passada, ele virou para o lado e adormeceu. Eu me aconcheguei ao seu corpo, mas ele começou a roncar antes que eu pudesse ir mais longe.

– Ele provavelmente estava apenas cansado, mãe – disse Paige. Fazia alguns minutos desde que emitira um som compassivo. Além do mais, queria impedir qualquer descrição a respeito do "mais longe". – Ele é cinco anos mais jovem que você, mas não é nenhum garoto de 19 anos.

Mas aquela explicação não era o apoio que Donna estava procurando, e as queixas continuaram. Paige colocou um "X" vermelho ao lado de dois itens e fez uma observação para lembrar Gavin que seus concidadãos não eram fãs de vegetais enfeitados. Gostavam de uma boa porção de feijão verde. Milho também. Mas os pratos caramelizados não era os favoritos da multidão. Mais dez minutos se passaram antes de sua mãe pôr fim à conversa.

– Oh, ele está estacionando na garagem agora. Tenho de me apressar. Te amo!

Paige pressionou o botão de desligar, meneando a cabeça.

– Foi bom falar com você também, mãe. Eu estou bem. O restaurante está ótimo, obrigada por perguntar. Tem um cara bonitão na cidade e não vou para a cama com ele porque não quero acabar como você.

Tentou não levar para o lado pessoal. Amava a mãe e sabia que a mãe também a amava, mas há muito desistira de ser a pessoa mais importante na vida de Donna Sullivan. Aquele era o modo de ser de sua mãe e ela jamais o mudaria.

Por mais emocionalmente insatisfatório que o telefonema fosse, chegara no momento certo para lembrá-la do motivo que a levou a instituir a regra *nada de homens* em sua vida. Tinha coisas melhores para se preocupar do que com um cara que esquecia o aniversário do primeiro encontro ou rolava para o outro lado na cama e dormia.

Ou se um homem havia pensado ou não em beijá-la no banco do parque à luz do dia.

CAPÍTULO 4

PAIGE AMAVA a celebração do *Old Home Day* em Whitford. Parte desse amor se devia ao fato de o restaurante não abrir até o meio-dia, permitindo-lhe dormir até às 7h da manhã. Mas principalmente, porém, porque amava o forte vínculo comunitário que sentia enquanto homenageava sua cidade natal adotada.

Já estava quente, então ela colocou um vestido vermelho com um corpete confortável e uma saia rodada. Além de bonito, também lhe valorizava os seios. Não que quisesse se exibir para alguém, mas vivia a maior parte do tempo com as camisetas do Trailside Diner, e era bom ficar bonita e se sentir feminina de vez em quando. Considerando o grau de calor, prendeu os cabelos em um rabo de cavalo e evitou qualquer maquiagem, além de uma leve camada de brilho labial.

Embora dormir fosse uma mudança restauradora, o restaurante fechado significava torradas com geleia no café da manhã, mas ela não se importava. Sobraria mais espaço para a torta frita apenas disponível no *Old Home Day* de Whitford, e os incríveis doces e salgados que seriam vendidos no evento. Se tivesse sorte, alguém se esqueceria de contratar o vendedor de salsichão italiano naquele ano, porque ela o culpava por sua calça jeans ter ficado demasiado apertada uma semana inteira após a celebração do ano anterior.

Pouco depois das 9h, ela foi até a biblioteca para se encontrar com Hailey. O desfile não começava antes das 10h, mas o pedestal da estátua em homenagem ao doador fundador da biblioteca oferecia uma excelente vista, e alguém poderia se apoderar do local, se não chegassem cedo. Não importava que Hailey fosse a bibliotecária. As pessoas se calavam se ela pedisse silêncio, mas não abriam mão da vista privilegiada.

Hailey já a aguardava, quando ela subiu a pequena rampa gramada, e sorriu quando Paige se sentou no pedestal de cimento ao seu lado.

– Está parecendo uma *pinup* sexy com esse vestido.

– Eu não queria sentir calor e suar, mas *pinup* sexy é ótimo.

– Apenas dos tornozelos para cima, é claro.

Paige olhou para os chinelos velhos e confortáveis e mexeu os dedos dos pés.

– Droga! Hoje eu estava realmente com esperanças de conquistar um cara com fetiche por pés.

– Eu preferiria um cara que sentisse fetiche por outras partes do meu corpo.

– Não sei... Massagem nos pés... Talvez tratamento e embelezamento, se ele tivesse uma mão firme.

Hailey sorriu.

– Gostaria de saber o que Mitch sente por pés.

Paige amaldiçoou o lindo vestido de verão por não fazer nada para esconder o rubor quente rastejando sobre sua pele.

– Você quer dizer que a cidade inteira ainda não sabe se ele tem fetiche por pés?

Hailey ficou pensativa, parecendo considerar seriamente a pergunta.

– Não creio que tenha ouvido histórias sobre ele e pés.

– De qualquer maneira, não importa. Não tenho nenhuma curiosidade sobre os interesses de Mitch Kowalski.

– Ah, mas vocês formavam um belo casal no parque outro dia. – Paige lançou-lhe um olhar "você deve estar brincando comigo". Ela sorriu. – Pelo menos foi o que ouvi de umas vinte pessoas diferentes.

– Eu estava lendo. Ele, esperando Josh terminar de cortar os cabelos. Conversamos por alguns minutos e, em seguida, ele partiu. Nada de importante. – Bem, sua imaginação não pensava assim, especialmente quando ela deveria estar dormindo, mas não imaginou que outras pessoas também dessem tanta importância ao fato.

– Aham.

– Além do mais, Mitch está fora de cogitação. Você teve um romance com ele e é minha amiga, portanto não posso me envolver com ele. – E ainda havia toda aquela história sobre abstinência, mas a amizade entre as duas era uma desculpa útil.

Hailey riu.

– Nós *não* tivemos um romance. Éramos jovens, bobos e entediados, então tomamos um porre e fizemos sexo no banco de trás do carro. E isso foi muito tempo atrás. Na nossa época, beber *cooler* estava na moda.

– Mas ainda...

– Mas ainda nada. Confie em mim quando digo que não houve envolvimento emocional de nossa parte, e você está livre para aterrissar, querida.

– Minha pista está fechada. – Paige franziu a testa, depois meneou a cabeça. – Estou evitando essa história de aviões. Não posso ser o avião *e* a pista.

– Deixe-me esclarecer as coisas. Ele será o avião. Você, o hangar.

– Um cara que estaciona o avião por toda a cidade? Ele pode taxiar em outro hangar.

Hailey riu.

– Você está certa. Realmente consegue evitar essa história de aviões. Mas não acredito que o avião de Mitch seja tão libertino como a lenda o faz parecer, entende? Vivi toda a minha vida aqui, e muitas dessas histórias são o equivalente às histórias de pescador do meu tio. Apenas querem que todos pensem que conseguiram fisgar o maior de todos.

– Não posso lidar com aviões e peixes. Você tem de escolher um.

– Fisgue-o, fique com ele por algumas semanas, depois solte-o e deixe-o nadar para longe.

– Você está me matando com tantas metáforas.

– Vá para a cama com o cara, Paige. Faça sexo ardente, suado, até achar que nunca mais vai voltar a andar, depois dê um chute no traseiro dele.

Parecia bom na teoria. Inferno, parecia ótimo na teoria, mas Paige não podia correr o risco. Era só o que faltava, se apaixonar por um homem como Mitch e perder tudo que conquistara porque estava ocupada demais perseguindo um cara que não queria ser fisgado... Fizera isso antes, embora tivesse tomado a decisão de mudar de vida para evitar que aquela atitude se tornasse um hábito, como acontecera com sua mãe.

Em um esforço para distrair Hailey, ela mudou de assunto, falando sobre o próximo evento de arrecadação de fundos para a biblioteca, e deu certo. O tempo passou enquanto as duas falavam sobre orçamentos, vendas de livros usados e a pressão que a biblioteca de Whitford estava sofrendo para desenvolver sua coleção digital, e agora estava quase na hora do desfile.

Paige se assustou quando Hailey colocou o braço ao redor de seus ombros e puxou-a, apontando com a mão livre.

– Diga-me outra vez que não está interessada.

Paige olhou para a frente, para o local onde Hailey estava apontando, e suspirou. Claro que Mitch tinha de escolher um lugar em frente ao delas para assistir ao desfile. Por certo, fora o banco que os atraiu, uma vez que um casal de adolescentes levantou-se para dar lugar a Josh, mas, ainda assim, ele precisava ficar diretamente sentado em sua linha de visão, daquela maneira?

Mitch usava o que parecia ser uma camiseta surrada dos tempos do ensino médio, por certo em homenagem à ocasião, e uma bermuda cargo que chamou sua atenção para as pernas dele. Na verdade, ela não sabia se algum dia prestara atenção às pernas de um homem, mas gostava de olhar para aquelas. Ele se sentou no banco ao lado do irmão, sem tirar os olhos do telefone. Paige esperava que, fosse o que fosse que prendia a sua atenção, continuasse assim. Talvez ele sequer a notasse em meio à multidão.

– Se Mitch a pegar olhando para ele dessa maneira, pode acabar fazendo um rasante suicida em seu hangar aqui na frente de todos.

Paige riu e empurrou Hailey.

– Dá para parar de falar em aviões? Vamos falar de outra coisa. Você já viu o fornecedor de torta frita? Quero ser a primeira da fila quando o desfile terminar.

Se tivesse de sucumbir a algo que lhe faria mal, melhor que fosse a *junk food*, e não a um homem.

* * *

– VAI FICAR jogando nessa coisa o dia todo?

Mitch fez uma careta para a tela do seu celular.

– Não estou jogando. Estamos trabalhando no projeto preliminar de uma demolição em Miami, e Scott deveria verificar novamente os cálculos sobre o raio da nuvem de poeira. Há uma escola e um posto de saúde próximos e precisamos de equipes especializadas para cobrir os orifícios e, droga, isso deveria ter sido incluído na proposta inicial.

– Você pediu a Scott para fazê-lo?

– Sim.

– Então ele provavelmente deve ter feito. Assista ao desfile.

– O desfile ainda não começou. Enviei um e-mail ontem para lembrá-lo e não obtive resposta.

– Com certeza está enviando seus e-mails para a caixa de spam, porque você não o deixa em paz tempo suficiente para trabalhar – respondeu Josh, e Mitch sentiu-se tentado a empurrar o irmão para fora do banco, debilitado ou não. Mas, em vez disso, o ignorou.

– Paige está uma gata hoje.

Mitch olhou para cima, esquecendo a mensagem de texto que estava escrevendo, e esquadrinhou a área. Não demorou muito para avistá-la. Com aquele vestido vermelho, parecia uma das mulheres daquela história na aula de inglês que ele odiava, mulheres que atraíam homens para a perdição.

Paige estava sentada no pedestal da estátua da biblioteca com Hailey e as duas riam de algo. Hailey era uma mulher atraente, mas havia algo em Paige que atraía sua atenção e a prendia.

– Não está? – Josh repetiu a pergunta duas vezes, e Mitch se deu conta de que o irmão estava falando com ele.

– O quê?

– Ela não está uma gata?

– Sim. – Estava e, antes do fim do dia, ele pretendia lhe dizer aquilo pessoalmente.

A multidão se agitou emocionada quando a nova viatura do departamento de polícia surgiu no final da rua, com suas luzes azuis piscando. Drew ligou a sirene e deixou-a soar por alguns segundos, sinalizando o início do desfile.

Mitch imaginou que ainda dispunha de alguns minutos antes de o veículo chegar até ali, então curvou a cabeça sobre o telefone e terminou a mensagem de texto para Scott. Um som irritado e um movimento rápido em sua visão periférica foi o alerta suficiente para livrar seu celular das garras de Josh.

– Que diabos está fazendo?

– Guarde esse maldito telefone ou vou jogá-lo na frente do carro de bombeiros.

– Se tocar em meu telefone, eu vou jogar *você* na frente do carro de bombeiros. – Uma vez concluída a mensagem, ele colocou o aparelho no bolso da bermuda. – Uma mensagem de texto rápida não vai estragar o dia.

– Mas ele vai responder à sua mensagem e, em seguida, você terá de responder à dele, e então você vai verificar o seu e-mail e o próximo passo será sair por aí à procura de um local tranquilo para fazer chamadas telefônicas.

Mitch exalou um suspirou exasperado, porque precisou esperar a sirene da viatura parar de soar, antes que pudesse falar.

– Eu não poderia dar um telefonema agora, mesmo que o meu negócio dependesse disso.

Felizmente, não era caso. Havia muitos negócios em curso na Northern Star Demolition, mas ele precisava confiar nas pessoas que contratara para trabalhar na empresa. Aquela viagem para casa, para se certificar de que Josh não se prejudicaria ainda mais, trabalhando demais, era para fazer as vezes de suas primeiras férias, mas não era muito bom nisso.

Mas as questões de trabalho foram lentamente empurradas para o fundo de sua mente quando os veículos de resgate da cidade começaram a passar, seguidos pelas equipes da Liga Júnior montadas em carros alegóricos, com propaganda de seus patrocinadores. O reboque de Butch Benoit estava enfeitado com luzes cintilantes, embora fossem os doces que Fran jogava para a multidão que fizessem as crianças gritarem e acenarem. Havia várias meninas da aula de dança rodando com suas saias fofas, e uma fileira de tratores antigos.

E uma bela loura, com um vestido vermelho, que Mitch pegou olhando para ele algumas vezes. Ela disfarçava quando o via olhar em sua direção, mas o fitava muitas vezes para ser acidental. Nem mesmo os cavalos premiados de Burt Franks conseguiram fazê-lo desviar sua atenção de Paige por mais de alguns segundos.

– Pobre Burt! – murmurou Josh.

– O que houve com Burt?

– Tem tanto orgulho daqueles Percheron e ninguém presta atenção a eles. Todo mundo está olhando você olhar para Paige, e parece que ela está tentando não olhar para você.

Mitch olhou em volta e, com certeza, várias pessoas se forçaram a olhar de volta para os cavalos. Pouco importava. Estava acostumado com aquelas pessoas se interessando demais pelo que ele fazia.

Quando o grande caminhão do corpo de bombeiros passou, sinalizando o fim do desfile, e as pessoas ficaram livres para se espalhar pela rua, Mitch manteve os olhos no vestido vermelho enquanto as duas mulheres desciam a pequena rampa e se infiltravam na multidão. Paige parecia ter uma missão, e ele precisou apertar o passo para interceptá-la.

– Não se preocupe comigo. – Ele ouviu Josh gritar em algum lugar atrás dele. – Vou caminhar mancando e esperando que ninguém chute as minhas muletas.

Apenas mais algumas pessoas para se esquivar, e Mitch conseguiu se colocar no caminho de Paige. Ela estacou quando o viu.

– Oi, Mitch. Gostou do desfile?

– Não tanto quanto gostei desse vestido. Você está parecendo com as mulheres das músicas country.

Paige inclinou a cabeça, os lábios se curvando em um sorriso.

– Então, levarei seu cão e a sua caminhonete e o deixarei afogando as mágoas na cerveja?

– Não esse tipo de música country. E sim as do tipo que descrevem levá-la para um passeio em meu trator até o riacho e dar um mergulho.

– Você tem um trator?

Mitch pensou por alguns segundos, mas era o riacho que o preocupava. Cavaria um buraco e encheria com a mangueira do jardim, se fosse necessário.

– A hospedaria tem um, e acho que ainda funciona. Quer dar um passeio logo mais?

Apesar do rubor subindo pelo decote do vestido de verão, o sorriso nos lábios de Paige era irritantemente educado.

– Acho que não. Vou comprar torta frita, então eu o vejo por aí.

Paige não se encontrava a dez metros de distância, quando ouviu o irmão mais novo de Mitch claudicando atrás dele.

– Um passeio de trator? E nem temos riachos profundos o suficiente para nadar nus, seu tolo.

– Cale a boca. – Uma vez que estavam cercados por pessoas que não tinham nada melhor para fazer do que ouvir a conversa alheia, Mitch deu de ombros. – Tem muita mulher por aí para se nadar no riacho.

– Eu prefiro encontrar uma mulher vendendo comida. Onde diabos está a barraca das tortas?

Mitch ficou na ponta dos pés, tentando enxergar acima da multidão. Sentiu-se um pouco mal por ter abandonado Josh para seguir Paige, então tratou de tirá-la da cabeça e se concentrou em encontrar um pouco de comida para os dois.

MANTER-SE OCUPADA no restaurante ajudara Paige a esquecer o surpreendente convite de Mitch para dar uma volta de trator, embora fosse um dos convites mais atraentes que recebera em toda a sua vida. Sentada no colo dele, sacolejando pelo campo, era uma imagem para saborear mais tarde.

Ava estava trabalhando em seu turno regular, de modo que Paige não se encontrava tecnicamente presa a horários. Mas a Whitford Historical Society resolvera vender garrafas de bebida reutilizáveis estampadas com seu logotipo, com o intuito de arrecadar fundos para o Grange Hall, e o Trailside Diner estava oferecendo água ou limonada grátis para quem comprasse as garrafas. O dia estava quente e um grande número de famílias aproveitava as vantagens da oferta.

Grata por estar usando chinelos com o vestido de verão, em vez de sandálias elegantes que estariam matando seus pés agora, Paige vertia bebida nas garrafas e ajudava Ava com as famílias que tentavam fazer seus filhos comerem um almoço de verdade, antes que a criançada enlouquecesse nas barracas de alimentos ao longo da rua principal.

Após a correria inicial, Ava serviu-se de um copo de limonada que Paige estocara para o evento e encostou-se ao balcão.

– Então, você não se interessa por tratores?

O fato de a sua recusa ao convite de Mitch já ter se espalhado pela cidade não a surpreendeu.

– Ou talvez eu não me interesse por Mitch Kowalski.

– Querida, todas as mulheres se interessam pelos rapazes Kowalski.

– Ele certamente parece pensar assim.

– Não lhe faria mal algum dar um passeio no trator do rapaz.

Paige riu e meneou a cabeça.

– Dar um passeio em tratores com rapazes não está na minha lista de prioridades.

E Ava sabia por que, uma vez que era uma das poucas pessoas com quem Paige trocara confidências. Mais de uma vez, ela se pegou desejando que Ava fosse sua mãe, mas tentava não pensar muito naquele assunto. A decisão de viver ali se pautara em deixar de lado a antiga vida e abraçar uma nova. Ressentir-se pelas escolhas que a mãe fizera, não ajudava em nada.

O sino da porta soou antes que Ava pudesse falar algo mais sobre Mitch, e Paige ficaria grata por isso se não fosse o próprio Mitch quem estava entrando naquele momento. Com o corpo zunindo e ligeiramente superaquecido outra vez, ela fez o possível para agir com naturalidade.

– Está agradável e fresco aqui – disse ele, sentando-se no bar. – Bom lugar para sentar e comer um *cheeseburger*.

– Você se perdeu de Josh?

Ele deveria estar cuidando do irmão, o que não podia estar fazendo sentado ali no balcão.

– Ele exagerou, ficando de pé na fila do algodão doce, então eu o levei para casa.

– Não ficou na fila para ele?

– Ei, eu me ofereci. Mas ele é muito teimoso.

Provavelmente uma característica da família.

– Você quer batatas fritas com o hambúrguer?

– Com certeza.

Ava anotou o pedido em seu bloco e saiu para entregá-lo à cozinha, deixando Paige sem motivos para não ficar lá conversando com Mitch. A maneira como ele a olhava a fez se sentir constrangida por estar usando aquele vestido, e ela desejou ter colocado uma camiseta antes de se oferecer para ajudar Ava.

– Conseguiu sua torta frita? – perguntou ele.

A referência ao encontro anterior fez Paige corar.

– Sim. E depois voltei para comprar mais, embora não devesse.

– *Old Home Day* só acontece uma vez por ano. Não tem graça se você não jogar a determinação ao vento e devorar todas as guloseimas.

Paige podia ter cedido à tentação ao repetir a torta frita, mas era Mitch o verdadeiro perigo para a sua determinação. Se tivesse de dar um passeio no trator de um rapaz, aterrissar o avião dele ou fazer sexo sem compromisso, seria com ele. O que era uma boa razão para se afastar.

– Você tem tudo sob controle – disse ela a Ava. – Eu estava pensando em comprar alguns vasos no clube do jardim, este ano.

– Vá e se divirta um pouco, antes que a calmaria chegue ao fim.

Paige sorriu e acenou para Mitch quando saiu, e ele ergueu a mão em resposta. Porém, não sorriu, o que ela achou engraçado. Parecia que ele não sabia lidar muito bem com a rejeição, mas teria de se acostumar com isso.

Com um suspiro, começou a descer a rua. Uma terceira torta frita estava fora de questão, mas talvez pudesse encontrar algum tipo de tratamento decadente para se acalmar. Seu corpo não podia pensar em algodão doce ou maçã do amor como um bom substituto para um homem como Mitch, mas era tudo que teria por um bom tempo.

CAPÍTULO 5

MITCH QUERIA voltar ao trabalho. Desesperadamente. Na Northern Star Demolition, se as pessoas não fizessem o que ele ordenava, poderia demiti-las. Seus empregados o ouviam. A família não, em especial Ryan. Certo, ele não estava lhe pagando, mas a hospedaria precisava de um carpinteiro, e o irmão era um excelente carpinteiro.

– Eu dirijo um negócio aqui, Mitch – disse Ryan, o aborrecimento soando alto e claro do outro lado da linha. – Não posso simplesmente largar tudo, porque você acha que os degraus da frente da hospedaria estão um pouco frágeis.

Mitch repousou a cabeça sobre o encosto do sofá, de modo que pudesse olhar para o teto. Não que esperasse encontrar o que estava procurando lá, que era paciência com o irmão, mas para bater com a cabeça contra a mesa de canto.

– Eu também dirijo um negócio, Ryan. Mas estou aqui. E os problemas aqui são muito mais graves do que degraus frágeis. O lugar está caindo aos pedaços.

– Então contrate alguém para fazer o trabalho. Alguém que não cobre o que eu recebo.

– Não há muito dinheiro sobrando para se injetar aqui e, se fizermos um cheque para resolver os problemas mais urgentes da hospedaria, não vai adiantar, a longo prazo. Precisamos nos reunir, recuperar o lugar e decidir como vamos mantê-lo financeiramente rentável. Você pode reservar alguns fins de semana, pelo menos.

– Vou tentar.

A resposta poderia ter satisfeito Mitch se ele acreditasse nela, mas trabalhava com empresas de construção suficientes para saber que estava sendo detonado.

– Josh precisa de ajuda. Você lembra dele? Nosso irmão. Aquele que tem gerido a hospedaria com apenas Rosie para ajudá-lo?

– Parece que ele vem fazendo um trabalho medíocre, também.

Era tudo de que Mitch precisava. Outro irmão com uma atitude imprestável. Que divertido seria ter ambos sob o mesmo teto! Mas o prédio precisava de reparos e Ryan era um excelente construtor, então ele o faria ir até ali, nem que fosse preciso ir até Massachusetts e arrastá-lo à força. Para começar.

– Chegarei aí na sexta-feira à noite – disse Ryan, após uma prolongada pausa. – Dou uma olhada no lugar no sábado, descobrimos o que precisa ser feito e pego a estrada de volta na madrugada de domingo. Se as obras levarem mais de dois fins de semana, terei de ajustar meus horários e conversar com os rapazes para me substituírem aqui. Mas eu vou este fim de semana, pelo menos para olhar.

– Eu agradeço – disse Mitch, sincero. – E Josh também, embora provavelmente não vá lhe dizer isso.

– Diga a Rosie que eu irei. – Aquele era o código para Rosie saber que Ryan esperava comer seu empadão de carne e pelo menos dois de seus pães de banana inteiros.

– Então, até sexta-feira. E, se estiver escuro quando chegar aqui, tenha cuidado na escada. O segundo degrau está prestes a ruir.

Assim que deligou o telefone, Mitch jogou o aparelho sobre a almofada ao seu lado e fechou os olhos. E pensou em Paige. Não deliberadamente, mas ela foi a primeira coisa que lhe veio à mente, e seu foco foi todo para o inferno. Havia cerca de uma dúzia de outras coisas que precisava fazer naquele minuto, mas nenhuma o atraía tanto quanto lembrar de Paige sentada no banco do parque, sob a luz do sol.

Ela também estava terrivelmente sexy com aquele vestido vermelho, no dia anterior. Mas, por algum motivo, vê-la distraída, lendo um livro, com os raios dourados do sol fazendo seus cabelos brilharem, era a imagem que lhe vinha à mente quando pensava em seu nome.

Se não soubesse que ela possuía um histórico de não procurar aventuras, poderia ter se aproximado um pouco mais no banco. Talvez colocado o braço ao seu redor. Antes de se levantar, a teria beijado e obtido a promessa de que ela iria vê-lo novamente mais tarde. Um jantar, talvez um filme, e então passariam a noite juntos.

Mas Paige devia ter uma boa razão para não namorar, e ele queria saber mais sobre aquele assunto, antes de se meter em algo que não deveria.

– Você está dormindo?

Mitch abriu os olhos e sorriu para Rose, que se encontrava em pé junto à porta.

– Apenas descansando os olhos.

– Meu marido costumava dizer o mesmo, pouco antes de começar a roncar. Eu fiz alguns sanduíches de mortadela de Bolonha frita para o almoço. Venha comer antes que o pão fique empapado.

– Onde está o Josh? – perguntou Mitch, enquanto a seguia até a cozinha.

– Está descansando os olhos, também. Adormeceu em uma espreguiçadeira no quintal e, como não tem dormido muito bem durante a noite, eu não o acordei.

– Ryan chegará sexta-feira à noite. Ficará apenas o fim de semana, para dar uma olhada nas coisas.

– Acho que é melhor eu me certificar de que tenho os ingredientes para o empadão de carne.

– Não se esqueça do pão de banana. – Mitch sentou-se à mesa e fincou os dentes em um triângulo de sanduíche de mortadela de Bolonha frita, escorrendo molho das grossas fatias de tomate. Ele gemeu e devorou uma segunda bocada, antes de falar. – Ninguém mais faz sanduíches assim, Rosie. Sinto falta deles quando vou embora.

– Essa é apenas mais uma das muitas razões para você arrumar uma esposa. Uma que saiba fazer sanduíches decentes de mortadela de Bolonha frita.

Mitch quase engasgou com a terceira mordida.

– Uma esposa é a última coisa de que eu preciso.

Rose meneou a cabeça e sentou-se na frente dele com seu próprio sanduíche.

– Não sei onde erramos com vocês, crianças.

– O quê? Ryan se casou. Liz está com aquele idiota do Darren, há anos. E Sean acabou de se casar.

– Ryan também se divorciou e, como você tão delicadamente salientou, Liz está com um homem de quem nós não gostamos. E uma vez que vocês, rapazes, não são muito bons em disfarçar seus sentimentos, é raro conseguirmos vê-la. E Sean pode estar casado e feliz agora, mas um em cinco não é exatamente um recorde de vitórias.

– Eu não sabia que se tratava de uma competição – murmurou ele, com a boca cheia.

– Você não se sente só?

– Para ser sincero, não. Odeio contrariá-la, Madame Sabichona, mas não ser casado não significa que sou um monge.

– Não banque o espertinho. E filhos? Como pode começar uma família se não para com mulher nenhuma?

Em um flash indesejável e inesperado, o rosto de Paige Sullivan lhe veio à mente. Como não estava à procura de uma mulher para se estabelecer, presumiu que seu subconsciente rumou para a mulher que mais desejava no momento.

– Minha profissão não combina com casamento. Preciso viajar muito. E não apenas alguns dias ou um fim de semana aqui e ali. Estou falando de ficar fora semanas de cada vez.

– Você dará um jeito, quando a mulher certa aparecer.

– Acho que ainda não a encontrei.

Certa vez, Mitch pensou ter encontrado. Pam não apenas parecia ser a mulher certa, mas também chegara muito, muito perto de se tornar a senhora Mitchell Kowalski. Inteligente, divertida e tremendamente sexy, vencera seu hábito de evitar compromissos e, no espaço de alguns meses, mudou-se para o apartamento dele e o transformou em um lar.

Infelizmente, lar era um lugar que ele visitava entre um trabalho e outro, e Pam começou a reclamar de suas constantes viagens, antes de ele colocar uma aliança em seu dedo. A Northern Star Demolition passava por um momento crucial, e ele continuou lhe dizendo que, com o tempo, talvez não fosse necessário viajar tanto. Em vez disso, com o tempo, Pam arrumou outro homem para aquecer sua cama e, quando Mitch descobriu, ela lhe deu um ultimato. Ele teria de escolher entre ela ou o trabalho. Mesmo que não tivesse contratos a honrar e pessoas que dependiam dele para receber seus salários, ele jamais abriria mão do seu negócio, e foi o fim de tudo.

Depois de Pam, ele voltara a agir do mesmo jeito de sempre, obtinha prazer físico sem envolvimento emocional, avisando as mulheres desde o início que seria um relacionamento superficial. Alguns risos, alguns orgasmos, e elas estavam sorrindo quando ele partia.

– Quando você encontrar a mulher certa – disse Rosie. – Traga-a aqui e eu vou ensiná-la a fazer sanduíches de mortadela de Bolonha frita do jeito que você gosta.

– Combinado – respondeu ele, apenas para encerrar o assunto. Não acharia a mulher certa tão cedo, pelo simples fato de que não estava procurando.

PAIGE COSTUMAVA aproveitar o momento de calmaria entre o desjejum e o almoço para reabastecer condimentos nas mesas e ajudar a limpar os fundos, bem como se recuperar de ter de fingir indiferença a Mitch, que parecia estar fazendo do desjejum no restaurante um hábito. Naquele dia, porém, ela estava bancando a *bartender*. Não porque estivesse servindo bebidas alcoólicas, mesmo porque não tinha licença para tal, mas porque estava ouvindo os problemas de Mallory Miller.

A esposa do chefe de polícia trabalhava em um escritório de advocacia na cidade e, devido às longas viagens, Paige raramente a via durante a semana, especialmente em uma segunda-feira. Mallory lhe contara que havia ligado para o trabalho dizendo que estava doente, passando mal por causa da sua vida lamentável, embora ela não tivesse dito isso a eles. Paige serviu uma xícara de café para ambas e ofereceu um ombro para ela chorar.

Depois que Carl gritou, avisando que ia fazer uma pausa, Mal contou o que a estava afligindo, mas da maior parte Paige já sabia. Drew queria ter filhos e Mallory não, e eles não estavam falando um com o outro. E já fazia algum tempo.

– Pensei que eu bastava para Drew – disse Mal. – Que a nossa vida juntos fosse o suficiente. Por que os últimos dez anos se tornaram irrelevantes? Vale a pena jogar tudo fora se não tivermos filhos?

Paige, que estava encostada ao balcão, verteu um pouco mais de café em suas xícaras e levou a jarra de volta ao queimador em uma tentativa, não muito óbvia, ela esperava, de ganhar um pouco de tempo para pensar. Estava ali apenas para ouvir, não para ser colocada sob pressão. Que diabos ela sabia sobre casamento? Não muito.

– Você perguntou isso a *ele*?

– Não estou perguntando nada a ele.

– Você sabe que não podem resolver nada se não falarem um com o outro, certo?

Mallory deu de ombros.

– Eu já disse tudo que havia para dizer sobre o assunto. Não quero ser mãe.

Era aí que tudo se tornava confuso para Paige. Mallory não tomara aquela decisão de repente e revelara ao chefe de polícia. Sabia o tempo todo que não queria ter filhos, mas fizera o marido acreditar que queria, para não correr o risco de perdê-lo. O casamento inteiro fora baseado em uma mentira, e Drew não sabia. Mas Mal também tinha razão em um ponto. Eles viveram dez anos felizes. O fato de não terem filhos realmente anulava isso?

– Pensei que eu fosse amadurecer essa ideia – disse Mal. – A ideia de ter filhos, quero dizer. Pensei que me acostumaria com o casamento e, no futuro, sentiria desejo de me tornar mãe. E Drew jamais saberia como eu me sentia antes. Mas o desejo nunca veio.

– Mas você pode entender por que Drew está tão aborrecido, não é?

Os lábios de Mal enrijeceram.

– Posso entender o aborrecimento. Mas jogar nosso casamento fora? Eu deveria ser mais importante para ele do que filhos que não são nada, apenas hipotéticos, você não acha?

– Suponho que sim – disse Paige, sendo honesta sem tomar partidos, que era a chave para o sossego de um proprietário de um negócio em uma cidade pequena.

O sino sobre a porta tilintou e Paige abafou um suspiro de alívio. Mallory não continuaria lavando a roupa suja de seu casamento se houvesse outros clientes no local. Mas ficara aliviada cedo demais. Era Katie Davis, o que significava que a conversa continuaria. Mas se, pelo menos, ela pudesse se ocupar com alguma tarefa, não teria de tomar parte nela.

Gostava de Mallory Miller. Ao longo dos dois últimos anos, haviam se tornado mais do que simples conhecidas, embora a maioria dos seus encontros fossem no restaurante, em grupo, geralmente formado por Hailey e Katie ou nos cinemas. Mas, se alguém perguntasse, Paige a chamaria de amiga.

Mas também gostava de Drew, e os problemas conjugais dos dois não eram de fato algo fácil de entender. Se Drew a tivesse traído ou Mallory o traído, seria mais fácil de tomar partido. No entanto, naquele caso em particular, Paige não tinha certeza do que dizer.

Ainda depositava grandes esperanças na reconciliação de Drew e Mal e, se isso acontecesse, ela não queria ser a pessimista que a aconselhou a desistir.

– O que estamos conversando? – perguntou Katie, assim que se sentou em um dos bancos do bar e Paige lhe serviu um refrigerante sabor baunilha.

– Sobre o quanto os homens são detestáveis – respondeu Mal.

Katie bufou.

– Meu tempo é escasso para tal assunto.

Paige ainda não havia descoberto o que se passava com Katie. Ela também não namorava, mas isso não era "novidade". A bela loira tinha um número considerável de amigos do sexo masculino e geralmente era considerada *um deles.* Tanto que as especulações sobre se Katie Davis *gostava,* de fato, de homens, não eram raras. Paige sabia que ela gostava, e também suspeitava que o coração de Katie pertencia a alguém em particular, e o rapaz não percebera ainda. Katie, no entanto, não confirmava nem negava essa teoria.

– Acho que vou sair de casa – disse Mallory, e algo em seu modo de falar fez Paige acreditar que ela havia acabado de chegar àquela conclusão.

– Faça-o sair – aconselhou Katie.

– Se eu me mudar para a cidade, não precisarei mais fazer aquele longo trajeto. E ele é o chefe de polícia, então vai ficar aqui. Faz mais sentido eu me mudar do que ele. – As lágrimas começaram a rolar pelas bochechas de Mal, e Paige pegou a caneca de café de suas mãos trêmulas, pousando-a sobre o balcão. – Não posso acreditar que acabou.

– Eu ainda acho que você deveria tentar uma terapia de casal, antes de tomar uma decisão como essa – disse Paige calmamente.

– Sim, eu adoraria contar a um total estranho que menti para o meu marido por dez anos. E então ouvir Drew e o terapeuta me dizerem que sou uma pessoa ruim e que tudo ficaria bem se eu tivesse um bebê.

Katie parou de chupar o canudo e meneou a cabeça.

– Eu nunca fiz, mas tenho certeza de que terapia de casal não funciona dessa maneira.

Paige foi obrigada a concordar, mas estava tentando se esquivar da conversa, não se envolver demais, e resolveu não opinar. Então, por sorte, alguns rapazes que trabalhavam em uma empresa de construção local entraram no restaurante, e foi a desculpa de que ela precisava para deixar o balcão.

Para ser franca, era um pouco deprimente participar de uma discussão sobre o quanto os homens eram detestáveis. Não achava que eles fossem assim, apesar da sua atual decisão de não se envolver com nenhum. Mas, naquele caso em particular, não acreditava que Drew tivesse feito algo errado. Estava compreensivelmente aborrecido por sua esposa ter mentido para ele desde antes do casamento.

Mas ela vira mulheres na mesma situação de Mal antes. Uma mulher em particular. Sua mãe era mestra em enterrar os próprios desejos e sentimentos para agradar a um homem. Donna Sullivan jamais se preocupou com o futuro. Jamais se preocupou se um dia odiaria a si mesma ou se magoaria seu companheiro. Sequer pensava no que poderia acontecer quando chegasse o dia em que ela não fosse mais capaz de esconder seu verdadeiro "eu", e o homem descobrisse que ela não era quem ele pensava ser. Tudo o que importava era não ser abandonada logo em seguida.

Mais algumas pessoas entraram no salão enquanto ela servia refrigerantes aos rapazes da construção, de modo que não teve chance de voltar à conversa, antes de Katie precisar voltar à barbearia e Mallory continuar com o que quer que estivesse fazendo naquele seu dia de folga forçado.

Paige manteve-se ocupada até às 14h, quando Ava chegou. A mulher tinha quase 60 anos, embora travasse uma valente batalha contra os anos com tintura de cabelo castanho-escura e uma variedade de cremes faciais que comprava em televendas, mas amava servir mesas e era boa no que fazia.

Ao ter a chance de escolher, quando estavam se preparando para a grande reabertura do restaurante, Ava optara pelo turno da tarde até o fechamento. Seu marido morrera de um ataque cardíaco fulminante no ano anterior, e aquele horário, depois do trabalho, jantar e noticiário noturno, era quando ela mais sentia falta dele, então preferia se manter ocupada. Paige não tinha opção, por isso empurrava o despertador para o outro lado da mesa de cabeceira todas as manhãs, às 4h30.

– Mitch veio vê-la esta manhã? – murmurou Ava, quando passaram uma pela outra no balcão das sobremesas.

– Não. Por que ele deveria?

Ava piscou.

– Estava só pensando.

Quando terminou de limpar as mesas para que pudesse sair dali, Paige resmungou baixinho. Seria muito mais fácil não pensar em Mitch Kowalski, em seu sorriso assassino e belos olhos se as pessoas não falassem tanto sobre ele o tempo todo.

– Preciso de uma carona até o centro do vilarejo.

Mitch ergueu os olhos do livro de contabilidade que estava folheando, já que o irmão achava que o programa de planilhas era algo ligado a esportes, e viu Josh parado à porta do escritório, amparando-se em suas muletas. Parecia muito melhor do que na noite em que ele chegara à cidade, e sua atitude melhorara um pouco, mas ainda não recuperara seu charme. Nem as boas maneiras.

– Por favor – acrescentou Josh, antes que Mitch o repreendesse.

– Não podia ter falado isso antes de eu ter ido tomar café da manhã no restaurante?

– Eu não sabia que você ia, mas deveria, já que está indo todos os dias. Você vai me dar carona ou não?

– Claro. – Mitch podia ver os músculos da mandíbula de Josh flexionarem, enquanto ele fechava o livro de contabilidade e o deixava de lado, mas a tensão era inevitável.

Josh por certo devia se sentir um pouco irritado ao vê-lo examinando os livros de contabilidade, quando ele realmente não tinha nada a ver com a gerência da hospedaria, mas todos os irmãos eram igualmente proprietários e isso lhe conferia o direito. Tudo o que podia fazer era se manter o mais calmo possível e deixar claro que estava apenas tentando se familiarizar com o negócio, de modo que pudesse ser útil, em vez de conferindo o funcionamento. Até agora, tudo parecia muito simples. As reservas e a renda estavam em baixa. Ele pôde ver onde Josh e Rosie haviam trabalhado para conseguir reduzir as despesas, e a hospedaria não estava tão mal quanto imaginara. Poupando cada centavo, conseguiriam deixá-la rentável, mas estava fechada. Não havia espaço para a contratação de um carpinteiro ou um pintor.

Ou um serviço de podas de árvore.

– Aonde vamos? – perguntou ele, seguindo Josh até a cozinha, onde as chaves da caminhonete se encontravam penduradas atrás da porta.

– Você precisa passar no mercado e comprar algumas coisas – chamou Rose, da despensa.

– Já fez uma lista?

– Passei a lista para a Fran por telefone e tudo já estará embalado, esperando por você.

Josh revirou os olhos.

– Perdi a lista uma vez e agora é como se eu tivesse 12 anos e não fosse confiável para lembrar de comprar o leite.

– Você perdeu a lista uma vez, mas foi na véspera do dia de Ação de Graças.

Mitch riu e segurou a porta aberta para Josh.

– Logo estaremos de volta, Rosie.

– Deixem o mercado para o final ou o creme vai estragar enquanto vocês dois estiverem por lá conversando com as pessoas.

Josh havia dominado a arte de subir na caminhonete com apenas uma perna e, pelo menos, era poupado da humilhação de um impulso fraternal. Mitch jogou as muletas na parte de trás e deu a volta para o lado do motorista. O veículo sacolejou bastante e ele resmungou baixinho, esperando não precisarem acrescentar transtornos com transporte à lista de problemas.

– Você não me disse para onde vamos – disse ele a Josh.

– Para a loja de ferragens. Preciso deixar um cheque com o Dozer para pagar as despesas do mês passado. Pensava em lhe levar o cheque logo depois de podar aquela maldita árvore.

Mas, em vez disso, ele fora parar na sala de emergência do hospital. Mitch não perguntou se ele dispunha de dinheiro suficiente na conta. Josh se ofenderia e, se havia algo que Mitch sabia, após passar o dia olhando os livros de contabilidade, era que seu irmão podia ser tolo o suficiente para escorar uma escada na parte traseira de uma caminhonete, mas tinha controle sobre as finanças.

– Ainda não vi Paige Sullivan se esgueirando pela porta dos fundos da hospedaria – comentou Josh, soando um pouco presunçoso.

– Prefiro passar a noite na cama delas. Isso as impede de se convidarem para o café da manhã.

– A menos que tenha aperfeiçoado a arte de pular pela janela, tem dormido em sua própria cama todas as noites.

Agora ele soara presunçoso *e* divertido, e Mitch exalou um suspiro exasperado.

– Tenho andado um pouco ocupado, caso não tenha notado.

– Um pouco ocupado sentado no balcão observando Paige trabalhar. E todo mundo o viu correr atrás dela e levar um fora na celebração do *Old Home Day*. Você foi repelido por ela, como qualquer outro cara em Whitford.

– Eu estava apenas me aquecendo – murmurou Mitch.

Felizmente, o rádio começou a tocar uma música bonita e Josh aumentou o volume. Os dois passaram o restante do trajeto até a cidade cantando e batucando em várias partes do interior da caminhonete.

Mitch estacionou na frente da Whitford Hardware e pegou as muletas, enquanto Josh saltava lenta e cuidadosamente do banco do lado do passageiro.

Um antigo sino de bronze tilintou, quando Mitch abriu a porta, e Albert Dozynskik, permanente apelidado de Bulldozer por sua nova cidade natal, quando ele comprara o local na década de 1970, ergueu o olhar da prateleira de artigos de jardinagem que estava arrumando.

– Ouvi dizer que estava de volta à cidade – disse ele, ao se pôr em pé. Era uma criança quando a família emigrara para os Estados Unidos, mas os pais só falavam polonês em casa e ele ainda tinha um leve sotaque. – Como tem passado?

– Bem. – Mitch apertou a mão do homem. – Como vão os negócios?

Dozer deu de ombros.

– Devagar, mas aguentarei firme.

– Fico feliz em ouvir isso.

Josh retirou um talão de cheques do bolso de trás e, enquanto ele e Dozer caminharam até a caixa registadora para acertarem as contas, Mitch se afastou para olhar ao redor. A loja era um tesouro, com um estoque farto e variado, implorando para ser explorado. Era bem provável que uma pessoa entrasse em uma daquelas grandes lojas de artigos para reformas para procurar uma boia do carburador de um gerador fabricado no início dos anos 1980 e não achasse, mas havia uma boa chance de Dozer ter uma. Podia-se encontrar porcas para qualquer parafuso e junções para qualquer tubulação. Talvez seus preços fossem um pouco mais elevados do que os das grandes lojas, mas nesses lugares as mulheres tinham de carregar suas compras até o carro, e não se podia obter emprestado um curvador de tubos ou um maçarico se precisasse usá-lo apenas uma vez.

– Está perdido? – Mitch ouviu Josh chamá-lo e abandonou o engradado de peças para tratores antigos que estava escolhendo. Não sabia se o velho trator da hospedaria precisava de peças novas, mas nunca se sabia o que poderia ser encontrado no fundo de uma caixa enterrada nos fundos de uma loja de ferragens em Whitford.

– Você me faria um favor? – perguntou Dozer, enquanto eles se dirigiam à porta da frente. – Se virem o meu neto por aí, digam-lhe que ele deveria estar me ajudando a arrumar e limpar as coisas esta semana.

– Pode deixar – disse Mitch, enquanto segurava a porta aberta para o irmão mais uma vez.

Se estivesse se lembrando bem, Nick, o neto sumido, devia ter cerca de 17 anos agora. Estava na idade certa para ajudar o avô na loja. Mitch conhecia um pouco a mãe do menino porque ela se casara com o melhor amigo de Ryan, mas não via Lauren Carpenter há anos. Teria de se lembrar de perguntar a Rose como ela estava. Ele examinou a área, enquanto Josh subia na caminhonete e lhe entregava as muletas, mas não viu qualquer criança que pudesse parecer ser Nick Carpenter.

– Tem outras incumbências para executar enquanto estamos na cidade? – perguntou ele a Josh, quando se afastou do meio-fio.

– Eu estava pensando em parar para falar com Andy Miller.

Andy era o pai de Drew. Fora amigo do pai deles, um de seus melhores amigos, e costumava frequentar bastante a hospedaria na época que eles eram jovens.

– Como ele está?

– Ouvi dizer que estava procurando trabalho nas redondezas, e nós poderíamos usar os serviços dele.

– Ryan prometeu vir.

– Futuramente. E ele vai ter tempo de ver o panorama global. Eu estava pensando mais sobre todas as pequenas coisas que negligenciei. Na verdade, não quero gastar mais dinheiro do que o necessário, mas o lugar está começando a ficar muito diferente das fotos no site, e isso afugenta os clientes.

Mitch achou que talvez fosse uma boa ideia, exceto por um detalhe. Um detalhe realmente *importante*.

– E quanto a Rosie?

Rose Davis não falava com Andy Miller. Nunca. Ninguém sabia o motivo e, depois de quase três décadas, ninguém ousava lhe perguntar. Mas ela não gostava do homem. Mitch não acreditava que ela ficaria satisfeita em tê-lo trabalhando na Northern Star.

– Ela trabalha para nós – argumentou Josh.

Mitch riu tanto que quase saiu da estrada.

– Continue dizendo isso a si mesmo, Josh.

– Dane-se. Apenas rume para a casa de Andy.

– Sem problema. Estou ansioso para ver você tentar fugir de Rosie com apenas uma perna.

CAPÍTULO 6

ROSE VIU os pratos na pia na hora em que entrou na cozinha, e meneou a cabeça. Devia ser a louça do café da manhã de Mitch, uma vez que há muito havia treinado Josh para colocar os pratos na máquina de lavar, em vez de deixá-los na pia para ela lavar.

Era bom que Mitch tivesse comido em casa, porque talvez isso significasse que ele desistira de Paige Sullivan. Só não era bom ter de esfregar os restos de flocos de milho duros como concreto, que ele deixara grudados nas bordas da tigela. Ela abriu a torneira, esperando que um pouco de água quente os amolecesse, e olhou para fora da janela para ver se avistava o transgressor.

Viu um transgressor, mas não era Mitch. Andy Miller estava no quintal com um cinto de ferramentas pendurado ao redor da cintura e um boné esfarrapado do Red Sox protegendo os olhos do sol.

O zunido de raiva que lhe percorreu as veias foi imediato e familiar. Andy não era bem-vindo à Northern Star Lodge, e ele sabia muito bem disso.

Deixando a tigela cair na pia com um baque, ela desligou a torneira e secou as mãos. Não falava com o homem há vinte e seis anos, mas ia quebrar aquele silêncio lhe passando um sermão. E, em seguida, o escorraçaria do quintal, nem que fosse necessário usar o trator para fazê-lo.

Antes que ela pudesse alcançar a porta dos fundos, Mitch a abriu, entrou e sorriu ao vê-la. Mas, ao fechar a porta, devia ter percebido seu aborrecimento, e olhou direto para a pia.

– Eu pretendia lavar os pratos.

– Para o inferno com os pratos sujos! O que que aquele homem está fazendo nesta casa? – Ela quase disse "na minha casa", mas se conteve a tempo. A Northern Star Lodge pertencia aos filhos do antigo proprietário, não importava quanto tempo ela vivia ali como chefe da família.

– Ele não está na casa. Andy precisa de trabalho e nós precisamos de ajuda.

– Há muita gente nesta cidade precisando de trabalho. Você *sabe* como me sinto em relação a ele.

– Eu sei que você não gosta dele, mas ninguém sabe o motivo. Sei também que Andy Miller não apenas é o pai do meu melhor amigo, mas foi o melhor amigo do meu pai. Eles eram como irmãos.

– Ele não é meu amigo – disse ela, cruzando os braços sobre o peito.

– Não estou pagando a ele para jogar palavras cruzadas ou tricotar com você. Estou lhe pagando para trabalhar.

– Eu realmente não o quero aqui.

A mandíbula de Mitch enrijeceu, e o menino que ela criara e a quem esperava sensibilizar se perdeu por trás da máscara de um homem que havia construído o próprio negócio a partir do zero.

– Você vai reformar os degraus da frente e pintar a varanda?

Ela fez que não com a cabeça.

– Não, mas Ryan pode cuidar da reforma e você só precisaria de um garoto qualquer para fazer a pintura.

– Ryan virá aqui em um pé e voltará no outro. Está decidido, Rose. – Mitch começou a se afastar, depois parou. – Você é uma das mulheres mais amáveis e generosas que já conheci. Por que odeia tanto Andy?

– Tenho minhas razões – retrucou ela, e então se afastou para longe da cozinha, subiu a escada e caminhou pelo corredor direto até seu quarto, onde bateu a porta com força como uma adolescente irritada.

A situação era complicada. Mitch não consideraria mandar Andy Miller embora, a menos que lhe desse uma boa razão, e ela jamais contaria a alguém por que odiava Andy. Jamais.

Talvez ele e Josh não devessem levar em conta os sentimentos dela, quando se tratasse de gerir o próprio negócio, mas teriam de arcar com as consequências.

MITCH BATEU a porta da despensa e depois a chutou, quando viu que não a havia fechado direito. Andy Miller começara a trabalhar na terça-feira, já estavam na quinta-feira, e Mitch não sabia onde Rose guardava os filtros de café extras.

Josh também não sabia. Disse que era Rosie que sempre fazia o café. Mitch poderia perguntar a ela, mas não queria lhe dar aquela satisfação. Ela estava em greve... ou o que quer que pudesse significar uma mulher descansando no quarto o dia todo, tricotando e assistindo à televisão. Enquanto isso, os verdadeiros donos do lugar, os que assinavam seus contracheques, não podiam fazer um bule de café.

Praguejando baixinho, ele pegou as chaves no gancho e se dirigiu à porta dos fundos.

– Vai a algum lugar?

Então ela havia saído do quarto. Rose segurava uma pilha de DVDs.

– Vou à cidade.

– Ótimo. Pode passar na biblioteca para mim. Já assisti a todos estes filmes, e Hailey me ligou dizendo que encontrou alguns de que eu gostaria, em uma caixa de doações. Estão reservados no balcão.

Rose colocou a pilha sobre a mesa e saiu antes de que Mitch pudesse ressaltar a ironia de ela lhe pedir um favor, e *pedir* era um eufemismo, quando ele não conseguia fazer um bule de café porque ela estava chateada por causa de Andy Miller.

Acrescentando mais algumas palavras criativas à sua série de palavrões, ele pegou a pilha de DVDs e saiu pela porta. Josh e Andy estavam nos fundos, fazendo uma lista de materiais, e ele esperava sair sem ser visto. Não estava realmente no clima para companhia.

Foi à biblioteca em primeiro lugar, apenas para resolver logo aquele assunto. Hailey estava no balcão de empréstimos, como sempre, e ergueu uma sobrancelha quando o viu.

– Não o vejo aqui com muita frequência.

– Não costumo vir aqui com muita frequência. – Para começo de conversa, ele não vivia lá e ela sabia muito bem disso.

E, quanto mais velho ficava, mais cansado se tornava das cotoveladas e piscadelas que o perseguiam naquela cidade. Claro, ele aprontara bastante na juventude. Hailey também. Inferno, os dois haviam aprontado juntos, mas todos aceitavam o fato de ela ter amadurecido e se tornando bibliotecária. E Hailey não era objeto de insinuações nem de olhares sugestivos aonde quer que fosse.

Essa era uma das razões que o levaram a abraçar uma profissão que exigia constantes viagens. Podia aproveitar a vida como bem entendesse sem ficar estigmatizado. O mesmo não acontecia ali.

– Rose disse que você reservou alguns DVDs para ela.

Hailey retirou uma pequena pilha de filmes de uma gaveta e, depois de fazer algo no computador, passou um scanner portátil em cada um.

– Eu não trouxe o cartão de Rose – disse ele.

– Eu puxei o nome dela no sistema. Implantamos um novo sistema de computador alguns anos atrás. Foi necessário todo um processo de aprendizagem, mas valeu a pena.

Mitch assentiu com a cabeça, esperando enquanto ela colocava os DVDs em um saco plástico, sem saber o que responder àquilo.

Hailey entregou-lhe o saco, mas não o soltou quando a mão dele escorregou pelas alças, prendendo-o lá por alguns segundos.

– Eu provavelmente não deveria dizer isso, mas não desista de Paige. Se você continuar a persegui-la, ela vai acabar cedendo.

Mitch queria negar que estava perseguindo Paige e depois perguntar de onde ela tirara aquela história, mas lhe parecia um pouco infantil, então apenas sorriu.

– Bom saber.

– Ela vale a pena.

Ele também pensava assim.

– Vou me lembrar disso.

Sua próxima parada foi em Whitford General Store. Havia provavelmente uma caixa inteira de filtros de café na cozinha de Rose, mas seriam inúteis se não pudesse achá-los.

– Rose não ligou encomendando uma lista – informou--o Fran, atrás do balcão. Ela mudava para o tamborete alto quando tinha clientes, mas atrás dela havia uma cadeira de escritório, um computador e sua cesta de tricô.

– Não preciso de uma lista, Fran. Já sou crescidinho.

Fran suspirou e, em seguida, ele vagou para cima e para baixo pelos corredores, desejando ter levado uma lista. Filtros de café ele sabia, mas não conseguia lembrar o que mais havia ou não na despensa. Pegou pão e leite, uma vez que todo mundo sempre precisava desses produtos, depois acrescentou algumas embalagens de comida pronta à cesta.

Era o suficiente, decidiu.

Mais tarde, iria até a cozinha e faria uma lista. Então ele e Josh poderiam fazer um passeio até a cidade e ir ao supermercado. Josh poderia dirigir um daqueles carrinhos motorizados, e faria muito bem aos dois deixar o vilarejo, mesmo que apenas por algumas horas.

O tempo todo, enquanto passava suas compras na caixa registradora, Fran parecia querer lhe dizer algo, mas não dizia. Rose provavelmente ligara, e a mulher estava tentando evitar lhe dar um sermão sobre lealdade ou algo nesse sentido. Ou talvez Rose não tivesse ligado. O fato de Andy estar trabalhando na hospedaria já devia ser do conhecimento de todos agora, e nunca fora segredo que Rose não gostava do homem.

– Eu o conheço desde que nasceu, Mitchell Kowalski, e talvez eu saiba mais a seu respeito do que você imagina.

Aquilo soou sério, embora ela provavelmente não soubesse tanto quanto pensava que sabia. Se os Benoit soubessem o que ele fez com a filha deles na noite do baile de formatura,

Butch o teria esquartejado, enquanto Fran recolheria os pedaços para jogar no lixo.

– Isso não me surpreende. – Foi tudo o que ele conseguiu dizer.

– Não parta o coração de Paige Sullivan.

– Você não é a primeira pessoa a me avisar para ficar longe dela. – E ele estava ficando cansado daquela conversa.

– Oh, não o estou avisando para ficar longe dela. Acho que Paige deveria acrescentar um pouco de romance temporário à sua vida. Você tem um talento especial para deixar as mulheres felizes e satisfeitas quando vai embora, em vez de infelizes e com o coração partido. Certifique-se de que com Paige não seja diferente.

Mitch não sabia ao certo o que responder. Aliás, não sabia se havia algo que *pudesse* responder. Ter uma mulher com idade para ser sua mãe, ou até mesmo sua avó, falando com ele sobre sua vida sexual atingia um nível bastante elevado na lista do *estranho*. E Mitch sequer queria pensar na reação de Paige ao saber que Fran Benoit estava conspirando para que ela fizesse sexo. Com ele.

Certo, quanto *àquilo*, não fazia objeção. Mas todo mundo se metendo na vida de todo mundo, especialmente em sua vida pessoal, era apenas mais uma das coisas naquele vilarejo que o deixavam irritado.

– Não tenho nenhuma intenção de partir o coração de Paige, Fran. – Também não ia revelar se tinha ou não alguma intenção de lhe oferecer algum romance temporário, como Fran tão delicadamente mencionara.

– Ótimo. – Ela pegou o dinheiro e lhe deu o troco. – Ela é uma boa garota.

– Eu já sei disso.

Mitch pegou os mantimentos e saiu antes que ela pudesse dizer mais alguma coisa. Assim que entrou na caminhonete, pensou sobre aonde ir em seguida. Não precisava fazer mais nada, mas não queria voltar para a hospedaria ainda. Com a atitude de Josh e a birra de Rosie, cabia a ele ser a voz da razão, por isso fazia sentido evitar o lugar até dispersar seu mau humor e poder ser razoável.

O ronco do seu estômago tomou a decisão por ele. Era tarde para o desjejum e cedo para o almoço, mas ansiava desesperadamente por um pouco de café. E talvez uma omelete. Ver Paige outra vez também não faria mal algum.

A MANHÃ fora cansativa e, depois de ter terminado seu trabalho, Paige estava encostada ao balcão, folheando uma revista, quando Mitch surgiu à soleira da porta, e ela perdeu todo o interesse no artigo que estava lendo sobre limpadores industriais cem por cento naturais.

Ele sorriu quando a viu e se sentou em frente ao balcão, na extremidade mais afastada da janela que dava para a cozinha, onde Carl estava preparando o almoço.

– Bom dia, Paige.

– Oi, Mitch. Café?

– Muito café. Muito. – Ele lhe deu uma piscada que a fez sentir um formigamento em todos os lugares certos.

Não, nos lugares errados. Nada de formigamentos, lembrou a si mesma, enquanto servia uma xícara de café e a colocava na frente dele.

– Mais alguma coisa ou apenas café?

– Vou querer uma omelete de carne moída e cheddar, com batatas fritas da casa. Dispenso as torradas, e também quero um pouco de companhia. – Ele a fitou nos olhos ao dizer isso, e Paige esperava não exteriorizar o que estava sentindo por dentro, porque poderia ser resumido em três palavras. *Eu o quero*.

– O movimento está bastante calmo agora. Se está à procura de companhia, terá de se contentar com a minha.

– Não existe essa de "se contentar" com você, Paige Sullivan.

Mesmo com o formigamento se intensificando, ela riu.

– Isso foi bastante lisonjeiro. Você é ainda mais galanteador do que lhe creditam as histórias.

– Está funcionando?

– Não. Desculpe – mentiu ela. – Deixe-me despachar seu pedido. – Como Carl não se encontrava à vista, Paige teve a desculpa perfeita para escapar por alguns segundos. Mitch Kowalski a afetava como ninguém. E não do modo quando as crianças faziam bagunça em seu restaurante, enquanto os pais se sentavam para tomar café. Ele a afetava em partes do corpo que vinham sendo seriamente negligenciadas nos últimos dois anos.

E, pelo visto, ela não conseguia disfarçar, porque, depois que Carl pegou o pedido de suas mãos, lançou-lhe um olhar divertido.

– Está se sentindo bem? Parece um pouco corada.

Ótimo.

– Estou bem. Está um pouco quente aqui na cozinha.

– Não, não está.

Paige meneou a cabeça e se dirigiu à porta de vaivém. Mitch estava bebendo seu café, mas parecia como se estivesse vigiando a porta, esperando por seu retorno. Embora houvesse alguns jornais empilhados próximo ao seu assento, ele os ignorou e, como dissera que estava à procura de companhia, ela realmente não tinha escolha, a não ser conversar com ele.

Após lhe verter um pouco mais de café, serviu-se de um chá gelado e encostou o quadril na ilha central. Podia ter se sentado em um dos muitos bancos vazios, mas, se sentasse distante, pareceria rude, se o intuito dele era conversar, e, se sentasse perto, seu corpo poderia começar a ter ideias novamente.

– Mais tarde, depois que Ava chegar, gostaria de dar um passeio comigo?

Sim. Sim ela gostaria.

– Tenho planos para depois do trabalho, mas obrigada de qualquer maneira.

– Seria divertido. Poderíamos passear às margens do lago. Ver até onde íamos parar.

O problema era esse, ver até onde iam parar, porque, se ficasse sozinha com Mitch, havia uma boa chance ir parar em seus braços. Ou em sua cama.

– Talvez em outra ocasião. – Em vez de acatar a dica, ele se inclinou para a frente e sorriu.

– Vamos. Eu tenho um capacete que caberia em você.

– Capacete?

– Para a moto. Estou falando em dar um passeio ao redor do lago de moto, não na caminhonete.

Oh, aquilo era tudo de que ela precisava depois de dois anos ou mais de celibato, um cara bonitão sentado entre suas pernas e um vibrador sobre rodas embaixo dela.

– Eu... não posso.

Mitch se inclinou para trás novamente, envolvendo a caneca de café com as mãos, mas não parecia se sentir rejeitado. Curioso, talvez.

– Por que você não namora, Paige?

– Desculpe, mas detalhes sobre a minha vida pessoal não estão no cardápio.

– Eu não entendo. Você é linda. Com certeza é inteligente e determinada, já que não apenas deu vida nova a este lugar, mas o tornou muito melhor do que era.

O homem sabia como elogiar uma mulher, isso era certo.

– Obrigada.

– Parece estar em uma ótima fase da vida. Por que não está procurando um homem para compartilhá-la?

– Os homens são um luxo, não uma necessidade.

– E o que isso significa? – perguntou Mitch, franzindo o cenho como se o conceito fosse totalmente estranho para ele – o que provavelmente era.

Paige afastou-se da ilha e endireitou os saleiros e os pimenteiros apenas para ocupar as mãos.

– Significa que não *preciso* de um homem em minha vida. E tenho isso escrito em uma nota adesiva colada na porta da minha geladeira para não esquecer.

– Mas você *quer* um homem, certo?

Ela fingiu pensar no assunto por alguns segundos.

– Não especialmente.

– Quem abre os frascos para você?

– Eu tenho um pequeno aparelho que faz isso.

– Mas... – Ele sorriu. – E sobre sexo?

– Tenho um pequeno aparelho que faz isso também.

Mitch pareceu atordoado por alguns segundos. Em seguida, um brilho maroto iluminou seus olhos azuis, e Paige se perguntou como diabos havia se metido naquela conversa. Pretendia apenas fazê-lo entender que não estava interessada, mesmo que não fosse exatamente verdade, mas, de alguma maneira, acabara falando sobre brinquedinhos eróticos.

– Ouvi dizer que esses pequenos dispositivos não são um bom substituto da coisa verdadeira.

Na verdade, não eram, mas ela não concordaria.

– Talvez quem lhe disse não estivesse usando os dispositivos certos.

– Ou talvez ainda estivesse em chamas, sob o efeito da incandescência da coisa verdadeira.

– Em chamas pela incandescência? – Dispositivos não causavam chamas. Ou incandescência. – Diga-me que não acabou de dizer isso.

– Oh, mas existem chamas e incandescência. Acredite em mim.

Acreditar nele era a última coisa que ela seria estúpida o suficiente para fazer.

– Acho que você deve saber, em vista da vasta experiência que possui.

Em vez de aparecer insultado, Mitch recostou-se no assento e sorriu.

– Tem ouvido muitas histórias a meu respeito, suponho.

– É impossível passar algum tempo com as mulheres deste vilarejo e *não* ouvir essas histórias.

O sorriso dele esvaneceu um pouco.

– E ainda perguntam por que não venho aqui com mais frequência.

– Você não gosta daqui?

– É um pouco claustrofóbico. Não me importo de visitar, mas jamais moraria. Até mesmo seis semanas neste lugar para mim será demais.

E ela adorava aquele vilarejo o suficiente para torná-lo o seu lar. Foi o bastante para reforçar sua resistência ao charme dele.

– Não deve odiá-lo, apesar de tudo. Você deu o nome da hospedaria à sua empresa.

– Não, eu não odeio Whitford. – Ele exalou um suspiro. – É só que, uma vez que lhe fixam um rótulo aqui, você jamais o perde. Quando você entra em um lugar, as pessoas a veem como uma mulher bela e bem-sucedida em seus negócios. Quando eu entro, não veem um homem adulto bem-sucedido em seus negócios. Veem cada história que ouviram a meu respeito fazendo algo errado, embora eu tenha mudado.

– Então você não é um playboy charmoso que se envolve com as mulheres a as deixa sorrindo quando parte rumo ao ocaso?

– De certo modo, estou tentando ser, mas você não está deixando. – Oh, ele era bom. – Sabe, Paige, não estou interessado em ser uma necessidade. Apenas um luxo temporário.

– Não sou uma mulher que precisa de luxos em sua vida.

– Aposto que posso fazê-la mudar de ideia.

Ela o encarou.

– Aposto que não pode.

– Eu posso ser persuasivo.

– Sério? Como parece que nunca teve de se esforçar para persuadir uma mulher, acho que seria uma boa aposta.

– Tenho a impressão de que você vale o empenho.

O homem conhecia todas as armas para usar.

– É bem-vindo para tentar.

Paige soube, tão logo as palavras saíram de sua boca, que não deveria tê-las dito. Mitch assentiu com a cabeça, com um olhar ardente, prometendo todos os tipos de coisas impróprias que ela não queria pensar, mas, sem dúvida, imaginar.

– É o que pretendo fazer.

CAPÍTULO 7

ERAM QUASE 19h quando a caminhonete preta de Ryan, com o logotipo da Kowalski Custom Homes impresso nas laterais, estacionou em frente à hospedaria, na noite do dia seguinte, e Mitch saiu do celeiro que estava arrumando para encontrá-lo. O irmão podia ser um chato, mas não o via desde que todos se reuniram para celebrar a saída de Sean do Exército. Os dois começaram a apertar as mãos, mas o cumprimento se transformou em um abraço.

– Ainda bem que veio. Espero que ainda saiba usar um martelo, agora que está todo metido.

Ryan olhou para sua calça cáqui e camisa polo azul-marinho com uma versão menor do logotipo da caminhonete e franziu a testa.

– Eu não estou metido.

– Mas parece. Com pinta de patrão.

– Eu *sou* o patrão. Mas ainda sei usar meu próprio martelo. – Ryan olhou para a hospedaria. – E, pelo visto, vou precisar.

– Eu disse que estava ruim.

– E não mentiu. Mas estou morrendo de fome.

– Podemos ir até o restaurante e comer um hambúrguer ou algo assim.

Ryan fez uma careta.

– Não tem empadão de carne?

– Rosie... está fazendo greve, acho que podemos dizer assim.

– O que quer dizer com ela está fazendo greve?

– Contratamos Andy Miller para fazer alguns biscates aqui.

– Oh! – Ryan meneou a cabeça. – Então, nada de pão de banana, também?

– Não.

– Este lugar está de fato uma droga.

– Concordo.

– Onde está o Josh?

– Ele queria se limpar. O pobre coitado leva meia hora para subir e descer a escada, então pode demorar algum tempo, mas podemos ir até a cidade quando ele acabar de se arrumar.

Ryan caminhou em direção aos degraus, dando-lhes uma boa olhada por cima.

– Ouvi dizer que a nova proprietária do restaurante é um bocado bonita.

– Sim. – O irmão gostava de provocá-lo, e ele não ia lhe dar o gostinho de saber que estava enciumado. Ou até mesmo lhe perguntar como ele ficara sabendo sobre Paige.

– Também ouvi dizer que ela lhe deu um fora.

Então ele conversara com Josh.

– Uma tentativa frustrada, talvez, mas ainda detenho o cetro.

Aparentemente terminando de inspecionar a escada, Ryan se virou para ele e enfiou as mãos nos bolsos.

– Ficarei aqui por pouco tempo. Talvez eu vá conhecê-la e ver se ela me deixa roubar algumas bases.

– Dê um passo em direção à primeira base com Paige Sullivan e eu quebrarei todos os ossos do seu corpo. E estragarei suas roupas bonitas, quando fizer isso.

Ryan apenas riu.

– Eu sabia.

– Sabia o quê?

– Esqueça. Vou vasculhar a cozinha.

– Como eu disse, podemos ir até o restaurante e...

– Eu não quero ir ao centro. Estou cansado e já dirigi o suficiente por hoje. Vou apenas fazer alguns sanduíches ou algo do gênero.

Ryan mal havia chegado ao corredor da frente, antes de Rose descer a escada correndo em sua direção. Mitch observou-a abraçar seu irmão como se ele estivesse vivendo no exterior, não em Massachusetts, e não estivesse se tornando cada vez mais irritante.

É claro que Rose não estava zangada com Ryan. *Ele* não havia cometido o pecado imperdoável de oferecer trabalho honesto a um bom homem. E Mitch não queria Ryan perto de Paige. Sabia que se tratava apenas de provocação, mas seu irmão não era feio, era um cara bacana e, ao contrário do restante deles, gostava de firmar compromissos tão sólidos quanto uma laje de granito. E se Paige estivesse disposta a quebrar sua regra "de não namorar" com ele?

No mínimo, seria embaraçoso. Mitch jamais superaria. E Ryan não ficaria com Paige para largá-la depois. Ele não era desse tipo. Mitch amava as mulheres, da mesma forma que amava *cheeseburgers*, os filmes da série *Duro de Matar* e um bom jogo de futebol. Ryan era adepto do *felizes para sempre, amém*, e Mitch jamais soube que ele tivesse vivido um romance casual com uma mulher.

Eu fiz o empadão de carne, Mitch ouviu Rose dizer a Ryan, e seguiu-os em direção à cozinha.

– Mitch disse que não.

– Mitch não sabe de nada. Claro que eu fiz o empadão de carne para você. E também há pão de banana.

– Eu disse que cheirava a pão de banana e você disse que era um purificador de ar – argumentou Mitch, tentando não parecer muito amuado.

– Eu menti – respondeu ela, abrindo a porta do forno para mostrar uma enorme travessa de vidro com empadão de carne.

– É todo para Ryan ou podemos comer um pouco, também?

– Claro que pode comer um pouco – retrucou ela. – Eu não tenho 12 anos.

Engolindo a variedade de respostas apropriadas que lhe vieram à mente, Mitch começou a pôr a mesa, enquanto Rosie continuava a paparicar seu queridinho. Ele estava quase estourando, quando Josh surgiu e resgatou Ryan do sufoco maternal. Seguiram-se mais cumprimentos e brincadeiras, mas ele sabia que o futuro lhes reservava algumas conversas difíceis.

Estavam apenas no meio da primeira porção de empadão de carne, quando Ryan ficou sério.

– Josh, por que não nos disse que estava tendo problemas aqui?

– Por que vocês não perguntaram?

Mitch franziu o cenho. Sob o tom beligerante, havia uma dura verdade. Eles não haviam perguntado. Viviam suas vidas, geriam seus negócios e apenas presumiam que Josh estava segurando as pontas.

– Nós deveríamos ter perguntado. Deveríamos ter vindo aqui mais vezes e não viemos, mas estamos aqui agora e...

– Temporariamente.

– Estamos aqui *agora* e vamos trabalhar em conjunto para colocar o lugar de volta aos trilhos.

Josh soltou um suspiro exasperado.

– Você tem alguma solução mágica para a economia e os preços da gasolina? Porque é isso que estamos precisando.

– Vamos priorizar. Injetar tempo e dinheiro no que precisa ser reparado em primeiro lugar e tapar o restante com algumas ataduras. Eu estava pensando em pedir a Chelle, a mulher que lida com o website da Northern Star Demolition, para reformar o site da hospedaria. Talvez incluí-lo nas ferramentas de busca e criar uma página nas redes sociais. Divulgar o nome do lugar um pouco mais.

Ryan estava assentindo com a cabeça.

– As pessoas não pegam mais panfletos em restaurantes ou paradas de descanso. Conseguem informações em seus telefones celulares.

Mitch esperou para ver se Josh contribuiria, mas ele estava ocupado enchendo a boca com empadão de carne. Em vez de incentivado, parecia ainda mais mal-humorado.

– Vamos agir, Josh.

Tudo o que ele conseguiu como resposta foi um encolher de ombros, e Mitch levou à boca uma grande garfada de empadão de carne para se impedir de lhe dar uma bronca. Isso não levaria a nada, e ele não queria transformar a conversa do jantar em uma competição acirrada de gritos, quando Rosie se esforçara tanto para receber Ryan em casa com uma agradável ceia.

No dia seguinte, começariam verdadeiramente a colocar as mãos na massa, e Josh mudaria de atitude ao ver que seus irmãos tinham intenção de retirar um pouco do peso dos seus ombros, por um tempo.

– Você está namorando alguém? – Rosie perguntou a Ryan, em uma tentativa óbvia de mudar de assunto.

– Não. Ouvi dizer que a mulher que comprou o restaurante é muito bonita.

Mitch olhou para ele do outro lado da mesa, mas não disse uma palavra, porque nada do que pretendia dizer podia ser dito na frente de Rosie.

– Pare de provocar seu irmão. – Ela repreendeu Ryan, que apenas riu.

Podia rir o quanto quisesse, mas não tocaria um dedo em Paige, pensou Mitch. Paige era sua. Talvez não completamente e não por muito tempo, mas o suficiente para não a deixar ao alcance do irmão. Porém, como ela não sabia disso, a melhor coisa a fazer era manter Ryan ocupado na hospedaria, até ele voltar para Massachusetts.

Depois começaria a se empenhar de verdade para conquistar Paige.

– APENAS ESCREVA "querosene e um fósforo" e pronto.

Mitch jogou a prancheta na caçamba da caminhonete de Ryan.

– Deveríamos estar fazendo uma lista de materiais para consertar o lugar.

– Como eu disse, "querosene e um fósforo".

– Quer saber de uma coisa? – Passava pouco do meio-dia, mas ele já estava farto das chatices de Ryan. – Volte para casa.

Mitch começou a se afastar, mas Ryan o segurou pelo cotovelo e o teria girado ao redor, se ele não tivesse livrado o braço.

– Que diabos isso significa?

– Você não quer ficar aqui. Não quer ajudar. Bem, vá para casa.

– Eu estou aqui e devíamos estar fazendo uma lista de materiais.

Mitch colocou as mãos nos bolsos para evitar dar uns safanões no irmão.

– Querosene e um fósforo? Você acha que isso ajuda?

Ryan exalou um suspiro e sacudiu a cabeça.

– Desculpe-me. É que não estou com bom humor hoje.

Não era apenas *naquele dia*, embora Mitch decidisse não dizer nada. Ryan tendia a ficar mal-humorado quando era forçado a visitar Whitford, e Mitch tinha certeza de que sabia o motivo. Nos tempos de faculdade, algo acontecera entre Ryan e Lauren Carpenter, a filha de Dozer, algo que mudara a forma como Ryan se sentia em relação a voltar para Whitford. E, pelo visto, ele ainda não superara o episódio.

Quase lhe perguntou sobre o caso, algo que nunca fizera antes, mas Andy Miller virou a esquina da hospedaria, com Josh não muito atrás dele. Talvez fosse melhor assim, uma vez que aquele assunto não era da sua conta e, sem dúvida, não era um bom momento para cutucar as mazelas do irmão. Não que houvesse momento propício para tal, mas especialmente porque a última vez que vira os três com humor tão cáustico fora no dia em que eles disseram a Liz para se arriscar no tobogã. Depois de Rosie conseguir levá-la para dentro com um saco de ervilhas congeladas sobre o ovo que se formou em sua testa, fez os garotos retirarem toda a neve do quintal. E não da entrada para carros, mas do quintal inteiro. Os quatro levaram mais de três horas, e ficaram terrivelmente irritados. No momento, estavam com o humor ainda pior.

– Quando começamos a examinar melhor, não está tão ruim – disse Andy, aparentemente alheio à tensão entre os irmãos. – São pequenos projetos que levam mais tempo do que dinheiro, com apenas alguns mais complexos.

– Que grau de complexidade? – perguntou Mitch.

Andy deu de ombros.

– Do modo como as tábuas da varanda estão desgastadas e precisando de melhorias, recomendo substituí-las, em vez de fazer reparos graduais. Também seria aconselhável raspar e pintar tudo. E já está mais do que na hora de modernizar as janelas e as portas para algo mais eficiente.

– Eu fiz uma estimativa para substituir as janelas por vidraças *low-E* – disse Josh. – Mas, depois que a situação ficou difícil, desisti.

– Eu farei as janelas – anunciou Ryan. – Não agora, mas antes do final do outono. Por ora, devemos reparar os degraus e nos concentrar nas coisas menores. Quando eu liberar uma equipe, viremos substituir as janelas, portas e varanda.

– Uma equipe? – Josh parecia cético.

– Dois dos rapazes mais jovens. Talvez eles aprendam alguma coisa, e lhes pagarei menos do que a homens experientes.

– O que você chama de pequenos projetos? – Mitch perguntou a Andy.

– Um misto de um pouco de tudo. Os caixilhos das janelas não estão ruins, mas, se Ryan pretende substituí-las – ele fez uma pausa e olhou para Ryan, que assentiu com a cabeça –, então não será necessário trocá-los, por isso todos devem ser raspados e pintados. Sobre os degraus, é como ele disse. É necessário também um pequeno trabalho de paisagismo, há algumas árvores que ainda precisam ser podadas. E outras bobagens do gênero. O piso do celeiro está cedendo e armazenar motoneves e quadriciclos lá pode ser peso demais. A maioria das tábuas pode ser invertida e reutilizada, mas precisamos chegar lá e talvez substituir algumas fundações. Algumas outras coisas. Como eu disse, mais maquiagem e tempo do que dinheiro.

– Um homem só possui dos braços e um certo número de horas no dia – disse Josh na defensiva, como se tivesse sido acusado de alguma coisa.

– O importante é que temos um plano – disse Mitch. – O que significa que agora podemos *finalmente* almoçar.

Todos começaram a se dirigir para casa, exceto Andy. Quando Mitch olhou para trás, ele disse:

– Eu tenho de... fazer algumas coisas. Mas voltarei mais tarde.

– Rose não é dona da hospedaria. Nós somos – afirmou Mitch. Ele conseguiu soar autoritário, mas mentalmente tinha os dedos cruzados, esperando que ela não o estivesse ouvindo. – Estamos fazendo uma pausa para o almoço e eu o estou convidando para comer conosco.

Andy sorriu.

– Você pode ser dono da hospedaria, mas, se meus pés cruzarem aquele limiar, o temperamento dela vai fazer tremer as bases da hospedaria.

Talvez fosse verdade.

– Vamos para a cidade, então. Um hambúrguer soa melhor do que um sanduíche de mortadela de Bolonha, de qualquer maneira.

– Parece bom para mim – disse Ryan, enquanto Josh deu de ombros e se dirigiu à caminhonete. – Isso me dará uma boa chance de conhecer a nova proprietária.

Mitch se forçou a continuar caminhando para não dar ao irmão a satisfação de vê-lo morder a isca. Josh teve de subir no banco do passageiro, por causa do gesso, e, depois de Ryan e Andy se acomodarem, um pouco apertados, no banco traseiro, Mitch sentou-se atrás do volante e ligou o motor. Quando o painel acendeu, incluindo o relógio, ele ficou um pouco aliviado ao ver que eram quase 14h, o que não só explicava sua fome, mas também significava que Paige já teria ido embora, quando eles chegassem lá, logo não se encontraria com Ryan.

Quis o acaso, porém, que ela fosse a primeira pessoa que Mitch viu ao passar pela porta da frente do Trailside Diner. Havia tirado o avental e estava encostada à ilha central, como de costume, conversando com Ava. Paige virou a cabeça para olhar quando eles entraram e sorriu para ele, a melhor coisa que lhe acontecera durante todo aquele dia.

O desejo de se emplumar como um galo o pegou de surpresa, apesar de tudo. Mulheres lhe sorriam o tempo todo. Sorriam muito, e ele nunca sentira qualquer tipo de emoção em ser o homem que colocava um sorriso em seus rostos. Mas, quando Paige lhe sorriu, sentiu vontade de bater no peito e gritar como Tarzan.

Andy e Josh se dirigiram a uma mesa, mas Ryan parou ao lado dele e esperou. Mitch lhe fez uma careta, mas ele apenas sorriu e fez um gesto não muito sutil com a cabeça. *Vai me apresentar*?

Talvez porque os viu parados na porta como dois idiotas, Paige caminhou na direção deles.

– Eu já estava de saída. Vieram almoçar?

– Sim. Este é o meu irmão, Ryan. Ryan, Paige Sullivan. Ela é dona do restaurante há dois anos.

Ryan distribuiu todo o seu charme em um sorriso, um aperto de mão e um "prazer em conhecê-la", mas Paige voltou sua atenção para Mitch no segundo em que ele lhe soltou a mão.

– Como vão as coisas na hospedaria?

– Bem. Estamos elaborando uma lista de coisas para fazer, e não está tão ruim.

– Fico feliz em saber. Tenho de me apressar, mas dê lembranças minhas a Rosie. Ah, e se estiverem realmente com fome, tentem o prato especial de Gavin, bistecas de porco com maçã caramelada. Estão deliciosas.

Paige partiu antes que ele pudesse formar uma opinião sobre as bistecas de porco ou mesmo se despedir, e a risada baixa de Ryan o fez desejar ainda serem jovens o suficiente para que ele pudesse dar um murro no irmão.

– Detesto decepcioná-lo, mas essa mulher não está interessada em você – disse Ryan, antes de sair para se juntar aos outros na mesa.

Mitch podia ter acreditado no irmão e até mesmo achado aquele pensamento um pouco desanimador, se Ava não tivesse parado perto dele com alguns cardápios nas mãos.

– Irmãos. Não acredite em uma palavra do que eles dizem.

NÃO HAVIA muito que fazer em Whitford em uma noite de sábado, então todos tendiam a improvisar a própria diversão. E a primeira noite de sábado de cada mês era a mais divertida para Paige, porque era noite de cinema com as meninas. Faziam rodízio de casas, embora Paige nunca pudesse recebê-las, uma vez que não possuía televisão, nem lugar para mais de duas pessoas se sentarem.

Naquela noite, seria na casa de Hailey, seu local favorito para assistir a filmes. Hailey era dona de uma bela casa na periferia do vilarejo e não havia nenhum marido resmungando por estar sendo preterido ou crianças acordadas, recusando-se a ir para cama. Não precisavam se preocupar com a classificação do filme, podiam rir tão alto quanto quisessem, e a agitação aumentava mais e mais ao longo da noite, dependendo de quem estivesse misturando as bebidas.

E, como era esperado, Hailey escolhera mais uma comédia romântica baseada na aparência do galã, em vez de nos elogios da crítica ou dos comentários em geral, não importava se era bom ou não. Se alguém lhe perguntasse a sinopse do filme, ela pegava a capa do DVD e dizia: *Olhe para esse cara*!

Paige, porém, não estava disposta a se queixar. Lauren ultimamente estava na fase de idolatrar romances melosos, o que levou a uma escassez de lenços de papel e uma redução do comparecimento. Fran estava pressionando para uma reprise de *Thelma & Louise* e, no mês anterior, quando Mallory as recebeu em sua casa, assistiram a *Guerra dos Roses*, o que, considerando a situação de seu casamento, deixou a todas um tanto desconfortáveis.

– Uma comédia romântica, os nachos de Fran e um copo de Cuba Libre – disse Jilly Crenshaw, a mãe de Gavin, afundando no sofá ao seu lado. – Eu amo a noite de cinema.

– Eu também – concordou Paige. Seu copo continha mais refrigerante do que rum, mas não era a bebida que a atraía. Ou mesmo os filmes. Era a amizade. O sentimento de pertencer ao lugar e *conhecer* aquelas mulheres de todas as idades, formas e tamanhos. E elas também a conheciam, o que era mais do que ela podia dizer da maioria das pessoas em cujas vidas ela entrara e saíra como uma sombra temporária. Algumas daquelas mulheres, em dois anos, já a conheciam melhor do que sua própria mãe. Porque queriam conhecê-la.

– Gavin diz que o negócio está indo bem.

Paige assentiu.

– Na verdade, melhor do que eu imaginava, dois anos atrás. O movimento na hora do jantar durante a semana ainda é tranquilo, mas o desjejum e almoço são bastantes concorridos. E os fins de semana também.

– Isso é bom. Acho que Waters faliu porque só se interessava pelo negócio durante a temporada de esportes de inverno – disse Jilly, referindo-se ao proprietário anterior do restaurante. – É claro que é bom receber os praticantes de motoneve, e você sempre pode cobrar um pouco mais, mas ele nunca reajustava os preços após a neve derreter. Nenhum de nós estava disposto a pagar preços de turista por um *cheeseburger* e um refrigerante, entende?

Paige assentiu, porque entendia. Quando começara a buscar informações sobre o velho restaurante fechado, ouvira bastante sobre os pecados comerciais de Waters, o que só reforçou sua convicção de que o antigo restaurante devia servir como um centro social comunitário, e não apenas como um lugar para se comer. Servia aos praticantes de motoneve grandes bifes e hambúrgueres e similares durante o inverno, mas sua prioridade sempre fora fornecer boa comida a preços razoáveis aos habitantes locais.

– Aviso de cinco minutos – gritou Hailey, além do burburinho das várias conversas que estavam em curso. As mulheres correram loucamente para encher os copos de bebidas, pegar os pratos descartáveis e ir ao banheiro antes de o filme começar.

Jilly se levantou.

– Preciso pegar um pouco mais do pão de banana de Rose antes que acabe.

Com duas fatias em seu prato e um confortável lugar na extremidade no sofá de Hailey, Paige não se moveu.

Alguns minutos depois, Rose sentou-se ao seu lado, equilibrando um prato cheio e uma caneca.

– Preferi chocolate quente – disse ela a Paige, após pousar a caneca sobre a mesa de canto. – Não sei como ela faz isso, e ela não vai me dizer, mas Hailey prepara o melhor chocolate quente do mundo.

– Como vão as coisas na hospedaria?

– Não tão mal. – Paige teve a impressão de ver o rosto de Rose ficar um pouco tenso, antes de a mulher relaxar e sorrir novamente. – Ryan está em casa, o que tem sido bom. Eles se sentaram em frente à televisão, tomando cerveja, comendo batatas fritas e assistindo ao jogo, então decidi vir para a noite de cinema.

– Conheci Ryan, esta manhã. Estou surpresa por ele não vir aqui mais vezes, morando tão perto. Bem, não muito perto, mas fica distante apenas algumas horas.

– Conseguir que o rapaz venha nos fazer uma visita é mais difícil do que conseguir um convite para a Casa Branca. Ele diz que está sempre trabalhando, mas não vejo vantagem em ser dono do próprio negócio, se não pode tirar um fim de semana prolongado de folga de vez em quando. Veja o caso de Mitch. Ele tirou seis semanas de férias. Mas está sempre se afastando sorrateiramente para usar o computador e aquele telefone celular que não para de tocar.

Ao ouvir o nome de Mitch, Paige teve a impressão de que a temperatura no quarto subiu, e esperava que seu súbito rubor não fosse tão aparente, ou aquela mulher, que era praticamente uma mãe para Mitch, notaria.

– Quantas vezes eles se reúnem em casa ao mesmo tempo?

– Quase nunca. Nem sei precisar há quanto tempo isso não acontece. Talvez desde a morte do pai deles. – Rose meneou a cabeça. – Nós nos reunimos todos quando Sean saiu do Exército, ano passado, mas fomos para a casa de Ryan, porque é perto do aeroporto e, com Sean, Mitch e Liz vindo de avião, fazia mais sentido. No entanto, não é o mesmo que voltar para casa.

Paige se lembrou de quando Rose e Josh viajaram até Massachusetts par dar boas-vindas ao irmão Kowalski do meio.

– Como estão Sean e a esposa?

– Estão ótimos. – Rose sorriu. – Nenhuma notícia de bebê ainda, mas oro por um todos os dias. Deus sabe que Katie não parece interessada em me dar um neto, então compete às outras crianças. Pelo jeito que a coisa vai, Sean e Emma podem ser minha única chance.

Paige baixou a voz enquanto o filme começava.

– Nunca se sabe. Um deles pode encontrar a pessoa certa, se apaixonar e você estará tricotando cobertores de bebê antes do que imagina.

A maneira como Rose a fitou fez Paige sentir como se a mulher estivesse lendo mais em suas palavras do que ela quisera dizer.

– Talvez. Mas não será Mitch. Mitch não pensa em se casar e constituir uma família.

Paige forçou-se a sorrir e deu de ombros.

– Talvez seja Ryan, então.

Rose sorriu e voltou sua atenção para a televisão. Paige fez o mesmo. A outra mulher não precisava temer que ela estivesse interessada em ser a candidata que faria Mitch se casar e constituir uma família. Os olhos, o sorriso e o flerte podiam lhe enfraquecer os joelhos, mas não permitiria que lhe enfraquecessem a determinação.

CAPÍTULO 8

Mitch cronometrou deliberadamente sua ida ao Trailside Diner na segunda-feira para chegar lá entre o desjejum e o almoço. Não estava realmente com fome, mas um café não faria mal. E queria toda a atenção de Paige Sullivan só para si. Ou a maior parte, pelo menos. Carl estaria na cozinha, preparando o almoço e deixando as coisas prontas para entregar a Gavin no período da tarde.

Antes, porém, havia passado na loja de ferragens de Dozer para comprar uma correia para o velho trator, o que o levou a remexer em caixas que não haviam sido vasculhadas há um bom tempo. Então, decidiu ir primeiro ao sanitário masculino para lavar as mãos. Ficou surpreso ao encontrar a porta aberta, escorada com um balde, e ainda mais surpreso ao descobrir Paige no alto, com um pé no lavatório e outro sobre uma escadinha.

Em vez de correr o risco de assustá-la e fazê-la cair, gritando "Que diabos está fazendo aí em cima?", bateu suavemente à porta aberta e pigarreou.

Paige estava tão empenhada em tentar retirar a tampa de plástico translúcido da luminária que recobria a lâmpada fluorescente do teto que, mesmo assim, se assustou, mas não a ponto de cair de seu precário poleiro.

– Mitch! O que está fazendo aqui? Espere. Deixe para lá. Foi uma pergunta estúpida.

– Eu queria lavar as mãos antes de me sentar. Tive de ir ao Dozer vasculhar algumas caixas para achar uma correia de trator.

Ela riu.

– Ficou sujo de pó?

Mitch sentiu vontade de colocar as mãos ao redor de sua cintura para equilibrá-la, enquanto ela descia, mas limitou-se a segurar a escada, em vez disso.

– Por que Carl não está fazendo esse serviço para você?

– Porque ele é o cozinheiro, não o faz-tudo, e está ocupado preparando o almoço. – Com os pés de volta ao chão, Paige limpou as mãos no avental. – A lâmpada é minha e eu vou trocá-la, assim como troquei a do sanitário feminino há alguns meses.

– Tem sorte de não ter quebrado o pescoço.

– Por causa da pia, não consigo colocar a escada na posição adequada, então tenho de usar os dois.

– Saia do caminho, eu vou fazer isso. Você me passa o reator novo.

– Eu posso trocá-lo sozinha.

Deus, ele adorava aquele tom obstinado em sua voz!

– Eu sei que pode. Mas estou aqui, sou mais alto e levarei cerca de dois segundos.

Paige pareceu disposta a argumentar, mas, em seguida, suspirou resignada.

– Está bem, mas seu almoço será por conta da casa.

– Por que não considera isto apenas como um favor?

– Continua sendo um favor. Seu almoço vai me custar muito pouco comparado a ter de pagar a um eletricista para trocar o reator.

– O que você não ia fazer.

– Não, se consigo fazer isso sozinha, e eu consigo, mesmo que leve mais tempo.

– Certo, você pode me oferecer um sanduíche – disse Mitch. O importante não era uma batalha de vontades, mas sim evitar que ela sofresse um acidente devido a hábitos desregrados. Ele puxou a escada um pouco para o lado, já que havia alcance suficiente para fazê-lo corretamente.

– Sabe, meu irmão usará uma bota de gesso por seis semanas, porque fez bobagem com uma escada.

– Essa tática que está empregando para fazer uma mulher se sentir uma estúpida é realmente encantadora. Costuma dar certo para você?

Mitch retirou a tampa da luminária e lhe entregou.

– No momento, estou mais preocupado em evitar que você quebre o pescoço do que conseguir levá-la para a cama.

– A escada estava firme. Tenho certeza de que o meu equilíbrio era bom, e a escada não ia se mover antes de eu começar a descer.

– Josh também tinha a mesma impressão. – Ele retirou o reator velho e entregou-o para Paige, que lhe deu um novo.

– Céus, como consegui gerir este lugar por dois anos antes de você aparecer na cidade?

O comentário o fez rir.

– Parte de ser bom em seu trabalho é reconhecer suas limitações e encontrar pessoas que possam ajudá-lo a reforçar os pontos fracos. Por exemplo, eu conheço Carl e estou disposto a apostar que ele não sabe que você está aqui fazendo isto e, porque você é teimosa, não vai lhe pedir para que faça uma tarefa bastante simples, que ele não se importaria de fazer.

– Prefiro ser autossuficiente. – Quando Mitch se abaixou, ela lhe entregou a tampa de plástico. – Aposto que você não é muito bom em admitir seus pontos fracos.

– Claro que sou. – Ele desceu da escada, dobrou-a e a encostou contra a parede.

– Diga um.

Mitch abriu a torneira e refletiu por alguns segundos, enquanto esperava a água esquentar.

– Bem, descobri, quando fundei a Northern Star Demolition, que sentia uma grande dificuldade em fazer propaganda de mim mesmo. Vender meu peixe, por assim dizer. Potenciais clientes me perguntavam por que deveriam me contratar, em vez de procurar outra empresa, e eu ficava perturbado, gaguejava e me atrapalhava todo.

– Você com problemas para fazer propaganda de si mesmo? Acho meio difícil de acreditar.

– Acredite se quiser – disse ele, pegando algumas toalhas de papel para enxugar as mãos. – Sou um cara muito humilde.

Paige riu, mas ele não se sentiu ofendido.

– Então, o que você fez?

– Sentei em um bar com um amigo que trabalhava com publicidade e enumerei todas as razões para a Northern Star Demolition ser a melhor empresa para qualquer trabalho. Ele digitou tudo em uma espécie de lista, que eu reli algumas vezes, até memorizar e poder repeti-la com segurança. Também não tenho nenhuma paciência com politicagem. Se houver uma disputa política sobre uma demolição, Scott, meu vice, entra em ação e resolve tudo, enquanto eu me concentro no trabalho. – Ele jogou a toalha de papel na lixeira e virou-se para encará-la. – Não me tornei mais fraco ou menos bom no que faço porque precisei pedir ajuda.

– Entendido. E obrigada por trocar o reator.

Com apenas alguns passos, ele estava tão perto de Paige que esperou que ela se afastasse.

– Pode ser útil ter um homem por perto.

– Embora eu tenha apreciado a ajuda, você não fez nada que eu não pudesse fazer sozinha.

– Mas não é tão prazeroso.

Paige o encarou com os olhos semicerrados.

– Ainda estamos falando sobre lâmpadas fluorescentes?

Ele negou com a cabeça.

– Fogos de artifício, talvez.

Após revirar os olhos, ela pegou o reator velho e deixou o sanitário masculino. Como ele não sabia onde guardar a escada e, como também não era muito pesada, Mitch deixou-a onde estava e, ao sair, retirou o balde que escorava a porta. Fugir dele não a beneficiaria em nada.

Ela havia lhe prometido um almoço.

PAIGE DEVERIA saber que não se livraria de Mitch com tanta facilidade. Após pegar o reator e o levar para os fundos, para ser jogado no lixo mais tarde, voltou para guardar a escada e o encontrou sentado no bar esperando por ela. Isso a aborreceu, mesmo tendo lhe oferecido um almoço grátis por ele tê-la ajudado.

Tudo naquele homem a irritava, naquele momento. O sorriso e o flerte ao tentar convencê-la de que era tão humilde que sequer conseguia fazer propaganda da própria empresa para as pessoas; a maneira como parecia convencido de que, se continuasse simplesmente aparecendo ali e sendo um cara legal, ela iria para a cama com ele; e o fato de ela não conseguir dormir à noite porque estava ocupada demais pensando sobre o quanto queria ir para a cama com ele.

Devia tê-lo mandado embora. Bastava apontar para a placa que lhe reservava o direito de se recusar a servi-lo e, em seguida, mostrar-lhe a porta da rua.

Era uma excelente visão, mas jamais poderia transformá-la em realidade, se não por outra razão, pelo fato de não querer ter de explicar a todos os outros clientes o motivo de expulsar um Kowalski de seu estabelecimento. Em vez disso, guardou a escada no armário de materiais e, após lavar as mãos e se olhar no espelho, voltou ao salão para encontrar o banco junto ao balcão vazio. A decepção que sentiu só a deixou mais irritada, até que ouviu a voz dele.

Mitch havia se mudado para uma mesa e Drew Miller estava sentado à sua frente. O chefe de polícia parecia cansado, se não completamente abatido, e Paige sentiu uma pontada de compaixão. Não importava quem estava certo ou errado, se havia mesmo um certo ou errado, a situação era deprimente.

Após servir um café para Mitch e um refrigerante para Drew, ela levou os pedidos de ambos para Carl e voltou sua atenção para duas mulheres que entraram e se sentaram em uma mesa junto à porta. Jean era especialista em higiene dental que trabalhava para o único dentista da cidade, e que, segundo os rumores, era quase tão velho quanto a fundação da cidade. E Dana era a esposa de um lenhador, que ficava em casa com dois filhos desordeiros. Ambas eram um pouco mais velhas que Paige, morenas e estavam interessadas em olhar para Mitch, sem parecer muito óbvias.

– Bom dia, senhoras – disse Paige, entregando a cada uma delas um menu e talheres envoltos em um guardanapo. – O que vão querer para beber?

Ambas pediram café, e ela estava quase voltando à mesa com as canecas, quando as mulheres riram e Paige ouviu parte da conversa.

– Duvido que vocês tenham feito sexo em uma canoa.

Paige desacelerou o passo, dizendo a si mesma que seria rude interrompê-las, mas, realmente, quem não gostaria de saber quem fez sexo em uma canoa?

– Nós fizemos! – Era Dana falando. – Pertencia ao pai dele, e eles não deveriam pegá-la, mas Josh e Sean ajudaram a levá-la para a lagoa. Ryan contou ao pai, eu acho. Mas, para resumir a história, o sexo foi incrível e nós não afundamos a canoa.

É claro que fora com Mitch que ela fizera sexo na canoa. Com quem mais as mulheres de Whitford contavam que haviam feito sexo?

Como Dana calou-se no momento em que a notou, Paige se absteve de revirar os olhos e abriu um sorriso enquanto lhes servia o café.

– Já decidiram o que vão pedir?

Mais algumas pessoas chegaram à procura de um almoço mais cedo, e Paige sentiu-se grata pela distração. Por um lado, manter-se ocupada a impedia de espionar, para ver quem mais no salão podia estar relembrando ter feito sexo com Mitch Kowalski. O que, por sua vez, a ajudava a impedi-la de especular, pelo menos durante o horário de trabalho, sobre como seria fazer sexo com ele.

Estava esperando que Drew fosse pagar a despesa, mas, após servir o prato especial a dois rapazes no balcão, foi Mitch que ela viu aguardando-a junto à caixa registadora.

– O seu é por conta da casa. – Ela o lembrou.

– Vou pagar por este. – Antes que ela pudesse protestar, ele se inclinou para mais perto, como se não quisesse que ninguém no restaurante o ouvisse. – Em vez de ganhar um almoço grátis, quero lhe pagar um almoço.

E lá veio o zunido e o formigamento novamente.

– Tenho certeza de que meus clientes ficariam encantados se eu me sentasse e almoçasse, enquanto eles esperam.

– Vamos almoçar um pouco mais tarde. Amanhã. Venho buscá-la aqui às 14h, quando Ava chegar.

– Isso soa como um encontro – disse ela, desconfiada. Ela não namorava. Nada de homens.

– É um favor. E você me deve um favor, certo?

– Como almoçar com você seria um favor?

– Tenho de fazer algumas compras também. Pode me ajudar a escolher o presente de Natal de Rosie.

O argumento a fez rir, o que naturalmente chamou a atenção de todos no local.

– Estamos na segunda semana de agosto, Mitch.

– Eu gosto de planejar com antecedência. Por que não o fazer agora, quando posso apelar à sua consciência para me ajudar?

– Apelar à minha consciência?

– Eu troquei uma lâmpada para você. Não vai me ajudar a escolher um presente para a pobre Rosie?

Ele era um bocado impertinente.

– Eu não deveria encorajá-lo.

– Mas você vai. – Ele sorriu como se tivesse ganhado um sorteio ou algo assim. – Certo?

– Está bem. – Ela registrou o total e lhe deu o troco. – Mas venha às 14h30. Eu gostaria de mudar de roupa antes, já que pretende me arrastar para as lojas.

– Parece ótimo. – Ele parou no meio do caminho em direção à porta e virou-se. – Oh, use um jeans.

Em seguida, Mitch partiu sem lhe dar chance de lhe pedir explicações. Ela voltou a trabalhar, tentando ignorar os olhares curiosos e os sussurros, não tão sutis, vindos da mesa de Jean e Dana. Sentiu vontade de subir no balcão e anunciar que não teria um encontro com Mitch Kowalski.

Mas ele iria buscá-la no dia seguinte, às 14h30, para levá-la para almoçar. Não importava o que a parte lógica de sua mente dizia, havia uma parte dela que praticamente tremia de expectativa.

Teria um encontro com Mitch.

– Ouvi dizer que as coisas estão um pouco complicadas na Northern Star.

Rose não se surpreendeu por Fran ter ouvido sobre o que estava acontecendo, e sentiu uma pontada de culpa por não ter lhe contado. Ela e Fran Benoit eram amigas de longa data, mas havia certas coisas sobre as quais Rose evitava falar. Andy Miller era uma delas.

– Não para mim. Estou tendo umas boas férias.

– Então está realmente fazendo greve?

Rose riu.

– Eu não diria que é exatamente uma greve.

Fran meneou a cabeça e apoiou os cotovelos sobre o balcão. Rose improvisara uma ida à loja para reabastecer seu estoque de salgadinhos, mas o lugar estava vazio, então as duas aproveitaram a tranquilidade para colocar a conversa em dia. Às vezes, Rose levava três horas para comprar um frasco de leite.

– Por que será que não sei o motivo da sua aversão a Andy?

Uma vez que Rose não queria que ela soubesse, mas não queria magoá-la, então disfarçou.

– Já faz tanto tempo que nem eu mesma lembro.

– Você é uma péssima mentirosa, Rose Davis, mas vou fingir que acredito, por ora. Conte-me a respeito de Mitch e Paige. Parece que todo mundo está comentando sobre os dois.

Aquilo era novidade para Rose. Talvez estivesse passando tempo demais em seu quarto.

– O que estão falando?

– Oh, sabe como as pessoas falam sobre Mitch. É bastante óbvio que ele está interessado nela, e todos nós sabemos que Paige não saiu com ninguém conhecido, desde que chegou a Whitford, então está havendo muita especulação sobre se eles estão ou não ficando, como dizem os jovens.

– Ele precisa deixar essa moça em paz.

Fran pareceu surpresa, por suas palavras ou pelo tom de voz afiado. Talvez por ambos.

– A maioria de nós acha que seria bom ela se envolver com Mitch. Você sabe como ele é. Vive alguns dias de romance com elas, em seguida, beija-as no rosto e parte sem deixar ressentimentos. Seria bom para Paige se divertir um pouco.

– Ela não me parece o tipo de mulher que quer um pouco de diversão. Acho que sofreu alguma decepção antes de vir para Whitford e está realmente se recuperando aqui. Se Mitch partir seu coração, isso a fará mudar.

– Não acho que você esteja dando a Paige crédito suficiente.

– Tem mais a ver com ele do que com ela. Você sabe que eu amo aquele garoto como se fosse meu filho, mas ele não é o homem que eu recomendaria para uma mulher por quem sinto afeição. Mitch não tem intenção de se casar, portanto seria melhor para Paige que ele simplesmente a deixasse em paz.

– Eu acho que um pouco de divertimento sem compromisso faz bem a uma mulher. Especialmente na idade de Paige. Ela é jovem demais para esquecer como é bom fazer sexo.

Rose assentiu.

– Concordo, mas há muitos homens bons em Whitford que adorariam fazer sexo com ela. Homens que fazem parte da comunidade e que pretendem se estabelecer com alguém.

– Bem, eu disse a Mitch para não desistir dela – disse Fran obstinada.

– Você está se transformando em uma velha intrometida.

– E você não?

Rose riu.

– Ainda não, mas terei de começar a me transformar, se quiser bebês ao redor, eu acho.

– Eu estou dizendo, acho que Mitch e Paige têm futuro.

Rose não estava interessada em prolongar a conversa, então simplesmente deu de ombros. Mas Paige era uma boa garota e inteligente o suficiente para não se envolver com um homem como Mitch. Aquele relacionamento só lhe traria dor de cabeça.

CAPÍTULO 9

PAIGE TERIA de aprender a esclarecer os detalhes quando se tratava de Mitch.

– Você não disse nada sobre motocicleta.

– O dia está lindo.

Lindo era o homem sentado de lado no assento de sua grande Harley-Davidson, com os braços cruzados, a camiseta retesada sobre os ombros largos e os tornozelos cruzados, o que lhe enfatizava as pernas esguias.

– Você disse que íamos fazer compras. – Ela o lembrou, desesperada por uma desculpa, porque receava que, ao subir naquela moto, fosse o começo do fim da sua resistência.

– A moto tem alforges. E não estou planejando comprar um pônei ou algo parecido. Vai caber tudo aqui. Diabos, se encontrarmos a coisa perfeita e for muito grande, volto com a caminhonete para buscar ou despacho por navio. E tenho dois capacetes.

Paige não tinha mais desculpas, exceto uma, e ela realmente não queria lhe dizer que preferia ir na caminhonete, de modo que pudesse manter uma distância segura entre o seu corpo e o dele. Não havia distância em uma motocicleta.

– Dê-me um minuto – disse, antes de se virar e entrar em sua casa.

Lá dentro, vasculhou a bolsa e colocou as chaves no bolso esquerdo da frente da calça jeans. Em seguida, enfiou a carteira de motorista e o cartão de débito no bolso traseiro. O restante deixou sobre a mesa, uma vez que carregar bolsas em motocicletas era possível, mas não prático. Por último, entrou no banheiro e levou alguns minutos para prender os cabelos em uma trança francesa, que era o único método que conhecia para evitar os efeitos do capacete.

Mitch ainda estava na mesma posição, parecendo um pôster do rapaz impertinente da casa ao lado, quando Paige saiu e trancou a porta.

– Para onde vamos? – Pegou o capacete que ele lhe entregou e o colocou na cabeça, grata por ainda se lembrar de como afivelá-lo e por não ter de sentir seus dedos lhe roçando a mandíbula.

– Pensei em pegar a estrada em direção à cidade. Lá há mais opções de almoço e lugares para se fazer compras.

E mais quilômetros com as coxas ao redor dos quadris dele.

– Certo. Você tem alguma ideia do que deseja comprar? O Natal estando tão próximo e tudo mais...

Mitch riu e se levantou para poder se virar e sentar-se no assento do motorista. Como não podia tampar os olhos, como uma criança, não havia nada que Paige pudesse fazer a não ser observar e tentar não babar. Ele ligou o motor e afastou o descanso lateral do chão com o pé. Após estabilizar a moto, fez um sinal com a cabeça, autorizando-a a subir.

Respirando fundo, Paige deu um impulso e flexionou a perna direita para trás, contornando o pequeno encosto na parte traseira, instalou-se em seu assento e apoiou os pés nas pedaleiras. A seguir, enfrentou o grande dilema. Segurar-se na alça traseira, o que se tornaria estranho e desconfortável com bastante rapidez, ou segurar-se em Mitch, que também se tornaria estranho e desconfortável, porém imediatamente.

Mitch acelerou um pouco para a frente, fazendo uma curva brusca, e Paige percebeu que havia mais tempo que não subia na garupa de uma moto do que imaginava. Quando ele seguiu para o asfalto, ela colocou as mãos na cintura dele por puro reflexo e, quando ele não pareceu se importar, deixou-as lá. Mitch aumentou a velocidade, dirigindo pelo centro do vilarejo, exibindo-se, e ela esperava que o capacete escondesse seu rosto bem o suficiente, para que a população de Whitford não ficasse sabendo, dentro de cinco minutos, que ela estava sentada no banco traseiro da moto de Mitch Kowalski.

Bastou alguns quilômetros de estrada aberta para fazê-la esquecer tudo e parar de se preocupar com o fato de as pessoas saberem ou não o que ela fazia. O dia estava lindo, o sol incidia quente em suas costas, mas a brisa soprava fresca. Ela observou a paisagem passar de uma maneira como nunca conseguira do banco do motorista de seu carro e inspirou o cheiro do ar puro do campo.

O nervosismo havia se aplacado, mas ela manteve as mãos naturalmente apoiadas nas laterais dos quadris de Mitch. Poderia apoiá-las no próprio colo. Houve uma época em que passeava todos os dias na garupa da moto de um dos namorados da mãe e ele sequer possuía uma alça traseira, mas ela gostava de tocar Mitch e ele não parecia se importar em ser tocado.

Ele virou a cabeça um pouco para que pudesse ser ouvido acima do ruído do vento e do motor da moto.

– Você está bem aí atrás?

– Muito bem – gritou ela, de volta. Ao se inclinar para a frente de modo que ele pudesse ouvi-la, seus seios ficaram pressionados contra as costas de Mitch. Uma onda de calor a percorreu, deixando-a ainda mais consciente da pressão dos quadris dele de encontro ao interior de suas coxas.

E era por esse motivo que não deveria ter subido em uma motocicleta com Mitch. Porque, após dois anos feliz por viver sua vida sem nenhum homem, estava novamente consciente da parte interna de suas coxas em um contexto diferente de imaginar se elas roçariam uma na outra se ela se excedesse nas guloseimas nas noites de cinema. Maldito.

Paige se inclinou para trás tanto quanto possível e virou a cabeça para o outro lado, contemplando a vegetação na estrada, em um esforço de desencorajar qualquer conversa.

Enquanto percorriam os quilômetros, porém, ela relaxou mais uma vez, e, quando ele se inclinou para trás e virou a cabeça para lhe perguntar onde ela queria comer, a proximidade do contato não a abalou.

– Você escolhe – gritou, de volta.

Depois de algum tempo, Mitch parou a moto no estacionamento de um restaurante, um pouco mais sofisticado do que o que ela estava acostumada. Estivera lá uma vez, em um chá de bebê, mas não era o tipo de local que costumava frequentar.

– Não estou com roupas adequadas para este lugar – disse ela, depois que ele deligou o motor e ambos tiraram os capacetes.

– Você parece muito bem e eles não têm um código de vestimentas. – Mitch devia ter notado algo em sua expressão, porque seu rosto suavizou. – Olhe, o serviço aqui é de alto nível. Você passa a maior parte do dia fazendo isso, então vamos deixar alguém fazer isso para você, só para variar.

– Está bem. – Paige queria salientar que o restaurante era um pouco caro, mas ele obviamente sabia, já que estava familiarizado com o serviço.

E foi forçada a admitir, uma vez sentados em uma mesa com iluminação sutil e música ambiente no volume certo, que era agradável relaxar e não ficar andando de um lado para o outro, levando pedidos à cozinha, só para variar.

– Quando vai a um restaurante, passa o tempo todo comparando-o com o seu? – perguntou Mitch, após o garçom anotar os pedidos.

– Na verdade, não. Para começo de conversa, não costumo ir a muitos restaurantes. E o Trailside Diner funciona suficientemente bem para mim e para a cidade. É tudo o que importa. – Ela tomou um gole de chá gelado, fitando-o por sobre a beirada do copo. – Quando você vai a um restaurante, passa o tempo todo imaginando como demoli-lo?

Ele riu e meneou a cabeça.

– A última coisa que faço quando estou sentado à mesa, em frente a uma bela mulher, é pensar em demolições.

Paige sentiu uma onda de calor se propagar sobre suas bochechas e esperava que a iluminação fosse tênue o suficiente para não a tornar evidente.

– Afinal, como acabou demolindo prédios para ganhar a vida?

– Sempre tive interesse em edificações e engenharia. Durante a faculdade, arrumei um emprego de meio período em uma empresa de demolição. Pequenas coisas, a maioria das vezes. Mas eu tinha um olho bom, a capacidade de calcular o impacto que qualquer ação causaria à estrutura. Depois que me formei, consequi uma posição em uma empresa conceituada, construí meu currículo e desenvolvi minhas habilidades, até poder obter um empréstimo e o apoio para trabalhar por conta própria. Sou aquele *nerd* de matemática e ciências que conseguiu o melhor emprego da sala.

– Você ainda precisa viajar muito ou agora tem pessoas suficientes para relaxar e delegar funções? – Quando a expressão de Mitch mudou, tornando-se um pouco mais cautelosa, Paige repetiu o que acabara de dizer mentalmente e percebeu que ele poderia imaginar que ela estava tentando captar sinais, para descobrir se Mitch pensava em se casar e constituir família. – Às vezes, me pergunto se algum dia chegarei ao ponto onde poderei contratar uma garçonete para o turno da manhã e me tornar apenas proprietária. Ou se é isso que eu desejo.

– Mal estou conseguindo sobreviver a estas supostas férias. Tenho a impressão de que preciso ligar ou passar um e-mail para o escritório ou Scott a cada meia hora.

– Mas você não precisa, certo? Eles estão indo bem sem você, para que possa ter mais tempo para si mesmo.

– Não quero ficar parado. A Northern Star Demolition não me deixa tempo nem energia para fazer mais nada, e gosto das coisas dessa maneira.

Entendido, mesmo que aquilo não fosse o que ela gostaria de ouvir.

– Como vão as coisas na hospedaria?

Mitch deu de ombros, mas Paige notou as linhas em seu rosto relaxarem um pouco.

– É difícil de explicar. Podemos pintar, reparar tábuas quebradas o dia todo, mas ainda não nos sentamos para descobrir o que fazer para torná-la sustentável financeiramente. Ou mesmo se isso é possível.

– A economia vai oscilar de novo. – Ela deu uma risada nervosa. – E eis-me aqui fazendo-o falar de trabalho, quando estamos em um restaurante fabuloso.

– Você pode falar sobre o que quiser, contanto que continue falando comigo.

Por sorte, o garçom escolheu aquele minuto para trazer a refeição, porque ela não fazia a menor ideia do que responder. Não sabia sequer se podia dizer algo, uma vez que tudo dentro dela havia derretido um pouco. Estava em apuros.

MITCH NÃO deixaria o dia terminar sem beijar Paige, embora não soubesse o que fazer para beijá-la. Se havia uma coisa que aprendera sobre Paige Sullivan era que, se a pressionasse, seria como pisar a pata de um gato arisco. Ela fugiria e levaria um bom tempo antes de permitir que ele se aproximasse outra vez. Mas não teria um minuto de paz até beijá-la.

Não era a sua intenção quando a convidara para almoçar. Mas vira Jean e Dana rindo como duas tolas no restaurante, e notou quando Paige hesitou ao se aproximar da mesa delas. Sem dúvida, Dana devia estar contando sobre a velha história do sexo na canoa.

Não era bom para sua reputação que Paige ouvisse sobre aquele episódio ridículo. Ele tinha apenas 16 anos na época e, na verdade, não fizera sexo com Dana. Os dois haviam ficado apenas brincando, mas não chegaram a concretizar o ato. O que não deixava de ser um prato cheio para fofocas vinte anos mais tarde.

E, naquele momento, ele decidira levar Paige para um passeio fora de Whitford. Não importava que fosse apenas por algumas horas, queria passar algum tempo com ela longe da fonte dos boatos.

Agora estavam ali, a luz difusa, a música suave, e ele não queria levá-la para casa. Conversaram sobre música, livros e filmes, mas não sobre programas de televisão, já que ela não possuía um aparelho de TV e ele não era muito fã de televisão.

Não importava o assunto. Paige podia falar com ele sobre o tempo ou sobre arranjos florais e teria sua total atenção. Longe do restaurante e das pessoas que sabiam da vida de todos, ela parecia totalmente descontraída, e ele apreciava esse seu lado.

– Não posso acreditar que o deixei me convencer a comer isto – disse Paige, fazendo uma pausa na garfada de *cheesecake* de morango a caminho da boca.

Mitch sugerira o *cheesecake* mais como uma forma de prolongar o almoço, mas estava satisfeito por tê-lo feito. Observar a expressão em seu rosto, enquanto ela deslizava o garfo para fora da boca, o fez desejar saber se Paige estava há tanto tempo sem saborear uma sobremesa fina, como diziam os rumores, quanto estava sem um homem.

Quando o leque de razões para mantê-la só para si, no restaurante, se esgotou, eles saíram para a luz do sol do fim da tarde.

– Tem alguma ideia de qual loja você quer começar?

Levou alguns segundos para ele descobrir sobre o que ela estava falando, então riu. Compras de Natal.

Paige o fitou desconfiada.

– Você disse que íamos procurar o presente de Rose hoje.

E Mitch não queria confessar que aquela fora a primeira, e era forçado a admitir, ridícula razão que lhe veio à mente para convencê-la a sair com ele.

– Acho que comi demais para fazer compras agora.

– Entendo o que quer dizer. Pode ter sido um almoço tardio, mas não vou comer novamente até o desjejum de amanhã.

– O que acha de esquecermos as compras e darmos uma volta de moto por aí?

Quando Paige concordou, dizendo ser uma ótima ideia, ele se virou para a moto, para que ela não o visse rindo como um adolescente apaixonado. Não costumava convidar mulheres para andar em sua moto com muita frequência; aliás, quase nunca. As raras e espaçadas oportunidades que tinha de pilotá-la, usava-as para refletir sobre a vida e clarear a mente.

No entanto, gostava de ter Paige sentada no banco do carona. Ela parecia se sentir confortável o suficiente para não o segurar com muita força, e ele podia desfrutar da sensação de ter aquelas coxas rentes às suas e as mãos dela em sua cintura.

Mitch seguiu por uma rota diferente para deixar a cidade e cruzou estradas secundárias, apontando, vez ou outra, para trechos interessantes da paisagem. A moto era um pouco barulhenta e, com o uso do capacete, falar se tornava uma tarefa complicada, por isso a maior parte do tempo ele se limitou a pilotar e a desfrutar da sensação de tê-la atrás dele.

Levou mais de uma hora para chegarem a um dos recantos favoritos de Mitch na região. Não era muito maior do que a parte mais larga de um acostamento, mas ele estacionou a moto próximo aos limites do bosque. Colocando os pés no solo, esperou enquanto ela apoiava as mãos em seus ombros para se estabilizar e descer do assento, então ele inclinou a moto sobre o descanso lateral.

– Onde estamos? – Paige pendurou o capacete na alça traseira e afastou as mechas de cabelos que haviam escapado da trança.

– Espere. – Após pendurar o capacete no guidão, ele a conduziu por um caminho estreito entre as árvores e estendeu a mão. – É um pouco íngreme.

De mãos dadas com Paige, Mitch caminhou ao longo da pequena trilha e por um suave declive até o rio. Uma enorme placa rochosa se estendia ao longo de um córrego, e ele pisou nela, puxando-a com ele.

– Um pouco íngreme, não é? – perguntou Paige, com uma nota de diversão na voz.

– Eu só queria segurar sua mão. – Ela não se afastou, o que o deixou ridiculamente feliz. Em vez disso, Paige olhou ao redor. Ele fez o mesmo, apreciando o modo como os últimos raios de sol cintilavam por entre as árvores e tingiam a água de dourado. Havia correnteza na água suficiente para fazê-la marulhar através das rochas, e pássaros chilreavam na densa vegetação que abrigava o local.

– É lindo! – Paige não sussurrou, mas sua voz soou suave e baixa, como se ela não quisesse perturbar a paz do cenário. – Aposto que traz todas as suas namoradas aqui.

– Não. – Mitch nunca levara uma mulher lá antes, embora não soubesse por quê. E também não sabia por que levara Paige. – Não venho a este lugar com muita frequência. Talvez, por esse motivo, seja tão especial. Estive aqui no dia seguinte ao funeral de meu pai. Deitei nesta rocha e olhei para o céu por algum tempo.

Paige apertou-lhe a mão.

– Parece um lugar agradável para ficar a sós com seus pensamentos.

Era um lugar melhor ainda para ficar a sós com ela, embora ele não externasse o pensamento em voz alta. Havia uma linha tênue entre flertar e soar piegas, e era ruim o suficiente ter pensado aquilo. Não estava disposto a compartilhá-lo.

– É tranquilo. – Foi tudo o que ele conseguiu dizer, mas se viu em apuros. Estar em um lugar onde se sentia emocionalmente ligado, de mãos dadas com uma mulher por quem se sentia dolorosamente atraído, era capaz de explodir a base sob a parede que havia construído para si. Gostava daquela parede que impedia que envolvimentos românticos chegassem sorrateiros e o asfixiassem quando sua guarda estava baixa.

Que diabos estava pensando, trazendo-a ali?

Então, ela o fitou e sorriu, e todos os pensamentos coerentes desapareceram de sua mente, sobrando apenas um forte desejo de saber como seria ter os lábios dela de encontro aos seus.

O sorriso de Paige desvaneceu um pouco e seu rosto foi tomado por uma expressão de incerteza.

– Por que está me olhando assim?

Porque ele parecia não ter autocontrole no que se referia a ela.

– Estava pensando em beijá-la.

– Oh! – Ela fez uma careta. – Não parecia muito feliz com a ideia.

– Não sei como você iria reagir. Não me parece muito justo tentar seduzi-la quando estamos no meio do nada e você não tem como voltar para casa, a não ser comigo.

– E ainda dizem que o cavalheirismo está extinto.

Quando Paige voltou a atenção para o córrego, mas não afastou a mão, Mitch sentiu uma onda de frustração. Será que ela queria ser beijada ou não? As palavras dela certamente não lhe forneciam nenhuma pista. O modo como ela se virara para a água deixava claro que não estava interessada, mas, então, por que continuava de mãos dadas com ele?

– Por que você quer me beijar?

A voz soou tão baixa que ela própria quase não a ouviu. Mitch por certo ouviu, é claro, porém não sabia o que lhe responder.

– Não sei. Belo local, dia bonito, mulher bonita. Parece a coisa certa a fazer.

Quando Paige afastou a mão e se virou em direção ao aclive, ele percebeu que era a coisa errada a dizer.

– Parece que a coisa certa a fazer é começar a voltar. Tenho trabalho esperando por mim em casa.

Mitch segurou-a pelo braço, antes que ela começasse a subir, e girou-a, forçando-a a encará-lo.

– Eu quero beijá-la porque não consigo parar de pensar nisso. Cada vez que a vejo, penso em beijá-la. Cada vez que alguém diz seu nome, penso em beijá-la. Cada noite, quando minha cabeça encosta no travesseiro e fecho os olhos, penso em beijá-la.

Paige o beijou. Apoiando as mãos em seus ombros, ergueu-se na ponta dos pés e pressionou os lábios contra os dele. Após um segundo de surpresa, Mitch envolveu-a pela cintura e assumiu o controle. Há muito esperava por aquele momento para se contentar com um selinho hesitante.

A boca de Paige era macia, e ela soltou um gemido abafado enquanto se entregava com abandono ao beijo. A princípio, Mitch limitou-se a um simples roçar de lábios e alguns movimentos breves de sua língua de encontro à dela, mas ele a queria, caramba, e o desejo falou mais alto.

Começou a beijá-la com ardor, enquanto a puxava firmemente de encontro à sua pélvis. Paige afagou-lhe os cabelos com ousadia. Quando suas respirações se tornaram ofegantes e ele sentiu o ligeiro tremor do corpo feminino sob suas mãos, soube que poderia possuí-la ali mesmo, sobre a rocha, com o sol se pondo e o marulhar das águas nas pedras em torno deles.

Mitch a desejava. Desejava tanto que temeu que fosse explodir, mas alguma parte sã de sua mente, a parte que normalmente o impedia de ter problemas com as mulheres, o fez se afastar. Não era o lugar. Não apenas porque as rochas eram mais desconfortáveis do que românticas, mas porque, depois, não haveria nenhuma maneira de voltar atrás. Se as coisas se complicassem ou Paige se arrependesse, o trajeto de moto para casa seria difícil. Com muito mais pesar do que imaginou sentir, interrompeu o beijo e recuou apenas o suficiente para colocar um pouco de espaço entre os dois.

Com as bochechas coradas, Paige parecia tão quente e excitada quanto ele. Ela deu uma risada nervosa.

– Agora que já expurgamos isso do seu organismo, você pode pensar em outra coisa.

– Se esse era o plano, acho que o tiro saiu pela culatra. – Ele já estava pensando em beijá-la novamente.

– Oh! – Após alguns segundos de silêncio constrangedor, ela acenou com a mão na direção da estrada.

– É melhor voltarmos.

Enquanto Mitch a seguia pelo caminho entre as árvores, desejou que ela não andasse tão rápido. Ele precisava de mais um minuto ou dois, antes de poder subir no assento largo da moto. E foi uma longa e dolorosa viagem de volta para casa.

* * *

NA SEXTA-FEIRA depois do trabalho, Paige foi à Whitford Hardware para obter alguns conselhos sobre seu projeto atual de fazer melhorias em sua casa. Vinha evitando lidar com o relutante ralo da pia do banheiro, mas parecia uma boa maneira de se distrair e parar de pensar se Mitch ia ou não aparecer. Ele não apareceu, e o trabalho se tornou mais complicado do que ela previu.

Dozer surgiu inesperadamente.

– Paige! Como ficaram as portas do armário?

– Ótimas. Fazem uma enorme diferença na aparência do quarto.

– E qual é o seu novo projeto?

Ela suspirou e meneou a cabeça.

– O ralo da pia do banheiro está entupido, não escoa. Bem, até escoa, mas, se eu colocasse alguns girinos na água, eles se transformariam em sapos, pelo tempo que a água demora para descer.

– Ah. Já tentou produtos químicos?

– Não ajudaram muito. O livro diz que preciso limpar o sifão, mas não consigo soltar as conexões. Você tem algum produto para amolecer a cola de PVC ou algo do gênero?

Dozer meneou a cabeça.

– O livro diz? Você não pode reparar tubulações com base em um livro.

– Eu substituí o vaso sanitário no ano passado, seguindo as instruções do livro. Infelizmente, nem todo o conhecimento do mundo vai me tornar forte o suficiente para soltar as conexões.

– Parece que você precisa de um homem.

Paige se virou ao ouvir a voz de Mitch, enquanto ele saía por trás de uma parede divisória repleta de uma variedade de ferramentas manuais. Vê-lo a fez lembrar-se do beijo e, de repente, a temperatura na loja parecia ter subido.

Rezando para ser a única pessoa a perceber a insinuação na voz dele, ela deu de ombros.

– Não, de fato. Mesmo que não haja nada aqui que me ajude a soltar as conexões, é apenas uma questão de encontrar a ferramenta certa.

– Eu levaria apenas alguns segundos para deixar suas conexões soltas.

– Tão prestativo! – disse ela, quando Dozer exalou um suspiro. – Obrigada, mas prefiro cuidar disso sozinha.

– Você é quem sabe.

Paige estreitou os olhos, mas nenhuma resposta lhe veio à cabeça. Não sabia se havia alguma resposta que pudesse dar. Por sorte, o telefone tocou e Dozer pediu licença para ir atrás do balcão atendê-lo.

Mitch interpretou aquilo como uma oportunidade para se aproximar, e Paige cruzou os braços, como se tivesse alguma chance de afastá-lo.

– Você é tão sutil quanto um adolescente excitado. Estou começando a pensar que todas as histórias a seu respeito são totalmente exageradas.

– É bem-vinda para julgar por si mesma.

– Pode apostar – murmurou ela, sentindo-se um pouco em apuros naquela conversa.

– Estou falando sério, deixe-me ajudá-la com a pia do banheiro.

– Não preciso da sua ajuda.

– Não, não precisa. – A resposta a surpreendeu, mas ela tentou não demonstrar. – Se não encontrar nada aqui para ajudá-la, tenho certeza de que vai descobrir um jeito de conseguir a ferramenta certa. Ou vai serrar os canos e colocar novos. Mas o que levará horas para você, para mim, levaria apenas alguns minutos, então por que não me deixa ajudar?

Por que não? Porque não era estúpida. Sabia que ele estava tentando lhe provar que ela precisava de um homem em sua vida. E ela não precisava. Mitch estava desenvolvendo o hábito de ser útil, e Paige sabia o que vinha a seguir. Acabaria se acostumando a tê-lo por perto e não faria mais nada sozinha. Então começaria a se preocupar porque não podia mais fazer as coisas sozinha e passaria a se certificar de sempre ter um homem para cuidar dela, inclusive colocando a felicidade dele acima da sua.

Em algum nível, sabia que estava sendo ridícula. Mitch trocara uma lâmpada. Estava se oferecendo para consertar a pia. Era bem diferente de mudar toda a sua vida e tudo sobre si mesma para evitar que um homem a abandonasse. Mas era uma ladeira escorregadia e, mesmo tendo visto a mãe fazer isso com frequência durante a infância e a adolescência, Paige também se viu no topo daquela ladeira por mais de uma vez. A maneira como Mitch tentava fazê-la deslizar apenas um pouco a estava deixando paranoica.

– Só estou tentando ser um bom vizinho – disse ele, quando o silêncio se prolongou. – Não é uma das coisas que você ama em Whitford? Como ajudamos uns aos outros?

– Você beija todas as suas vizinhas? – perguntou ela, antes que pudesse se conter. – Deixe para lá. Eu já sei a resposta.

– Apenas as mais bonitas. – Ele piscou, o que a fez revirar os olhos. – Tenho de levar um pouco de tinta para a hospedaria, mas posso vir no início da noite e cuidar da sua pia. Levarei uma hora, no máximo, para consertá-la e vou me comportar.

– Sério?

– Prometo.

Paige o fitou nos olhos.

– Vai se comportar *como*?

– Você deveria dar um pouco mais de espaço a um homem.

Um pouco mais de espaço era a última coisa que ela queria lhe dar.

– Certo, tudo bem. Vou me comportar como um cavalheiro.

Paige estava dividida. Por um lado, não era realmente uma boa ideia ficar a sós com Mitch em sua casa. Não importava em que lugar estivessem no trailer, era impossível ficar a mais de dois passos de distância da cama. E, se ele a beijasse novamente, ela podia se sentir tentada a pôr fim a sua temporada "nada de homens". Por outro lado, o conserto da pia do banheiro estava se tornando mais trabalhoso do que havia imaginado. Fizera quase tudo que podia pensar para soltar as conexões, e serrá-las não apenas exigira mais tempo, causaria mais bagunça, mas também seria mais dispendioso.

– Deve haver algo mais emocionante para você fazer em uma sexta-feira à noite – disse ela.

– Na verdade, não. Eu estava planejando vir até o centro jantar, de qualquer maneira; portanto, será apenas um pequeno desvio.

– Eu farei o jantar. – Oh, má ideia. – Se você vai consertar minha pia, o mínimo que posso fazer é lhe oferecer um jantar.

– E ficamos quites? – Ele riu antes que ela pudesse se ofender com sua visão zombeteira sobre o jeito como ela gostava das coisas.

– Só estou tentando ser uma boa vizinha.

– Que tal às 17h? Posso consertar a pia e, em seguida, você me serve o jantar.

– Parece ótimo. Obrigada. – Bulldozer ainda estava ao telefone, mas ela odiava sair sem se despedir. – Pode dizer ao Dozer que agradeço, mas já resolvi o problema?

– Claro. E a vejo às 17h.

Não faltava muito para às 17h, pensou ela, enquanto deixava a loja. Talvez trapaceasse e corresse de volta ao restaurante. Podia pegar duas caixas de pratos especiais e aquecê-las quando a pia estivesse consertada. E precisava tomar um banho porque... Por nenhuma razão especial. Trabalhara o dia todo e, no momento em que Mitch fosse embora, podia estar demasiado cansada para tomar um banho tão próximo da hora de dormir. Não tinha nada a ver com o fato de ficar sozinha com Mitch em sua casa.

CAPÍTULO 10

– É A coisa mais nojenta que já vi.

– As mulheres tendem a ter sifões nojentos. – Mitch riu, enquanto terminava de despejar o último conteúdo do tubo de PVC no balde que Paige lhe dera. – Deixe-me reformular. Se uma mulher usa a pia do banheiro regularmente, coisas desagradáveis se acumulam nas junções das tubulações.

Paige exalou um suspiro.

– Junções? É um termo técnico?

– Com certeza. – Ele se contorceu como um *pretzel*, desejando que o banheiro fosse maior que o seu armário. Levou apenas alguns minutos para colocar o cano de volta no local e, mesmo concentrado no trabalho, estava ciente da figura de Paige se avultando sobre ele.

Tentou aconselhá-la a ir fazer outra coisa, mas ela não era de ficar para trás, de braços cruzados, enquanto alguém lhe fazia um favor. Queria ajudar. Para o seu azar, o único modo de trabalharem no encanamento juntos seria ela se deitar sobre ele e... Puxa, não devia estar pensando naquilo, preso naquela posição em seu assoalho e sendo observado de perto por ela.

– Posso ajudá-lo com isso?

Na verdade, você pode, pensou ele, antes de perceber que ela estava se referindo à pequena pilha de ferramentas que ele tentava retirar do espaço embaixo da pia para o chão, do outro lado dele, o que não era fácil naquela posição desconfortável.

– Sim, claro. Obrigado.

Mitch entregou-lhe as ferramentas, uma de cada vez, ouvindo-a guardá-las em sua pesada caixa de ferramentas de metal. Por alguma razão, gostava de saber que Paige possuía uma caixa de ferramentas e achava que ela, por certo, era a primeira mulher que ele conhecia que possuía uma. Ou talvez a maioria das mulheres que conhecera houvesse escondido as suas, de modo a lhe pedir ajuda. O que soava um pouco batido, até mesmo para ele, mas provavelmente era a verdade.

– Se já está quase acabando, vou esquentar o jantar, enquanto você se lava – disse Paige.

– Parece bom. Só quero esperar uns segundos antes de abrir a torneira e deixar a água escorrer pela tubulação. Certificar-me de que não há vazamentos.

– Se você precisar de uma mão com qualquer coisa, basta gritar.

Ele riu.

– Sabemos que você estará por perto o suficiente para me ouvir.

– Engraçadinho.

Alguns rangidos do assoalho deixavam claro que ela havia se afastado, e Mitch sorriu ao ouvir a geladeira sendo aberta. Era bom Paige ter um senso de humor saudável, uma vez que as primeiras palavras que ela lhe dissera ao abrir a porta foram: *espero que não seja claustrofóbico*. Em seguida, riu e acenou com a mão em um semicírculo na frente deles. *Pronto. Já fez um tour pela casa sem sequer mover*.

Com exceção do quarto de dormir. Em um trailer daquele tamanho, quanto menos ambientes fechados, melhor; por essa razão; o motivo de a porta do quarto estar fechada não passara despercebido para Mitch. Paige não o queria lá dentro, e, uma vez que ele prometera se comportar como um cavalheiro, de modo algum pensaria em mudar de ideia.

Após terminar o conserto da pia e se lavar, Mitch saiu do banheiro e viu Paige colocando um prato no micro-ondas. Na pequena bancada ao seu lado havia duas caixas, uma aberta e outra fechada.

– Qual é o prato especial desta noite?

– Peito de frango recheado e assados, purê de batatas com alho e creme de espinafre. Eu não quis o espinafre e trouxe uma porção extra de purê.

– Você é uma boa mulher.

– Se isso fosse verdade, eu lhe ofereceria algo preparado em casa. Talvez uma torta de maçã, também.

Mitch se aproximou o suficiente para olhar por sobre o ombro de Paige, enquanto ela colocava uma segunda porção de frango em um prato.

– Está dizendo que me enganou? Talvez tenha feito um pequeno desvio em nosso acordo?

– Mesmo assim, você ainda deve se comportar como um cavalheiro.

– Isso não parece justo.

– Eu disse que lhe ofereceria um jantar. – Nesse momento, o micro-ondas apitou. – E estou lhe oferecendo.

Mitch não se moveu rápido o suficiente e, quando Paige deu um passo atrás para abrir a porta do micro-ondas, seu corpo colidiu direto contra o dele. Com um movimento instintivo, ele ergueu as mãos para estabilizá-la e acabou apoiando-as em sua cintura. Por um breve momento, ela pareceu relaxar, quase recostando-se nele. E, em seguida, obrigou-se a se endireitar para a frente.

– Sinto muito. O espaço aqui é pequeno. Por que não vai se sentar e eu levo o seu prato, assim que estiver pronto?

Mitch não sentia nenhum pesar, mas, de repente, havia um pouco de tensão na voz de Paige, então ele não argumentou e sentou-se em um dos dois lugares que ela havia preparado à mesa. Seus olhos vagaram, verificando os toques pessoais que faziam do trailer claustrofóbico o seu lar. Ela pendurava pequenas cestas nas hastes das cortinas para guardar canetas, correspondências e quinquilharias, em vez de deixá-las ocupar o precioso espaço sobre a bancada. Na porta da geladeira havia uma variedade de fotos tiradas nos arredores da cidade. Não eram fotografias de alta qualidade, mas todas retratavam momentos felizes. Entre duas fotos que ficavam ao nível dos olhos dela, ele viu uma nota adesiva rosa colada à porta do congelador.

– Hã... você realmente tem uma nota adesiva em seu refrigerador que diz: *Os homens são um luxo, não uma necessidade*.

Paige pôs o prato na frente dele e, em seguida, colocou o dela no micro-ondas.

– Eu disse que tinha.

– Por que essa frase é tão importante para você?

Ela deu de ombros lentamente.

– É um lembrete para não me tornar como a minha mãe.

– Então... ela acha que os homens são uma necessidade? E isso é ruim?

– Não é ruim quando uma mulher precisa de um homem. Mas não é bom quando ela acredita que não é nada sem um, e sacrifica quase qualquer coisa para manter um homem ao seu lado. Foi difícil crescer com a minha mãe. Ela precisava de um homem em sua vida para ser feliz, então passamos a maior parte da minha infância perseguindo qualquer homem que dissesse que a amava.

– Esses relacionamentos estão condenados desde o início, porque não podemos ser nós mesmos e negar nossas próprias necessidades por muito tempo antes de nos sentirmos infelizes.

O micro-ondas apitou outra vez e ela se juntou a ele na mesa.

– Exatamente. Você é um homem muito inteligente, Mitch Kowalski.

– Estou apenas familiarizado com relacionamentos condenados.

– Pensei que preferisse que seus relacionamentos fossem condenados. Ou, pelo menos, com data de validade.

Mitch a encarou do outro lado da mesa, que ainda era perto o suficiente para ele ser atingido novamente pela escuridão do seu olhar.

– Pelo menos, com uma data de validade, as mulheres ficam avisadas de que não poderão me prender ao lado delas. Não vai rolar, então elas podem relaxar, ser elas mesmas e desfrutar de um luxo temporário em suas vidas.

PAIGE SABIA que devia pegar o garfo, enfiá-lo no purê de batata e empurrá-lo boca abaixo. Mas não conseguia se mover com Mitch fitando-a daquele jeito e com suas palavras começando a fazer sentido para ela.

Não era o cara perfeito para ajudá-la a lidar com aquelas sensações irritantes que a vinham incomodando, como formigamento, zunido, anseio e principalmente desejo? Sabia de antemão que ele iria embora e não olharia para trás e, como ele próprio dissera, sabia que não poderia prendê-lo ao seu lado. Mitch seria a versão de duas pernas de um carro emprestado.

Antes que ela pudesse dizer qualquer coisa estúpida, enfiou uma garfada de purê de batatas na boca. E depois outra. Assim que percebeu que ela não morderia a isca, Mitch voltou à conversa educada sobre o vilarejo, livros e o quanto ele gostava do purê de batatas com alho de Gavin.

Mas suas palavras anteriores a afetaram, e talvez tenha sido por isso que Paige tomou um pouco de cuidado extra para se recompor após o jantar. Tinha certeza de que ele tentaria, pelo menos, um beijo, apesar de sua promessa de se portar como um cavalheiro.

Afinal, não havia nenhuma falta de cavalheirismo em um beijo.

Além do mais, aquela era uma promessa que ela não se importaria que ele quebrasse.

Quando ela saiu do banheiro, Mitch estava sentado no sofá. O estofado ofuscava a pequena sala de estar. Talvez ela devesse ter optado por um assento de dois lugares, mas um bom sofá era algo do qual não abria mão. Ela riu quando ele deslizou até a borda da almofada e estendeu as pernas totalmente. Ele podia, na verdade, roçar a parede do quarto que fazia divisa com o banheiro com as pontas dos tênis.

– A Northern Star Demolition com certeza dispõe de trailers de trabalhos maiores do que este – disse ela, jogando os pés dele para baixo.

Mitch sorriu e se endireitou no sofá.

– Talvez, mas este lhe convém. É quente e acolhedor. Além do mais, por certo não dá muito trabalho para limpar.

– Por outro lado, se eu deixar acumular a correspondência mais de três dias, pareço uma colecionadora.

Paige sorriu quando ele riu, mas por dentro estava trêmula e, naquele momento estranho, não sabia ao certo o que fazer a seguir. Deveria sentar-se ao seu lado no sofá? Ou sentar-se em uma das cadeiras da cozinha?

Como se pudesse ler sua mente, Mitch segurou-a pela mão e puxou-a para si. Ela ia se sentar ao lado dele, mas, com a mão livre, ele guiou-lhe os quadris, até ela acabar sentada em seu colo.

– Não me deu uma bofetada, então acho que continuo me portando como um cavalheiro – disse ele com uma voz rouca, e havia uma nota de interrogação em sua pergunta.

– Cavalheiros consertam as pias das damas e as ajudam a descartar os pratos de papel após o jantar. Acho que você manteve sua parte no trato.

– Então não vai me expulsar se eu a beijar?

Paige se inclinou para a frente, apoiando as mãos uma de cada lado da cabeça dele.

– Não vou *deixá-lo* partir sem me beijar.

Mitch acariciou-lhe as costas e pressionou-a para a frente até suas bocas se encontrarem. Beijou-a devagar e muito, muito bem, enquanto introduzia as mãos sob o tecido da parte de trás da blusa que ela usava. A sensação das mãos dele contra sua pele nua a estava deixando louca, e Paige queria mais.

Quando ela insinuou as mãos sob a camisa dele, com a intenção de tirá-la, Mitch segurou-lhe o pulso, impedindo-a.

– É tudo que haverá entre nós. Vamos nos divertir e desfrutar da companhia um do outro e, quando chegar a hora de partir, apenas direi "adeus" e irei embora. Não ligarei. Não mandarei mensagens. Não escreverei.

– Isso é muito insensível. – E o que ela precisava ouvir.

– É melhor esclarecer primeiro, então nós dois saberemos em que estamos nos metendo. Apenas diversão, sem a parte chata.

Paige poderia se divertir um pouco. Fazia um longo tempo, e quem melhor para ter um caso do que um homem que ela sabia de antemão que não queria ter um relacionamento sério com ela? Uma vez não machucaria. Ou duas. Ou três. Não começaria a ter fantasias sobre "felizes para sempre" com um homem que deixaria a cidade, o que significava que seria exatamente como ele dissera: não haveria nada entre os dois, além de diversão.

– Para o seu conhecimento, quando você partir, não vou lamentar. Não vou lhe enviar mensagens. Não me sentarei durante vinte anos em restaurantes, rememorando a noite que passamos juntos.

Mitch soltou-lhe o braço, removeu-lhe a blusa pela cabeça e jogou-a para o lado. Sua camiseta juntou-se à peça um segundo depois.

– Então vamos nos divertir.

Sem a barreira da blusa, suas mãos vagaram livremente, acariciando-lhe as costas com ousadia, enquanto a beijava um pouco mais. Paige encolheu-se em seu colo e gemeu quando, mesmo através do brim, o atrito enviou deliciosas ondas de calor por seu corpo.

– Aquela porta fechada está me provocando desde que cheguei aqui – disse ele, de encontro à sua boca.

Paige ergueu-se do colo dele e segurou-o pelas mãos para erguê-lo. Quando ele a puxou para si e ela se viu colada ao seu peito, riu e caminhou os poucos passos até a porta do quarto, com ele beijando-a a cada parada. Ela tateou atrás de si, até encontrar a maçaneta, e abriu a porta.

Então Mitch estacou e, quando Paige olhou para cima, viu seu olhar fixo em algo atrás dela.

– Você só pode estar brincando comigo.

– O quê? – Ela se virou, tentando descobrir para onde ele estava olhando.

– Isso é uma cama de solteiro?

– Sim, é uma cama de solteiro. – Ele parecia nunca ter visto uma antes. – O quarto é pequeno. Eu poderia ter uma cama grande, para usar apenas metade, ou ter mais espaço. Optei por espaço.

– É grande o suficiente?

Ela riu. A cama não era *tão* pequena.

– De quanto espaço você precisa?

Mitch correu as mãos para baixo, ao longo de suas costas que, com exceção do sutiã, se encontravam nuas e, em seguida, puxou-a para trás, pelo cós da calça jeans. Suas costas quase nuas pressionaram o peito dele totalmente nu, lembrando-a de uma das muitas coisas que os aparelhos não podiam imitar: o calor e a rigidez do corpo de um homem.

– Acho que isso depende do que vamos fazer – disse ele, de encontro à lateral do seu pescoço, antes de mordiscá-lo.

– É a parte onde você me pergunta do que eu gosto?

– Eu descobrirei sozinho do que você gosta. – Ele desceu as mãos devagar até seus seios, e ela se deliciou com o contato. – Não gosto de limitar minhas opções.

Com os dedos, ele empurrou as alças do sutiã dela para baixo e lhe roçou os mamilos com os polegares. Paige respirou fundo, pressionando os quadris para trás, de encontro aos dele.

– Acho que você gosta disso.

Sim, ela gostava, mas gostou mais ainda quando ele a virou e beijou-lhe um seio primeiro, depois o outro. Enterrando os dedos nos cabelos dele, Paige segurou-lhe a cabeça, puxando-a mais para si, com desespero.

Quando Mitch abriu o fecho do sutiã e o deslizou para baixo, sobre seus braços, ela começou a desabotoar a calça jeans, mas ele segurou-a pelos pulsos e prendeu-os sobre sua cabeça.

– Eu farei isso – disse ele, e beijou-a novamente, com mais ímpeto e mais volúpia do que quando a beijara antes. Segurando-lhe facilmente os dois pulsos com uma das mãos, deslizou a outra sobre seu abdômen e introduziu as pontas dos dedos no cós da calça.

Paige suspirou, dividida entre querer que ele prolongasse ao máximo aquela doce tortura e querê-lo dentro de si naquele exato segundo. Mitch não parecia ter pressa, enquanto lhe abria o zíper da calça jeans devagar e a deslizava para baixo.

Quando a tocou intimamente, sob a renda da calcinha rosa que ela, felizmente, estava usando, Paige deixou escapar um gemido baixo e se moveu de encontro aos seus dedos.

– Acho que você também gosta disso – disse ele, o hálito quente lhe acariciando o pescoço.

– Eu gosto – respondeu ela, com um fio de voz.

Mitch empurrou-a, até seus joelhos baterem na beirada da cama, e livrou-a da calça e da calcinha. Em segundos, descartou o restante de suas roupas, também, e Paige sentiu a boca repentinamente seca. Não tinha aparelho que substituísse aquilo.

Ao ouvir o ruído de uma embalagem de preservativo sendo rasgada próximo ao travesseiro, pensou que Mitch estivesse pronto, mas ele ainda não havia terminado com as carícias abrasadoras. Brincava com ela sem piedade, a boca alternando entre seus lábios e seios, enquanto a mão lhe tocava os recantos mais íntimos entre as coxas.

Com os dedos, Paige lhe comprimiu os músculos das nádegas. Então, introduziu a mão entre seus corpos e lhe envolveu o membro rijo.

Quando Mitch respirou ofegante, ela sorriu:

– Acho que você gosta disso – murmurou.

– Eu *sei* que gosto disso.

Só depois que ele a fez chegar ao clímax com a mão e a boca, ela ouviu o ruído da embalagem novamente. Ofegante e com o coração ainda acelerado no peito, esperou que ele se acomodasse entre suas pernas.

Mitch parou por alguns segundos, e seus olhos azuis adquiriram um brilho intenso.

– Você é tão linda.

– Você me faz *sentir* linda.

– Fico feliz. Agora vamos ver o que mais posso fazê-la sentir.

Foi delicioso. De modo lento, ele deslizou para dentro dela. Paige arqueou os quadris enquanto se movia, incentivando-o a penetrá-la mais fundo. Nenhuma palavra coerente lhe teria vindo à mente, mesmo que ela quisesse falar, enquanto se concentrava na incrível sensação de ser preenchida, no atrito e na forma como os músculos das nádegas de Mitch ondulavam sob suas mãos.

O ritmo acelerou, e ele enganchou as mãos sob os joelhos dela. Cada investida era mais rápida, mais profunda, e ela arqueou as costas quando o orgasmo a sacudiu. Ouviu-o gemer, sentiu-o pulsando dentro de si, e então ele caiu de joelhos e segurou-a pelos ombros, penetrando-a mais fundo quando os últimos tremores fizeram ambos estremecerem.

Quando ele deitou a cabeça no peito dela, a respiração irregular, acariciando-lhe os seios, Paige afagou-lhe os cabelos com as pontas dos dedos. Depois de algum tempo, a pulsação de ambos desacelerou e voltou ao normal. Mitch rolou para o lado, praguejou e deitou-se de costas.

– Quase caí da cama.

Mais uma vez, ele tentou, rolando mais devagar enquanto ela se movia de encontro à parede. Ouviu-se o ruído do preservativo sendo retirado e então ele se deitou, puxando-a para si.

– Você está brilhando – murmurou, contra o pescoço dela.

– E fervendo. Definitivamente fervendo.

– Meus pés estão pendurados para fora da extremidade da cama.

Ela riu e abriu os olhos.

– Mova-se um pouco; sua cabeça está quase batendo na cabeceira.

– Estou com medo de me mover. Posso acabar caindo no chão.

Mitch não tivera medo de se mover alguns minutos atrás.

– Você fez sexo em carros, sofás e canoas, mas não pode lidar com uma cama de solteiro?

– Eu *não* fiz sexo em uma canoa.

– Não foi o que eu ouvi.

Ele exalou um suspiro exasperado.

– Eu sei o que você ouviu. Eu já ouvi isso também, mas não houve sexo. Foi apenas um ensaio.

Paige desejou saber quantas das outras histórias sobre Mitch eram exageradas ou até mesmo eram mentiras, mas o efeito do calor interno era embriagador demais para ela pensar naquela conversa. Por ora, estava disposta a apoiar a cabeça no peito dele e ouvir seus batimentos cardíacos.

NÃO ERAM nem 21h30 e Mitch já estava deslizando para fora da cama de uma mulher. Aquilo era novo para ele, mas sabia que Paige se levantava antes do amanhecer, passava a maior parte do dia em pé e precisava dormir. Infelizmente, a cama tinha a metade do tamanho que ele estava acostumado e rangia mais do que o previsto.

Paige abriu os olhos e lhe deu um sorriso sonolento que o fez desejar rastejar de volta para o seu lado. Grande erro, disse a si mesmo. Ao longo dos anos, aprendera que uma mulher que dormia e acordava ao seu lado mudava sua perspectiva de diversão inofensiva para *eu poderia me acostumar com isso*.

– Você já vai embora?

– Se eu sair agora, ainda podemos dizer que eu a estava ajudando com a pia e o jantar demorou a ser servido. Se a moto ainda estiver aqui amanhã de manhã, não haverá argumentos.

– Acha realmente que vamos manter isto em segredo? – Ela vivia em Whitford tempo suficiente para saber que aquilo já não era um segredo, e havia deixado de ser desde o momento em que ele deixara sua moto no estacionamento do restaurante e não entrara.

– Provavelmente não, mas, pelo menos, você ainda pode negar, se quiser.

– Você vai ao restaurante tomar café da manhã?

Mesmo sabendo que Paige não queria um relacionamento mais do que ele, a pergunta ainda desencadeou a sua regra de *nada de compromisso*.

– Não sei. Depende do que estiver acontecendo na hospedaria.

– Está bem. – Ela se aconchegou mais sob o cobertor e fechou os olhos, enquanto Mitch recolhia as roupas e se vestia. Ele pensou que talvez Paige tivesse voltado a dormir, mas, assim que fechou o zíper do jeans, ela abriu os olhos de novo e então percebeu que ela estava querendo apenas lhe dar um pouco de privacidade para se vestir.

Quando terminou de vestir a camiseta e calçar os tênis, inclinou-se e beijou-a tempo suficiente para deixá-la saber que ele voltaria em algum momento, mas não para fazê-lo querer retirar as roupas mais uma vez.

– Fecharei a porta quando sair.

– Até logo – disse ela com uma voz sonolenta, que devia tê-lo deixado feliz, porque aquelas palavras indicavam tudo, menos desejo de ter um compromisso – embora, se tivesse soado um pouco menos casual, não o teria ferido.

Depois de se certificar de que a porta estava bem fechada e trancada, Mitch empurrou a Harley para a rua e caminhou alguns passos antes de ligar o motor. Não que isso fosse enganar alguém em Whitford, mas Paige, provavelmente, devia estar tentando dormir, e ele não queria perturbar-lhe o sono.

Pilotou devagar o trajeto de volta para casa, sentindo o ar fresco da noite no rosto. Porém, como só podia reduzir a velocidade da motocicleta o suficiente para não cair, logo estava de volta à hospedaria. Não se importou em desligar o motor e levar a moto a pé para a garagem. Todos sabiam que ele não estava em casa, sabiam onde ele estivera e, a menos que tivessem sido submetidos a transplantes de personalidade, enquanto ele estava fora, sabia que Josh o estaria esperando para atormentá-lo. Como estava velho demais para subir no bordo e alcançar o tronco que levava à janela do segundo andar, supondo que não tivesse sido podado a ponto de não suportar o seu peso, não tinha escolha a não ser entrar pela porta. Na remota possibilidade de seu irmão estar sentado no salão outra vez, ele entrou pela porta dos fundos, esperando passar pela cozinha e subir a escada, antes que Josh pudesse interceptá-lo sobre aquelas muletas.

– Devia ser um enorme bolo de cabelos o que estava entupindo aquela pia – disse ele, assim que Mitch entrou pela porta. Estava sentado à mesa da cozinha, bebendo uma cerveja, com a bota de gesso apoiada casualmente sobre uma segunda cadeira, mas o brilho de suor em sua testa deixava claro que seu irmão se esforçara um bocado para esperá-lo lá.

– Demorou um pouco mais do que eu esperava. Então jantamos mais tarde.

– O que havia para a sobremesa?

Recusando-se a morder a isca, Mitch foi até a geladeira e pegou uma cerveja.

– Assim que terminamos de comer os peitos de frango recheados e purê de batatas, eu estava farto demais para a sobremesa. O que você comeu?

– Nada de bom, cara. – Josh fez uma careta para a cerveja. – Comi alguns sanduíches de atum e metade de um saco de batatas fritas.

– Contratar Andy foi ideia sua.

– Sim, sim. Você já me disse isso e outras porcarias mais. Ela vai superar em breve. Eu espero.

– Eu não apostaria nisso. – Fazia décadas desde que Rose falara pela última vez com Andy. O que quer que estivesse por trás de todo aquele rancor, era algo grave. – O que há para fazer amanhã de manhã?

– Vamos esvaziar o celeiro, então podemos... quero dizer, *vocês* podem retirar as tábuas do piso. Por quê? Você tem algum encontro no café da manhã?

– Não. Só queria saber que tipo de camiseta vestir na parte da manhã.

– Provavelmente uma que deveria ter sido transformada em trapo seis meses atrás.

– Ótimo. – Talvez não fosse legal ficar com ciúmes do cara com as muletas. – Eu vou subir. Preciso passar uns e-mails e verificar alguns relatórios. Você vai ficar bem?

– Sim. Subirei dentro de alguns minutos.

Mitch chegou até a responder a um e-mail de Scott Burns, seu vice, antes de se esticar na cama e colocar as mãos sob a cabeça. Olhando para o velho teto de estanho, pensou em Paige. Às vezes, quando a emoção da perseguição terminava, o sexo era uma decepção. Às vezes, mesmo o sexo sendo bom, uma vez era suficiente para expurgar uma mulher do seu organismo.

E, às vezes, a realidade era ainda melhor do que a expectativa, e ele mal podia esperar para vê-la novamente. Sozinho.

CAPÍTULO 11

– Você está muito alegre esta manhã.

Paige fez uma careta e disse a si mesma para diminuir aquele entusiasmo. A última coisa de que precisava era de todos em Whitford perguntando por que ela estava tão bem-humorada na manhã após Mitch Kowalski tê-la ajudado com o encanamento.

– Minha pia está drenando direito agora. O dia passa a ser maravilhoso se a água que usou para escovar os dentes não estar mais na pia quando você chegar em casa, depois do trabalho.

– E essa marca vermelha, também foi obra do encanador?

Paige tocou o rosto, horrorizada. Não havia reparado, quando estava se arrumando para o trabalho; logo, não devia estar tão ruim assim. Mas se Katie podia ver...

Katie riu.

– Caiu como um patinho. Eu sabia que você não admitiria, mas dormiu com Mitch Kowalski a noite passada.

– Você tem uma mente diabólica. Não há marca alguma, não é?

– Não. As pessoas de bem de Whitford não farão a menor ideia de que você foi bem e verdadeiramente marcada pelo queridinho deles na noite passada. Foi bem e verdadeiramente marcada, certo?

– Já ouviu as histórias.

– São verdadeiras?

– Não é como se estivéssemos estabelecendo leis, mas, com base na última noite, acho que a maioria delas é verdadeira.

Katie apoiou o queixo na mão e suspirou.

– Detalhes, mulher. Preciso de detalhes.

– Como os Benoit se encontram a cerca de trinta segundos da porta e não creio que estejam interessados em detalhes, você está sem sorte. Não que eu fosse partilhar algum, de qualquer maneira.

– E você diz que *eu* sou diabólica.

– Diga-me o que quer comer para que eu possa mandar o pedido para a cozinha, antes que a casa comece a encher.

Meia hora mais tarde, o movimento era grande no Trailside Diner, e Paige não teve chance de fazer mais nada, além de um aceno de mão, quando Katie estava se preparando para sair. Queria dizer à amiga para não contar a ninguém sobre aquela conversa, porque não queria ser inserida na lista de histórias da cidade, mas teria de confiar na discrição de Katie. No entanto, ela podia contar a Mallory, e Mallory podia contar a... Inferno! Havia uma boa chance de todo mundo saber até o final do dia.

Mesmo estando ocupada, Paige não conseguia parar de se perguntar se Mitch iria até lá para tomar o café da manhã. E, se fosse, se ela seria capaz de fitá-lo, sem seu rosto corar como um semáforo vermelho, o que daria aos clientes algo mais para mastigarem, além das salsichas.

A especulação era a força vital da cidade, e Paige agir como uma colegial tola e apaixonada seria algo que o povo ainda não havia dissecado completamente.

Mas Mitch não apareceu e, mesmo sabendo que devia ficar aliviada, não pôde deixar de se sentir um pouco decepcionada. Ele não era um homem acostumado a ouvir a palavra *não* e, depois de ela ter lhe dito *sim*, talvez tivesse perdido o interesse por ela.

O que seria bom, disse a si mesma, enquanto carregava uma bandeja com copos de suco até uma mesa. Não se preocuparia com isso e nem estremeceria a cada vez que a porta da frente se abrisse ou o telefone tocasse, como sua mãe fazia. Fora algo excepcionalmente bom, mas também temporário, como uma ida à pista de boliche. Após algumas horas, a diversão acabava. Ele não ligaria. Não enviaria mensagens. E nem ela tampouco.

Após o término do seu turno, Paige pegou a bolsa de livros e se dirigiu à biblioteca, como planejara fazer antes de Mitch ter consertado sua pia e sacudido o seu mundo. Nada havia mudado e aquele dia não seria diferente de qualquer outro. Era o tipo de relacionamento que estava procurando e o que ele dissera que teriam.

Assim que chegou ao balcão e viu o rosto de Hailey, soube que seu receio de que a visita de Mitch pudesse não permanecer em segredo em Whitford era justificado.

– Oi, Hailey. Como estão as coisas na biblioteca hoje?

– Bem. Muito bem, na verdade, agora que sei que os cidadãos de Whitford estão a salvo de quaisquer surtos violentos que poderiam acontecer no futuro.

Não havia sentido em negar aquilo, especialmente se Hailey tivesse falado com Katie.

– Vocês estão todos seguros por mais algum tempo.

Hailey exalou um suspiro sonhador quando começou a conferir os livros devolvidos, e Paige achou um pouco estranho as duas conversarem sobre aquele assunto. Talvez, por este motivo, Hailey não tivesse pedido detalhes: ela já os conhecia, e devia haver pelo menos um pouco de desconforto entre duas mulheres que dormiram com o mesmo homem, mesmo que uma delas tivesse dormindo muitos anos atrás.

– Vai vê-lo novamente? – perguntou Hailey, e revirou os olhos quando Paige disse que não tinha certeza. – Esse é o Mitch. Não quer compromisso. Ele lhe disse isso, certo?

– Que não vai ligar, escrever ou mandar mensagens de texto? Sim. E para mim está ótimo.

– Já falou com ele depois do que aconteceu?

– Não. E também não vou me sentar ao lado do telefone e ficar esperando-o ligar.

– Bom para você. – Hailey olhou em volta, como se tentando se certificar de que não havia ninguém à espreita nas estantes próximas. Teria sido bom se ela tivesse tomado o mesmo cuidado antes de falar sobre a vida sexual de Paige. – Você soube sobre Drew e Mallory?

– Não. Estive com Katie esta manhã e ela não disse nada.

– Não sei se muitas pessoas já sabem. Mas, nas últimas duas noites, Drew dormiu na delegacia de polícia.

– Não é um bom sinal. – Paige meneou a cabeça. – Continuo com esperanças de que eles consigam superar essa crise, mas parece que está difícil. Uma coisa é não falar um com o outro por algum tempo, mas não poderem dormir sob o mesmo teto é bem ruim.

As duas tiveram de interromper a conversa quando outra usuária se aproximou, então Paige pegou alguns livros de bolso que pareciam bons no *display* de lançamentos e se dirigiu a uma das mesas dos fundos, onde um quebra-cabeça de três mil peças se encontrava a um terço de ser concluído. Sentou-se e distraiu-se com as peças por algum tempo, tentando solucionar uma situação difícil que parecia que os outros praticantes de quebra-cabeças de Whitford estavam evitando.

A preocupação com Drew e Mal era uma boa desculpa para ela ligar para Mitch. Sendo amigo do chefe de polícia, ele provavelmente saberia se havia algum fundo de verdade naqueles boatos. Talvez até mesmo tivesse algumas ideias sobre como ajudar os dois. Se tivesse, poderiam se encontrar em algum lugar para tomar um café e conversar sobre o assunto.

Paige descartou uma peça do quebra-cabeças, desgostosa. Então ela estava planejando motivos para ligar para Mitch, para vê-lo outra vez e depois de apenas uma noite. Era exatamente o tipo de comportamento que havia prometido a si mesma que evitaria ao tomar a decisão de viver em Whitford. Algumas horas com Mitch Kowalski e já estava tendo uma recaída.

Esperou até o balcão de circulação ficar vazio outra vez e foi registrar o empréstimo dos seus livros.

– Não tantos quanto de costume – observou Hailey. – Pensando em fazer outra coisa com seu tempo livre?

Paige sentiu um súbito e ardente rubor lhe inundar o rosto, mas manteve a voz estável para que Hailey pensasse que era de constrangimento, e não de irritação, com os pensamentos que circulavam em sua mente.

– Tenho alguns projetos para terminar. Além do mais, preciso recuperar o atraso com alguns trabalhos administrativos do restaurante. Ou talvez eu mande tudo para o alto e volte dentro de dois dias para pegar mais livros.

Hailey riu e resmungou baixinho quando o telefone tocou.

– Se encontrar com Mal, diga-lhe para me ligar, está bem?

Paige assentiu e enfiou os livros de bolso na sacola, de modo a poder ir embora, antes que a ligação terminasse. Precisava ir para casa e colocar a cabeça no lugar; ficar alguns minutos em pé na frente da geladeira, lendo seu lema em voz alta. Ou, se isso não funcionasse, ligar para a mãe e tomar um choque de realidade.

Se Mitch Kowalski quisesse vê-la, sabia onde encontrá-la. Se não, ela dispunha de uma sacola com livros novos para lhe fazer companhia.

Rose tentou ignorar seu telefone celular, que estava chamando. Com todo aquele tempo livre, descobrira um canal de televisão que exibia reprises de *Mentes Criminosas* e, agora, achava os elaboradores de perfis fictícios do FBI uma melhor companhia do que as pessoas de verdade.

Mas a maioria das pessoas costumava ligar para o telefone fixo da pousada em vez de seu telefone celular, então resolveu verificar o identificador de chamadas e viu que era Liz. Após pressionar a tecla *Mudo* no controle remoto da televisão, ela atendeu.

– Alô.

– Soube que você se transformou na rainha do lazer agora.

Como estava sentada em seu quarto, no meio do dia, tricotando e assistindo à televisão, Rose não podia negar.

– Qual dos seus irmãos reclamou?

– Sean ligou para Josh para saber como estava a perna dele e ele lhe contou sobre o fato de Andy Miller estar trabalhando aí.

– Será que eles realmente esperavam que eu ficasse feliz com isso?

– Eles precisavam de alguém que trabalhasse bem e não cobrasse muito. Além do mais, ele foi amigo do papai.

Fora amigo de Earle, também, e isso não acabara bem, pensou Rose.

– Seja como for, ele não é meu amigo. Não vou cozinhar para ele, nem limpar os pratos onde ele comer e sequer olhar para a cara dele.

Seguiram-se alguns segundos de silêncio e Rose podia imaginar Liz tentando decidir se continuaria a insistir naquele assunto ou não.

– Eu queria notícias de Josh. E de Mitch, que é o verdadeiro motivo pelo qual eu liguei. Sean disse que ele está arrastando as asas para a mulher que reabriu o antigo restaurante?

– Sean vive em New Hampshire. Como sabe tanto sobre os acontecimentos em Whitford?

– Josh lhe contou. E disse que Mitch está realmente interessado nessa mulher.

Rose suspirou, sem saber o que responder. Seria obrigada a concordar que Mitch parecia de fato interessado em Paige, mas ela não tinha certeza de que *ele* já sabia disso. Ter os irmãos criticando-o não ajudaria a empurrá-lo em direção a essa consciência, mas poderia afastá-lo.

– Eu sei que ele tem passado muito tempo no restaurante – disse Rose. – Talvez esteja procurando uma refeição decente, uma vez que não conseguirá nada de mim enquanto estiver pagando àquele homem para ficar na propriedade.

– Oh. Provavelmente é isso. – Rose podia ouvir a decepção na voz de Liz. – Não me parece certo que os dois mais novos de nós já tenham relacionamentos sólidos e os três mais velhos, não. Especialmente Mitch e Josh. Pelo menos, Ryan tentou, mesmo que não tenha dado certo.

– Você acha realmente que tem um relacionamento sólido? Feliz? – Rose não pôde evitar a pergunta, mesmo sabendo que isso significava que Liz daria alguma desculpa esfarrapada para desligar o telefone.

– Só porque não sou casada no papel não significa que não tenha um relacionamento sólido. Vivo com Darren há quase quinze anos.

O fato de Liz não ter mencionado a parte *feliz* da pergunta não passou despercebido para Rose.

– Como vai o trabalho, querida?

– Tenho andando bastante ocupada. E fiz alguns turnos extras nas últimas duas semanas e estou exausta.

– E quantas horas Darren trabalha?

– Rose... – Ela ouviu o som do suspiro exasperado de Liz, algo que Rose nunca tolerara quando Liz era adolescente. – Eu já lhe disse mil vezes, a arte não funciona assim. Não é o tipo de trabalho de nove às cinco.

– Está bem. Quantas peças Darren vendeu este mês?

– Nenhuma.

– Este ano?

– Ele vendeu várias peças em uma exposição de arte alguns meses atrás e está trabalhando em uma peça enorme que lhe encomendaram agora.

Rose engoliu a antipatia que sentia por Darren e sorriu.

– Isso é maravilhoso, querida. Parabéns.

– Vou dizer a ele o que você disse.

Rose estava sendo sincera, mesmo que fosse por amor a Liz, e não a Darren. Liz o amava; então, o que era bom para ele era bom para ela.

– Tenho de me apressar – disse Liz. – Ligue-me se houver alguma novidade sobre Mitch e aquela mulher, certo? Às vezes, odeio o fato de viver do outro lado do país.

Não tanto quanto Rose odiava. Preferia ter todos os seus pintinhos na Nova Inglaterra. Sean estava em New Hampshire, Ryan, em Massachusetts, e Mitch estava ali apenas temporariamente, mas pelo menos ela recebia visitas regulares dos três.

– Eu ligo se surgir algo novo para contar. Tente descansar um pouco, está bem?

Rose deixou a televisão sem som após desligar o telefone e ficou pensativa. Liz se apaixonara perdidamente pelo jovem artista que se intitulava escultor, porque estava convencido de que as pessoas ricas queriam pedaços de sucata de metal soldados para transformar em arte. E, quando decidiu se mudar para o Oeste, onde acreditava que o povo era mais suscetível a apreciar o seu tipo de arte, Liz o acompanhou, apesar das objeções dos familiares. Ou talvez para irritá-los. A questão era se ela ainda o amava ou se era orgulhosa demais para voltar para casa.

Liz era como uma filha para Rose. Enquanto sua *própria* filha passava a maior parte do tempo fora, em companhia dos meninos, Liz ficava ao seu lado, assando biscoitos, aprendendo a tricotar e permitindo que Rose lhe colocasse bobes nos cabelos. Sob os cachos suaves e femininos, no entanto, Liz era uma autêntica Kowalski. Forçara as rédeas maternas de Rose até se soltar.

Seis filhos, uma sua e cinco do coração, e apenas um deles era feliz no casamento. Sean e Emma podiam estar casados há apenas seis meses, mas Rose sabia quando os sentimentos eram verdadeiros, e podia sentir isso naqueles dois. Infelizmente, ela nunca acreditara que o casamento de Ryan duraria e estava certa.

Talvez estivesse errada em relação à história de Paige com Mitch. Estava tão focada em proteger o coração de Paige que não percebera que Mitch podia estar perdendo o seu para ela. Se Josh pensava que o irmão estava interessado o suficiente em uma mulher para comentar com Sean, talvez Rose tivesse perdido os sinais ao se trancar no quarto com a equipe fictícia do FBI.

Talvez tivesse uma oportunidade de melhorar seu recorde para 2-6.

Mitch conseguiu apenas trinta e seis horas. Após deixar a cama de Paige na sexta-feira à noite, conseguiu ficar sem vê-la no sábado, mas domingo de manhã se viu estacionando a caminhonete em frente ao Trailside Diner.

Havia algumas mesas cheias, mas ninguém no balcão, então puxou um banco e esperou que Paige o notasse. Alguns minutos depois, a porta da cozinha se abriu e ela voltou ao salão carregando uma bacia plástica repleta de produtos de limpeza. Colocou-a na beirada do balcão e esquadrinhou o salão para ver se os clientes precisavam de algo. Devia tê-lo visto pelo canto do olho, porque se virou para ele e sorriu.

– Não esperava vê-lo em uma manhã de domingo. Rose não fica zangada por você não comer as panquecas dela?

– Rosie tem dormido até tarde ultimamente – disse ele. Em seguida, desejou saber se proferira as palavras duramente ao ver a preocupação no rosto de Paige.

– Isso não combina com Rose. Ela está bem? Não está doente, está?

– A única coisa de errado com aquela mulher é uma teimosia que beira as raias do irracional.

– Oh – murmurou Paige de um modo arrastado, como se uma lâmpada tivesse sido acendida em sua cabeça. – Ouvi algo a esse respeito. Ela não está fazendo o café da manhã porque vocês contrataram Andy Miller.

Mitch lançou-lhe um olhar penetrante.

– Você sabe qual é o problema dela com Andy?

– Todo mundo sabe que ela tem um problema com ele. Mas eu não sei o que é.

– Ninguém sabe.

– Parece estranho. Para desencadear um rancor que perdura há décadas, o incidente deve ter sido grave o suficiente para que metade da cidade ficasse sabendo.

Mitch foi obrigado a concordar com Paige, mas não confessou em voz alta, porque não queria que ela especulasse mais sobre o assunto. Segundo sua experiência, o único motivo que poderia provocar aquela animosidade tão secreta e profunda entre um homem e uma mulher era sexo. Não queria pensar sobre Rosie, Andy e sexo. Ela era como uma mãe para Mitch, e ele e não queria acreditar, nem por um segundo, que ela havia traído o marido. Ele não acreditaria.

– Como Josh está lidando com o fato de ela estar em greve? – perguntou Paige, arrancando-o dos pensamentos desagradáveis.

Mitch deu de ombros.

– Somos homens adultos. Podemos cuidar de nós mesmos.

– E ainda têm roupas limpas?

Ele sorriu.

– Quase nenhuma.

– Você vai mandar Andy embora?

– Não. Vou levar algumas trouxas de roupa para a lavanderia e depois vou ao supermercado comprar mais algumas embalagens de comida pronta.

Paige franziu a testa, brincando com os pacotes de açúcar.

– Não vai demitir Rose, vai?

Ele riu, imaginando como seria aquela conversa.

– Se eu tentasse demitir Rosie, ela me daria um chute no traseiro e me mandaria para o meu quarto.

O alívio no rosto de Paige o agradou. Mitch apreciava sua preocupação com uma pessoa que ele amava. E *realmente* apreciava a maneira como ela se inclinava para a frente, para descansar os cotovelos sobre o balcão, deixando parte do colo à mostra. Não podia ver muito, mas o pouco que viu foi o suficiente para deixá-lo excitado.

– Sabe – disse ela. – Eu não me importaria que você aparecesse para jantar de vez em quando. Pelo menos, lhe pouparia algumas refeições de micro-ondas.

A história sobre a comida pronta era brincadeira. Mitch sabia cozinhar bem o suficiente para si mesmo. Mas não era tolo para recusar um convite para se sentar à mesa de Paige que, graças ao tamanho de seu trailer, não ficava muito distante da cama. Ele começara a sonhar em voltar para aquela cama, praticamente cinco minutos depois de tê-la deixado.

– Eu poderia até lhe preparar uma sobremesa – prosseguiu ela.

– Eu gosto de sobremesas com chantilly. Muito chantilly.

O rubor que se espalhou pelo pescoço e bochechas de Paige o fez desejar levá-la para os fundos do restaurante naquele momento e encontrar um depósito de suprimentos ou algo parecido.

– Eu comprei alguns frascos quando estive no mercado.

Ela ficara sabendo sobre aquela história também. O povo daquela cidade não era fácil.

– Quando?

– Hoje à noite?

– Posso chegar por volta das 18 horas.

Paige sorriu, um sorriso maroto, prometendo diversão e todos os tipos de coisas maliciosas.

– Estarei esperando.

E ele também, porque andar por lá com uma vigorosa ereção, até as 18h, seria doloroso demais. Mas ela valia a pena.

CAPÍTULO 12

Era ridículo passar toda a refeição distraída por causa da sobremesa, mas Paige não conseguia parar de pensar no frasco de creme de chantilly em sua geladeira. Talvez devesse ter comprado dois frascos. Um para o *shortcake* de morangos e outro para todas as coisas que passara o dia imaginando que um homem faria com um frasco de creme de chantilly e uma mulher nua.

– Está se sentindo bem?

Paige o encarou, pensando que ele parecia mais zombeteiro do que preocupado.

– Estou. Por que pergunta?

– Você parece um pouco corada.

– Está um pouco quente aqui dentro. – Ela se levantou e pegou o prato. Havia preparado a sobremesa, mas trouxera o jantar do restaurante, então limpou o lugar de Mitch, uma vez que o prato dele também estava vazio.

Precisava aquecer o bolo e pegar os morangos na geladeira. E o frasco de chantilly. Paige estremeceu ligeiramente quando ele se aproximou por trás e a envolveu pela cintura. Ela se recostou em seu peito e virou o pescoço para receber um beijo.

– Você parece nervosa esta noite.

Ela *estava* nervosa. Sentira-se ridícula comprando chantilly na loja. Certo, muitas pessoas compravam chantilly, mas quantas compravam para fazer sexo? Pensando bem, talvez não quisesse saber.

– Não estou nervosa. – Mitch introduziu as mãos sob a sua blusa e Paige suspeitou de que estava na hora de pegar os morangos e o bolo.

– Não está nervosa. – Ele beijou-a na nuca, escorregando uma das mãos para lhe envolver um seio. – Expectativa, então?

– Talvez. Sou apaixonada por *shortcake*.

– E eu sou apaixonado por este local bem... – ele deslizou a mão mais para baixo em seu jeans até encontrar o ponto ideal. – aqui.

Paige teria gostado de desfrutar daquele toque, mas sua mente estava no chantilly. Em sua imaginação, era sexy e podia imaginar coisas que a fariam corar. Na verdade, havia imaginado coisas que a fizeram corar.

Mas a realidade era diferente. Em que momento durante as preliminares um deles caminharia até a geladeira e pegaria o frasco? O frasco estaria gelado demais? Onde um dos dois se lambuzaria com creme chantilly? A banheira não era grande o suficiente para ambos. Qualquer lugar, além da cozinha, causaria uma enorme bagunça, mas ninguém queria fazer sexo em um piso de linóleo frio e duro.

– Ei. – Ele a virou para si e a encarou. – Diga-me o que há de errado.

– Eu... – Não havia sentido em mentir. Não era muito boa nisso, de qualquer maneira. – Eu nunca fiz com creme de chantilly antes.

– Se não está a fim, tudo bem, Paige. – Ele sorriu e meneou a cabeça.

– Não, eu estou. Só não sei... como funciona.

– Pelo que eu sei, não existe nenhuma norma para regular o uso do chantilly.

Ela o fitou com os olhos semicerrados.

– Você está tirando sarro de mim.

– Sim, estou. – Mitch abriu a geladeira e pegou o frasco de chantilly. Depois de retirar a tampa, ergueu-o. – Sabe o que se faz com chantilly?

– Costumo colocá-lo sobre o *shortcake*.

– Abra a boca.

– O quê?

Ele riu.

– Basta abrir a boca.

Paige atendeu ao pedido e, no que pareceu ser um piscar de olhos, ele apertou o bico do frasco e lhe encheu a boca com a doce espuma cremosa. A seguir, enquanto ela tentava engolir tudo sem rir ou cuspir sobre ele, Mitch esguichou um pouco em sua boca também.

– É isso que se faz com o chantilly – disse ele, fazendo-a rir. Por sorte, ela já havia engolido tudo.

– Delicioso.

– Sim, é. Fique parada. Tem um pouco de creme em sua boca.

Mitch se inclinou e passou a ponta da língua sobre um dos cantos dos lábios dela. Paige sentiu um arrepio descer de sua espinha até a ponta dos pés, seguido por um leve tremor, enquanto ele lambia o creme dos seus lábios.

– Acho que aprendi.

Decidida, ela pegou o frasco e colocou um pouco de creme no dedo. Endireitando-se, passou-o sobre o lábio inferior dele.

– Veja. Você tem um pouco em sua boca, também.

Mitch ofegava e a queimava com o brilho ardente do seu olhar, enquanto ela movia a língua, com lambidas rápidas e sensuais, sugando todo o chantilly de sua boca. Sentindo-se um pouco mais ousada, acrescentou outra porção de creme, dessa vez em seu pomo de adão. Quando ele arqueou a cabeça para trás e deixou escapar um gemido abafado, enquanto ela lhe devorava a pele com a língua, Paige percebeu que havia descoberto um de seus pontos sensíveis.

– Você pode querer tirar a camisa – murmurou.

Paige nunca vira alguém se livrar de uma camisa tão rápido. Um pouco de chantilly nos mamilos dele e Mitch começou a querer lhe tirar a blusa. Quando ela tocou na braguilha da sua calça jeans, ele prendeu a respiração por um segundo, antes de dar um passo atrás.

– É a minha vez. E você pode querer ficar nua.

Paige queria ficar nua, embora talvez não na cozinha, com as venezianas fechadas ou não. Então ele esguichou o bico do frasco no dedo e a besuntou com o chantilly.

– Meu sofá é de couro. É fácil de limpar.

– Você tem dois segundos.

Paige levou mais de trinta ou quarenta segundos, mas apenas porque se enroscou nas pernas da calça no meio do caminho entre a cozinha e o sofá. Ambos riram quando ela desabou sobre o estofado, mas isso não impediu Mitch de passar chantilly em um dos seus mamilos. A diversão logo se transformou em desejo, quando ele se inclinou à frente, para lamber e sugar todo o creme. Em seguida, direcionou o bico do frasco para o outro seio e ela interceptou o fluxo, terminando com uma boa porção na mão.

Quando Paige estendeu a mão para baixo e o lambuzou intimamente, Mitch ofegou e cerrou os punhos. Ela só precisou se mover um pouco para saborear sua sobremesa.

Começou devagar, com longas e demoradas lambidas que o fizeram estremecer e murmurar um palavrão. Ela interpretou aquilo como um incentivo e sugou-o por inteiro, não deixando escapar um centímetro sequer, até que ele relaxou as mãos e mergulhou-as em seus cabelos para segurá-la no lugar.

Cobrindo-o com a boca, Paige desfrutou de tudo que podia. A cobertura doce provocava suas papilas gustativas, enquanto ela o excitava. Manteve o mesmo ritmo leve, que ele parecia gostar, parando de vez em quando para pressionar a língua sobre a ponta sensível.

– Chega. – A voz de Mitch soou rouca quando ele se afastou.

Precisava pegar o preservativo que estava no chão, e então ele a virou, de modo a deixá-la de joelhos na beirada do sofá. Em pé atrás dela, segurou-a pelos quadris e penetrou-a. Sem suavidade e sutileza dessa vez.

Mitch estava no limite do seu controle, e saber que fora ela que o conduziu àquele estado fez Paige sentir uma onda de prazer. Seus dedos se enterraram no encosto do sofá, enquanto as investidas se tornavam cada vez mais vigorosas, até que um poderoso orgasmo tomou conta do seu corpo, fazendo-a sentir vontade de gritar.

O membro de Mitch latejava dentro dela, as pontas dos seus dedos lhe apertavam os quadris, até que ele atingiu o clímax com um gemido baixo de prazer. Por um minuto ou mais, ele se manteve ali, respirando com dificuldade e ainda tremendo, antes de se afastar e ambos desabarem no sofá.

– Santo Deus! – murmurou ele.

– Concordo.

– Acho que este deve ser um protocolo oficial do uso de chantilly.

– Acho que farei um estoque desse creme.

Após alguns minutos, quando ambos pararam de ofegar, Mitch lhe deu um leve tapinha no bumbum.

– Acho que está na hora de tomarmos um banho.

– Sim, estou começando a me sentir pegajosa. Você vai na frente.

Ele se ergueu e puxou-a consigo.

– Podemos tomar banho juntos. É mais divertido.

– Não creio que haja espaço suficiente para nós dois.

– Claro que há. Nós nos apertamos e esfregamos nossos corpos quentes e ensaboados um no outro.

– Acho que isso não é tão sexy na vida real – insistiu Paige, mas o seguiu assim mesmo, admirando o belo traseiro de Mitch, que liderava o caminho.

No momento em que ambos entraram no banheiro, Mitch começou a pensar que deveria ter dado ouvidos às palavras de Paige. As laterais da banheira estavam frias e boa parte do seu corpo acabou pressionada em um dos cantos.

– Acho que posso tirar sexo no chuveiro da minha lista das coisas para fazer com você.

Paige riu e pressionou-o ainda mais contra um dos lados da banheira para poder alcançar o sabonete.

– Foi bom não termos calda de chocolate. Pelo menos, o chantilly é fácil de lavar.

Era o que ela pensava. Com os dois metidos lá dentro, e sem uma ducha de mão, a logística de tentar se limpar impediu Mitch de desfrutar o corpo macio e ensaboado de Paige em toda a extensão, e ele ficou aliviado quando o banho terminou. Claro que não poderiam sair juntos do chuveiro, porque o banheiro não era grande o suficiente para ambos se secarem ao mesmo tempo. Sendo um cavalheiro, e para ter uma razão para ficar lá admirando o corpo dela, deixou-a sair primeiro.

Quando terminou de se secar, ele a encontrou no quarto, vestindo uma camiseta.

– Ei. Ainda não terminamos. – Ao cruzar o quarto, Mitch bateu com o braço na penteadeira e quase caiu no chão, quando calculou mal a quantidade de espaço que havia na cama. – Não me leve a mal, Paige, mas sua casa me faz sentir como Gulliver.

– Devo amarrá-lo e me aproveitar de você?

– Pode se aproveitar de mim do jeito que quiser.

E assim Paige o fez, tocando-o e excitando-o, até Mitch pensar que ia explodir. Só então se acomodou sobre o corpo dele, e foi tudo tão intenso que ele não sabia se um dia conseguiria recuperar o fôlego.

Após alguns minutos, ela se estirou no exíguo espaço entre Mitch e a parede e ele se ergueu e foi ao banheiro. Quando voltou, pensou em colocar as roupas, beijá-la e lhe dar adeus, mas ela não se moveu. A cama, apesar do tamanho, era confortável, e Paige exibia aquele irresistível olhar sonolento. Mais alguns minutos não fariam mal algum.

Deitou-se outra vez, acomodando-se ao longo da beirada, mantendo a cabeça próxima à cabeceira, de modo que os pés não ficassem para fora. Paige se aninhou em seu peito. Dizendo a si mesmo que partiria antes de começar a cochilar, Mitch virou-se e beijou-lhe o topo da cabeça.

Um pouco mais tarde, quando seu telefone começou a tocar a música tema de um filme antigo, sobre uma festa da fraternidade, em algum lugar na sala de estar de Paige, ele percebeu que havia realmente adormecido. Aquilo nunca lhe acontecera antes. *Nunca.*

– Você vai atender? – murmurou Paige, de encontro ao ombro dele. A voz soava como se ela tivesse adormecido também.

– Esse tom significa que é o Drew. Ligarei para ele a caminho de casa. – Seria natural levantar-se e vestir as roupas, mas ele deixou-se ficar mais um minuto.

– Como ele está? Ouvi dizer que tem dormido na delegacia de polícia.

– É verdade, mas finalmente ele e Mal voltaram a trocar algumas palavras, e ele está confiante de que ainda podem salvar o casamento. Então voltou a dormir em casa. Não juntos, mas sob o mesmo teto.

– Sinto-me tão mal por eles – disse Paige. – É difícil escolher um lado, não apenas porque gosto dos dois, mas porque o problema deles não é bem definido quando se trata de culpa.

– Mallory mentiu para ele durante todo esse tempo.

– É verdade. Mas ela tem o direito de se sentir magoada porque ele dá mais valor a filhos que nem existem do que a ela.

– O problema não é sobre os filhos que eles não tiveram. É o fato de ela ter mentido. – Mitch realmente não queria terminar aquela noite discutindo com Paige por causa do relacionamento de outras pessoas. – Olhe, Drew tem sido meu melhor amigo a vida toda. Eu sempre gostei de Mallory, mas não estou em posição de escolher um dos lados. Defenderei Drew. Sempre.

– Mesmo se ele estivesse errado?

– Não acho que ele esteja errado, mas, sim, mesmo se ele estivesse errado. Ele seria como um irmão para mim, se eu já não tivesse outros irmãos irritantes. – Mitch ergueu a sobrancelha. – Pode dizer com sinceridade que não a está defendendo porque são ambas mulheres?

Paige se levantou, apoiando-se em um cotovelo de modo a poder encará-lo.

– Então, para você, não passamos de antagonistas de homens? Ou estúpidas que não conseguem pensar por si próprias? Se vai insultar a minha integridade, seja específico.

Aquela conversa terminaria mal, e Mitch não sabia como havia começado. Podia tentar um beijo para distraí-la, mas, com aquela expressão em seu olhar, temia que ela o mordesse. E não de uma forma lúdica.

Por sorte, a expressão de Paige desanuviou e ela se deitou com um suspiro.

– Nem sei por que estou discutindo com você, já que não discordo da sua opinião. Gosto de ambos e, na verdade, não há nenhuma resposta certa ou errada.

– Eu juro, eles são o exemplo típico do que acontece quando duas pessoas que têm objetivos diferentes na vida acabam se juntando. Não é bonito.

– Não, não é.

Ambos ficaram em silêncio por alguns minutos, e Mitch sentiu o corpo de Paige começar a relaxar de encontro ao seu. Ela estava voltando a dormir e de modo algum ele se permitiria fazer o mesmo. Se o telefone não tivesse tocado, poderia ter dormido a noite inteira, e acordar ao lado de uma mulher era um grande erro.

Beijou-lhe o topo da cabeça mais uma vez e deslizou para fora da cama.

– Eu tenho de ir para que você possa dormir um pouco.

– Odeio o horário de quatro e meia da manhã – murmurou ela.

Quando Mitch encontrou todas as roupas e as vestiu, Paige já ressonava suavemente. Ele apagou as luzes e fechou a porta ao sair. Grato pela ameaça de pancadas de chuva o terem feito levar a caminhonete naquela noite, entrou no carro e pegou o telefone para ouvir a mensagem de voz de Drew. Após ler o rotineiro aviso de mensagem nova, preparou-se para as más notícias.

– Ei, bobalhão. Precisei sair para resolver um problema e vi sua caminhonete estacionada na frente da casa da Paige. Pensei em interromper uma sessão de sexo, mas certamente o momento estava bom demais para você atender o telefone. Eu já disse que você é um bobalhão?

Mitch riu ao excluir a mensagem e fechar o aparelho. Mas, quando ligou o motor e começou a dirigir para casa, seus pensamentos migraram de Drew para Paige. Ela não era uma mulher fácil de deixar para trás, nua, quente e sonolenta na cama.

Apesar de não passar a noite na cama de uma mulher ser uma regra que jamais quebrava, ele possuía algumas diretrizes um pouco mais fluidas, como não ver uma mulher duas noites seguidas. Porém, tinha a sensação de que estava prestes a quebrar aquela regra quantas vezes ela permitisse.

– Eu estive no seu banheiro e de modo algum vocês caberiam naquela banheira.

Paige riu diante da expressão de Hailey, antes de dar algumas lambidas rápidas no picolé que haviam comprado no mercado. As duas estavam sentadas no parque com os sorvetes e, embora Paige não fosse uma pessoa de comentar sobre sua vida sexual, a história da banheira era engraçada demais para não compartilhar.

– Nós dois entramos na banheira, mas não creio que vamos tentar repetir o feito tão cedo.

– Isso foi no domingo à noite? – Paige assentiu com a cabeça, com a intenção de poupar cada gota derretida do sorvete de chocolate. – E ele esteve lá ontem à noite. E terça-feira à noite. Na sexta à noite também, mas não no sábado. Vocês fizeram sexo quase todas as noites durante metade da semana. Eu a odeio. Sério, você deve me dar o seu sorvete quando eu terminar o meu.

– Ele também tem vindo tomar um desjejum tardio todos os dias no restaurante. Não posso sequer imaginar o que Rosie e Josh devem estar pensando.

– Conhecendo Rosie, ela deve se sentir grata por ele não os estar fazendo gastar mais dinheiro no supermercado. – Hailey lambeu os últimos vestígios de sorvete no palito; em seguida, franziu a testa. – Preciso me mudar de Whitford. Talvez encontrar alguém para namorar.

– Há uma abundância de homens solteiros na cidade. Josh é solteiro e não parece poder fugir, no momento. – Hailey torceu o nariz. – Ryan estará de volta e ficará na cidade por algum tempo. Que tal ele?

– Os homens Kowalski não me interessam muito. Sem ofensa, e apesar de um lapso na adolescência. E, mesmo que Katie não saiba ainda, se eu namorasse com Josh, não seria legal, porque um dia ela vai admitir que gosta dele e eu não quero ser permanentemente a "ex" do namorado de uma amiga. E Ryan? Ele é quase um estranho agora. Mesmo quando está na cidade, raramente *está* de fato na cidade.

– Tem de haver alguém. Vou começar a me sentir culpada se fizer sexo incrível quase todos os dias e você apenas sentir nevralgias devido a todo o sorvete que toma como prêmio de consolação.

– Eu a odeio um pouco mais agora. E provavelmente vou explodir todo o meu orçamento familiar do próximo mês, fazendo compras on-line quando chegar em casa.

– Seus sapatos são maravilhosos.

Hailey revirou os olhos.

– Prefiro sexo maravilhoso.

Paige mexeu os dedos dos pés nos chinelos e sorriu. Ela também.

– Quando ele voltar para Nova York, talvez eu compre um elegante par de sapatos de salto alto e um galão de sorvete de chocolate. E batatas fritas, é claro, porque não se pode comer doce sem um salgado crocante quando estamos nos sentindo um lixo.

– Quando vai vê-lo de novo?

– Não sei. Ele não disse quando. Ou mesmo se. Ryan deveria voltar hoje, então acho que eles estarão ocupados na hospedaria. – Paige deu uma cotovelada em Hailey. – Isso vai me dar tempo para me recuperar.

– Eu a odeio ainda mais agora. Pare antes que eu a empurre para fora do banco e roube todo o seu dinheiro para comprar sorvete. – As duas riram, mas, quando se levantaram para jogar o lixo fora, Hailey fitou-a com uma expressão séria. – Você não está se apegando demais a ele, certo?

– Claro que não. – Talvez ela tivesse respondido rápido demais, porque Hailey não parecia convencida. – Estou apenas me divertindo, como você disse que eu deveria. Fisgue-o, fique com ele algumas semanas, depois solte-o e deixe-o nadar para longe. Não foi o que você me aconselhou a fazer?

– Eu estava apenas me certificando. Comprar sapatos e sorvetes pode ser divertido, mas não quero ter de consolar seu coração partido.

– Não precisará me consolar, eu prometo. Nenhum coração será partido no curso dessa sua bizarra metáfora sobre peixes.

Tudo se resumia a captura e libertação, no que dizia respeito a Mitch.

CAPÍTULO 13

Quando ouviu o ruído de uma caminhonete estacionando no quintal, Rosie colocou o pano e o frasco de lustra móveis na bacia de plástico e correu para guardá-la no armário. Não queria que ninguém soubesse que ela fizera a limpeza.

Sabia que não estaria tecnicamente em greve se fizesse a limpeza da hospedaria em segredo, mas mesmo assim não queria imaginar como o local ficaria se não se mexesse de vez em quando. Os rapazes limpavam o grosso, mas nunca mais conseguiria ver aquela hospedaria realmente limpa se não desse uma polida aqui e ali.

Pensando ser a caminhonete de Ryan, que viera passar alguns dias ali, Rosie saiu pela porta da cozinha e contornou a casa. Não viu o homem ou o carro até ser tarde demais para se virar sem ser vista.

Andy Miller encarou-a e, em vez de agir de modo decente, fingindo que não a viu, caminhou em sua direção. Rose queria virar e correr, mas, por Deus, aquela era a sua casa e ela não era covarde.

– Passaram-se vinte e seis anos, Rose – disse ele. – E Earle já morreu há quatorze anos. Por quanto tempo você vai me odiar?

A decisão de responder ou não a atormentou. Conseguira passar vinte e seis anos sem falar com aquele homem, mas dessa vez ele lhe fizera uma pergunta direta e ignorá-lo seria mais rude do que ela normalmente se importava em ser.

– Mais de vinte e seis anos, eu acho – retrucou.

– Eu sinto muito. Sabe, você nunca me deu a oportunidade de lhe dizer isso.

– Porque não me importo.

– Você é uma mulher dura, Rosie Davis.

Ela se virou para ele, lutando contra o desejo de lhe espalmar a palma da mão no rosto. Fazia um longo tempo desde que lhe dera uma bofetada, mas jamais perdera a vontade de fazê-lo novamente.

– Não se atreva a me chamar assim. Somente as pessoas que gostam de mim me chamam de Rosie.

Andy meneou a cabeça, a expressão triste e os ombros um pouco caídos.

– Eu não o obriguei a fazer nada que ele não estivesse disposto a fazer. Ele era um homem adulto e fez sua própria escolha.

Rose quase o esbofeteou, porque aquilo era a verdade e ela não queria ouvir. Era muito mais fácil culpar Andy pelo que Earle fizera.

– Quero que você suma daqui agora.

Por um longo momento, Rose pensou que ele fosse argumentar, mas Andy passou por ela e desapareceu ao contornar um dos cantos da casa.

Embora pensasse que fosse desabar em prantos por causa daquela situação, apenas algumas lágrimas lhe encheram os olhos, e ela as enxugou com as costas da mão, enquanto contornava o caminho ao redor da hospedaria na direção oposta para chegar à porta da frente.

Maldito. Maldito Andy Miller e suas desculpas demasiado atrasadas e insuficientes. E maldito Earle Davis, também.

Os dois homens viajaram sozinhos para New Hampshire para andar de motoneve. Era algo que sempre faziam, de dois em dois anos, apenas para conhecer novos cenários. Earle chegara em casa um homem diferente e levou apenas alguns dias, antes de a culpa o fazer confessar que a havia traído.

Estavam em um restaurante, comendo bifes e tomando cervejas após terminarem o circuito do dia, e Andy havia conhecido duas mulheres bonitas no bar. Uma delas o atraiu de forma irresistível. A única maneira de ir para o motel com eles, no entanto, era se sua amiga pudesse ir também. Mais algumas cervejas, e a amiga, jovem, atraente e ciumenta, entrara em ação, e Earle quebrara os votos do casamento.

Rose não o abandonou. Tinham uma filha de 7 anos de idade, uma casa e ela sabia que, no fundo, Earle era um bom homem. Mas o casamento nunca mais foi o mesmo depois disso. Sua confissão foi como uma mancha oxidada em uma bela peça de prata. Podia ser polida, exibida, mas a mancha sempre estaria lá, um ponto sensível que não se podia esfregar.

E ela culpava Andy Miller por isso. Não que não culpasse Earle, mas acreditava do fundo do coração que o marido jamais teria se desviado se o amigo não o colocasse naquela posição. Para ela, era como se Andy tivesse morrido. Se os dois continuaram amigos depois daquele fim de semana, ela nunca soube ou teve provas disso. E seu marido jamais passara uma noite fora de casa novamente.

Rose puxou uma cadeira e sentou-se à mesa da cozinha, sentindo-se um pouco trêmula. Não conseguia esquecer a tristeza e o pesar que vira nos olhos de Andy, o que a deixou ainda mais irritada. Quando era honesta consigo mesma, sabia que culpar e odiar Andy pelo que acontecera tornava mais fácil para ela perdoar e conviver com o marido. Nem

Andy, nem a mulher poderiam fazer Earle traí-la, se ele não quisesse.

E ela precisava respeitar, a contragosto, o fato de ninguém em Whitford ter descoberto que Earle Davis traíra a esposa. Ela e Earle certamente não haviam contado a ninguém. Mas ela sabia que, se Andy contasse a uma única alma viva, todos na cidade, com certeza, ficariam sabendo e teria sido muito mais difícil fingir que estava tudo bem durante os longos meses, ou anos, na verdade, que levariam para o fingimento se transformar em realidade outra vez.

Porque não se sentia completamente preparada para admitir que era injusto culpar um homem que não fizera nada de errado quando era jovem, solteiro e tolo, Rose voltou ao armário de limpeza, pegou a cesta grande de material e um par de luvas de borracha. Qualquer sujeira ou restos de creme dental que tivesse a audácia de se esconder em um dos banheiros da Northern Star Lodge estava prestes a suportar o peso de sua frustração. Algumas mulheres recorriam à terapia das compras. Rose faxinava.

MITCH ESTAVA cansado. Fisicamente cansado por passar a maior parte da noite de domingo na cama de Paige, seguido por uma boa parte da noite de segunda e da noite anterior. Mentalmente cansado por se preocupar com a hospedaria, administrar a Northern Star Demolition a distância e pensar sobre o fato de que passara quase três noites consecutivas na pequena cama de Paige.

E estava realmente cansado de vasculhar a quantidade incompreensível de tralha que a família conseguira enfiar no celeiro. Imaginou que esvaziar o lugar e refazer o piso seria um trabalho rápido, mas agora estava começando a se perguntar se seriam capazes de iniciar a substituição das tábuas, antes de Josh tirar o gesso e se livrar das muletas.

Uma sequência de palavrões que fariam corar o pior dos devassos o fez se virar e ver Ryan lutando para não perder o controle sobre uma caixa de ferramentas velhas, enquanto tentava livrar a bota de um buraco apodrecido no chão.

Mitch estava prestes a lhe dizer para esperar um segundo que ele pegaria a caixa, quando Ryan deixou tudo cair e inúmeras chaves de fenda e de torque se espalharam pelo chão. Assim que livrou o pé, ele cruzou os braços e olhou para o teto, como se implorando paciência aos céus para não atear fogo em toda aquela parafernália no chão.

– Eu preciso de uma pausa – disse Mitch. – Vamos dar um passeio pela trilha.

A palavra "trilha" chamou a atenção de Ryan, mas ele parecia em dúvida.

– Com todo o cuidado e atenção que as coisas recebem por aqui, os quadriciclos provavelmente não andam mais.

– Eu os liguei semana passada apenas para me certificar, e Josh disse que trocou o óleo não muito tempo atrás.

– Devemos avisá-los?

Mitch bufou.

– De jeito nenhum. Eles vão nos ouvir sair e descobrirão. Não quero dar a ninguém a chance de reclamar, dizendo que ainda há muita coisa por fazer na nossa lista.

Os quadriciclos encontravam-se estacionados atrás do celeiro, e levou apenas um minuto para eles desfazerem o nó da corda e puxarem a lona que os recobria. As chaves estavam nos veículos, e cada um deles ligou um. Eram quadriciclos antigos, sem luxos como injeção eletrônica de combustível, suspensão ou direção hidráulica traseira independente, mas eram familiares, seguros e tudo de que eles precisavam.

Mitch seguiu Ryan pelo quintal e por uma trilha que levava aos bosques que rodeavam a hospedaria. Podia-se notar um pequeno progresso, mas as trilhas que eles utilizavam desde que eram crianças ainda eram as mesmas, e ele sentiu um pouco da tensão abandonar seus ombros enquanto manuseava o acelerador, fazendo o quadriciclo passar sobre um obstáculo no solo.

Possuíam terra suficiente para ter várias trilhas que se entrecortavam em cruzamentos não sinalizados. Uma pessoa ficaria irremediavelmente perdida nos primeiros vinte minutos, mas eles conheciam cada árvore, cada rocha e qualquer outro marco natural naquela propriedade. Na juventude, todos se apressavam para concluir as respectivas tarefas para poderem subir nos quadriciclos e se aventurarem na floresta. Havia um para cada criança, daqueles enormes e de má qualidade, todos reparados com fita isolante. Katie normalmente saía com eles, enquanto Liz ficava com Rosie.

Após quase uma hora pilotando por entre árvores, batendo em sulcos e passando sobre rochas, Ryan parou e saltou em uma ampla clareira na trilha, e Mitch fez o mesmo. À sua direita estava o tronco em que eles trabalharam arduamente durante semanas para transformá-lo em um banco, mas ele não se atreveu a testar seu peso nele. Olhar para o tronco o fez sorrir, recordando o quanto eram unidos na infância. Brigavam, é claro, mas eram unidos de uma forma que haviam deixado de ser ao se tornarem adultos, e não apenas pela distância geográfica.

– Devíamos ter pegado uma garrafa de água antes de sair – disse Ryan, e Mitch riu.

– Eu tenho chiclete, se servir. – Ele retirou o pacote do bolso, colocou um pedaço na boca e deu outro ao irmão.

– Então, como vão as coisas com Paige Sullivan?

A pergunta foi feita de forma bastante inocente, mas Mitch não tinha dúvida de que Ryan queria provocá-lo. Por certo, Josh já lhe teria contado que o irmão mais velho passara a noite com Paige e chegara em casa nas primeiras horas da manhã.

– Bem.

– Sério? É tudo o que tem para me dizer? É pouco.

– O que quer que eu diga? Ela é divertida, passamos algumas horas agradáveis juntos, e eu partirei daqui a algumas semanas, quando Josh tiver se recuperado.

– E disse a ela toda aquela lenga-lenga de que não vai ligar, não vai mandar mensagem?

– Não se trata de lenga-lenga, seu tolo. Não é como se eu estivesse vendendo um carro usado. – Ele mascou o chiclete durante um minuto, com as mãos enfiadas nos bolsos. – Mas, sim, ela sabe que não temos um relacionamento.

Dizer as palavras em voz alta o fez pensar no que seria um relacionamento. Aproveitar o tempo juntos? Ticado. Sexo maravilhoso? Um tique gigante em vermelho. Conversar sobre livros de que ambos gostavam, sobre pessoas que ambos conheciam e sobre suas próprias vidas? Ticado. E, sempre que estavam separados, ficarem ansiosos para se verem outra vez?

Era o que o preocupava. Ele se via pensando em Paige tempo demais durante o dia. Ouvia algo engraçado e queria contar a ela. Via algo bonito e queria tirar uma foto para compartilhá-la com ela. Achava-a bonita com os cabelos desarrumados e sem maquiagem, e não ligava a mínima se ela estivesse com hálito de cebola, quando se aproximava para beijá-la.

Se um homem lhe dissesse que se sentia daquela maneira, ele diria ao pobre coitado que não havia dúvida de que ele estava apaixonado.

Tudo que podia fazer era manter em sua mente que chegaria um momento, num futuro muito próximo, que Paige não estaria mais lá para compartilhar histórias engraçadas com ele ou para falar sobre livros. Nem haveria mais beijos com hálito de cebola.

– Céus, você caiu como um patinho, não foi? – Ryan o estava olhando com uma sobrancelha erguida.

– De jeito nenhum. Estava pensando em todo o trabalho que nos resta fazer na hospedaria.

– Sei...

– Vá para o inferno! – Mitch montou em sua máquina, pronto para começar a pilotar novamente, mas não pôde resistir a dar uma cutucada de despedida no irmão que gostava de provocá-lo. – Já topou com Lauren Carpenter pela cidade?

A expressão de Ryan enrijeceu, mas ele não disse nada, apenas lhe mostrou o dedo médio e ligou o motor do quadriciclo com um rugido. Porções de terra e algumas pedras voaram pelos ares quando ele girou as rodas e decolou. Em instantes, Mitch o estava seguindo.

Ambos imprimiram tanta velocidade quanto as trilhas apertadas e expostas ao vento permitiam, até que Mitch começou a suar e sentir os ombros tensos. Quando se aproximaram da fronteira mais distante das terras dos Kowalski, que fazia limite com a propriedade de Ed Grandmaison, ele se perguntou se teriam tempo para preparar os quadriciclos e perfazer todo o caminho pela cidade vizinha, do outro lado das terras dos Grandmaison, onde se encontravam as verdadeiras trilhas.

No instante em que manobrou o guidão para evitar uma pedra grande o suficiente para parar sua máquina, uma pequena semente para reviver a Northern Star Lodge germinou em sua mente.

PAIGE ESTAVA se arrastando. Mal. Com uma embaraçosa pequena quantidade de maquiagem, provavelmente poderia ganhar um Oscar por interpretar um zumbi.

Era o que acontecia quando um homem doce e sexy deixava a sua cama por volta de meia-noite e o alarme do relógio disparava precisamente às 4h30 da manhã. O sentimento era de ter sido atingida por um trem de carga e sorrir com o impacto.

Espremendo-se em sua pequena banheira, esperando mergulhar o maior número de partes do corpo que poderiam caber na água quente e coberta de espuma, Paige lavou-se bem, antes de suspirar e fechar os olhos. Não veria Mitch naquela noite. Ryan estava de volta à cidade e havia muito trabalho a ser feito na hospedaria. E talvez, assim como ela, ele precisasse de um tempo para se recuperar.

Quando relaxou a ponto de temer adormecer durante o banho – embora, felizmente, não houvesse espaço para se afogar –, o celular tocou. O aparelho estava na beirada da pia, e poderia alcançá-lo da banheira. O nome de Hailey piscava na tela.

Após alguns segundos de hesitação, ela atendeu a chamada.

– Alô?

– Todas as noites esta semana?

Paige não precisava de um decodificador secreto para descobrir o que amiga queria dizer com aquela pergunta.

– Hoje é quarta-feira; portanto, estamos apenas no meio da semana.

– Ele está aí agora?

Paige sorriu.

– Você sabe a resposta.

Houve alguns segundos de silêncio e, em seguida, Hailey riu.

– Está bem, eu sei que ele não está. Ryan está na cidade e, quando Andy Miller veio à loja de ferragens, disse a Dozer que Mitch e Josh ficaram contentes em vê-lo, porque isso significava que Rose prepararia um jantar de verdade e que eles tinham planos para depois da refeição.

– Então, por que está perguntando?

– Não sei. Pensei que talvez ele tivesse abandonado os irmãos e dado uma escapada para ir vê-la.

Uma vez que a banheira não armazenava água suficiente com ela lá dentro para que se mantivesse aquecida por muito tempo, Paige desligou a torneira e se levantou. Com a mão livre, pegou uma toalha e começou a se enxugar.

– Ele não deu uma escapada. Você fala como se nós fôssemos dois adolescentes.

– Vocês estão agindo como se fossem – replicou Hailey, e Paige perguntou se havia, talvez, um pouco inveja no ar.

– Estou agindo como alguém que não faz sexo há dois anos. Quanto a Mitch, acho que ele realmente gosta de sexo. Muito. E ele é muito bom nisso.

– Gostaria de saber se ocorre o mesmo com o restante da família – disse Hailey. – Ryan e Josh ainda são solteiros.

– Acho que, se você tivesse alguma química com um deles, já teria pensado nisso antes.

– Verdade. Então, quando vai vê-lo novamente? Terá de esperar até Ryan voltar para Massachusetts?

– Não sei. – Eles não haviam conversado sobre aquele assunto. Ela só sabia que Mitch não viria naquela noite porque mencionou que Ryan estaria em casa e teriam trabalho a fazer. – Eu penso da seguinte forma: se ele vier outra vez, será quando eu o verei de novo.

– *Se*? Você precisa mais do que isso dele. Deve pelo menos saber quais os dias em que não precisará depilar as pernas.

Rindo, Paige pendurou a toalha úmida com uma das mãos e, em seguida, alcançou seu robe, sem deixar o telefone cair.

– Mitch não gosta de se comprometer com nada, nem mesmo uma xícara de café; por isso, se ele vier em um dia que não estiver depilada, problema dele.

Enquanto programava a cafeteira para que magicamente fizesse café fresco às 4h30 da manhã, Paige tentou mudar de assunto algumas vezes. Não queria analisar o que havia entre ela e Mitch, porque a análise significava sentimentos, e esta era a última coisa sobre a qual queria falar: sentimentos – e o fato de que podia estar nutrindo alguns.

Sentiria falta dele naquela noite. Talvez, se fosse apenas sexo, ela não sentisse, mas ele também era surpreendentemente uma boa companhia quando estava vestido. Os dois haviam passado quase uma hora na noite anterior discutindo sobre qual era o melhor livro de Stephen King, antes de fazerem sexo em seu sofá. E o fato de ele ser uma muito boa companhia *despido* não era preciso dizer.

Paige conseguiu mudar completamente de assunto ao falar sobre Drew e Mallory. A cidade toda ficara alvoroçada quando Mallory fora visitar o marido na delegacia. Os dois tiveram uma briga que, segundo os rumores, sacudiu as janelas, embora ninguém repetisse o que foi dito. Ninguém sabia ao certo o que fazer com aquilo, embora a maioria das pessoas estivesse com os dedos cruzados, esperando que aquela fosse a crise que abriria caminho para a reconciliação do casal.

– Deixei algumas mensagens no telefone dela – disse Hailey. – Mas não obtive resposta. Mitch é o melhor amigo de Drew. Ele não lhe contou nada?

– Não. – Não havia nenhuma razão para partilhar sua conversa anterior com Mitch sobre aquele assunto. Era melhor se Hailey pensasse que o relacionamento dos dois se resumia a sexo, o tempo todo.

– Se souber de algo, me avise.

– Pode deixar. E você, faça o mesmo.

Paige encerrou a ligação e, em seguida, conectou o telefone ao carregador.

Devia se sentir envergonhada por se enfiar na cama quando ainda havia luz lá fora, mas estava exausta. Precisava dormir, e muito. Depois de deslizar entre os lençóis, fechou os olhos e pensou em Mitch.

CAPÍTULO 14

NA SEXTA-FEIRA, Mitch estava preparado para apresentar um plano factível para aumentar a receita da hospedaria. Ele o havia discutido com Ryan antes, e o irmão achou que possuía tanto potencial que ambos interromperam o que estavam fazendo e entraram para que Mitch lhe mostrasse as anotações, plantas e as projeções que havia esboçado rapidamente, além da planta do sistema de trilhas que imprimira no computador.

Quanto mais debatia sobre o assunto com Ryan, mais se convencia de que teriam êxito, nem que, para tanto, os Kowalski, incluindo ele, tivessem de gastar todo o seu repertório de charme.

– O que vocês estão fazendo?

Mitch e Ryan estavam tão absortos nas plantas que não ouviram Josh se aproximar, apesar dos golpes ressoantes das muletas contra o piso de madeira. Com o pé, Mitch puxou uma cadeira para que o irmão mais novo se sentasse.

– Analisando plantas. Ryan e eu estávamos conversando e achamos que, com um pouco de charme, sorte e dinheiro, poderemos conseguir acesso às trilhas de quadriciclos. Se der certo, em vez de reservas esporádicas aqui e ali, a hospedaria ficaria lotada durante todo o ano, e não apenas no inverno.

Josh resmungou o que parecia ser um xingamento enquanto se sentava, mas Mitch não conseguiu captar se era uma resposta ao que lhe disseram ou o desconforto na perna.

– Nosso pai analisou essa possibilidade uma vez, mas não havia como colocá-la em prática.

– Martha Grandmaison faleceu há alguns anos – argumentou Mitch. – O filho dela é o dono da propriedade nos fundos da hospedaria. Talvez ele seja mais acessível.

– Veja. – Ryan empurrou as plantas na direção de Josh e se inclinou sobre a mesa para mostrar os pontos em questão com o dedo. – Temos uma confusão de trilhas de quadriciclos aqui. Se conseguirmos fazer com que Ed Grandmaison concorde que cortemos uma pequena parte de suas dezenas de acres florestais, poderemos traçar um caminho que conecte o sistema de trilhas às nossas terras. Como estamos nas trilhas de trenó, quando os quadriciclos chegarem aqui, poderemos conseguir permissão com o clube de motoneve para que os pilotos dos quadriciclos utilizem as trilhas e possam chegar ao centro do vilarejo para reabastecer e se alimentar. E, o mais importante, se hospedarem. Todos vão sair ganhando.

A mandíbula de Josh se contraiu.

– Sim, de fato – disse ele, sem muito entusiasmo.

Mitch se inclinou para trás na cadeira e cruzou os braços.

– Pensei que ficaria mais animado com um plano que fará a Northern Star prosperar outra vez.

Josh deu de combros.

– Talvez tenha esquecido que Ed Grandmaison não é seu maior fã.

– Nós tínhamos dezenove anos. E ela me disse que os dois haviam terminado o relacionamento.

Ryan bateu com o punho sobre a mesa.

– Ora, não está fazendo nada para nos ajudar; portanto, que diabos acha que devemos fazer? Deixar que a hospedaria afunde?

– Sim – disparou Josh, antes de se levantar com esforço e pegar as muletas. – Deixem que a hospedaria afunde e talvez assim eu possa ter uma maldita vida!

Os outros dois irmãos se calaram, estupefatos, mas Mitch foi o primeiro a se recuperar do choque.

– A que diabos está se referindo?

– Deixe para lá. – Josh começou a se virar, mas Mitch esticou o braço e lhe arrancou as muletas.

– Sente-se.

– Vá se danar!

Mitch deu de ombros e entregou as muletas a Ryan, que as recostou à parede atrás dele.

– Ou você se senta ou se arrasta pelo chão escada acima, mas não lhe entregaremos as muletas até que nos conte o que há de errado com você.

Sem outra opção, Josh se rendeu.

– Vocês aparecem aqui, traçam um grande plano para salvar a Northern Star, fazem um trabalho e tanto e depois vão embora, como sempre fizeram.

– Temos negócios a gerir – argumentou Ryan. – E o que isso tem a ver com o fato de você não ter uma vida? Você é o alicerce da família. Dirige esta hospedaria para todos nós.

Josh resfolegou, fazendo que não com a cabeça.

– Porque nunca houve quem o fizesse. Vocês foram cursar a faculdade e não retornaram. Que diabos me restou? Dizer: "desculpe, papai, vire-se sozinho"? Alguém tinha de ficar. Quando ele morreu, todos vocês voltaram, mas, após o funeral, partiram outra vez. – Mitch se viu sem palavras e, a julgar pelo silêncio, Ryan se encontrava na mesma situação. Josh sempre gerenciara a hospedaria com o pai e continuou a fazê-lo quando o perdeu. E, pelo que podia se lembrar, o irmão mais novo nunca dissera que aquele não era o seu desejo. – Acho que deveríamos vendê-la – sugeriu Josh, por fim.

Vender a Northern Star Lodge? Aquela hospedaria era como um lar, um porto seguro, não importava o quanto ele vagasse pelo mundo. O bisavô a havia construído, o avô a reinventara e o pai a salvara. Aquela propriedade era parte da identidade de cada um dos Kowalski, como os olhos azuis, a veia obstinada e o sobrenome.

E era também uma espada no pescoço de Josh. Uma âncora que o afundava. Qualquer maldita expressão que utilizasse significava que o irmão estivera preso a Whitford, vivendo uma vida à que se vira obrigado pela tradição familiar, enquanto os outros ficaram livres para escolher os próprios caminhos.

– Não é um bom momento para vendê-la – declarou Ryan.

Mitch se agarrou àquela desculpa para lutar contra a ideia de Josh com outra justifica além da que o deixaria no papel de um bastardo egoísta que não queria mudanças.

– Ainda mais uma propriedade comercial como esta, que não está dando lucro.

– Não precisa ser comercial – argumentou Josh. – Talvez alguém deseje morar aqui.

Era pouco provável, pensou Mitch, embora não desse voz às palavras. Seria trabalhoso e difícil para uma família manter aquela residência, a não ser que fossem abastados. E, se esse fosse o caso, não optariam por uma velha hospedaria de esportistas de motoneve.

– Teríamos sorte se conseguíssemos cem dólares – prosseguiu Ryan, mas bastou um olhar ao outro irmão para Mitch perceber que de nada adiantaria. O desânimo de Josh nada tinha a ver com lucros ou perdas, e sim com a liberdade de sair dali.

– Ryan tem razão – disse Mitch, percebendo a tensão na postura de Josh. Para vender, todos teriam de concordar e, se ele percebesse que não seria possível, o que o impediria de dizer "dane-se" e partir? – *Mas* eu já entendi, Josh. Ambos entendemos e vamos encontrar uma saída.

Os músculos de Josh relaxaram, enquanto ele descansava os cotovelos sobre a mesa e passava as mãos pelos cabelos.

– É algo que vem se acumulando há tempos, eu acho. Não percebi que estava tão mal até Rosie me dizer que Mitch viria tomar conta da hospedaria por seis semanas. Por alguns segundos, cheguei a imaginar o que eu faria ou para onde iria se pudesse sair daqui por seis semanas, mas logo percebi que não seria possível ir a lugar algum com a droga deste gesso.

– Fico surpreso que não tenha simplesmente... se mandado daqui – disse Ryan.

– E abandonar a hospedaria? Deixando Rosie sozinha? – perguntou Josh, fitando-o com um olhar furioso. – Acho que mereço mais crédito do que está me dando.

– Sim, é verdade.

Mitch deixou escapar um profundo suspiro, observando todos os seus planos grandiosos espalhados pela mesa.

– Antes de decidirmos se iremos vender, alguém terá de conversar com Sean e Liz. E acho que, mesmo assim, deveríamos prosseguir com os trabalhos externos que nos conectarão com as trilhas de quadriciclos. Se decidirmos pela venda, poderemos mostrar aos compradores que a receita potencial poderia fazer uma grande diferença no preço de venda.

– Mas considerarão a venda? – perguntou Josh.

– Temos de fazer alguma coisa – disse Mitch. – Agora que sabemos como se sente, não podemos partir sem um plano.

Ryan anuiu.

– Nunca me passou pela cabeça que você não queria administrar a Northern Star. Acho que não ocorreu a nenhum de nós.

Mitch observou Josh se inclinar para trás na cadeira e percebeu que ele tinha refletido no olhar o alívio de um homem que acabara de se livrar de um segredo aflitivo e há muito guardado. Jesus! Teria *algum* deles pensado sequer uma vez na necessidade de Josh em sair daquele lugar e conhecer um pouco do mundo? Tinha vergonha de admitir que aquele pensamento nunca lhe ocorrera.

Mas se, por um lado, estava satisfeito por ter descoberto o que incomodava o irmão, a ideia de venderem a hospedaria o fazia experimentar uma certa tristeza. Não costumava visitar Whitford com frequência, e o vilarejo o enlouquecia, mas aquele era um lar *de verdade*, e não apenas um apartamento na metrópole em que ele dormia entre um trabalho e outro. E agora havia a possibilidade real de a quarta geração dos Kowalski ser a última a possuir a propriedade.

– Então, quem falará com Grandmaison? – Josh perguntou, puxando para perto o esboço grosseiro das fronteiras das terras para conseguir uma visão melhor.

Mitch fez uma careta.

– Ficarei com a missão. Dessa forma, saberemos, pela reação dele, se existe a possibilidade de esse plano ser colocado em prática.

Ryan soltou uma risada.

– Quem imaginaria que o fato de ter dormido com uma garota quando era adolescente voltaria à tona para assombrá-lo?

Naquele vilarejo, mais cedo ou mais tarde, tudo voltava à tona para assombrar quem quer que fosse.

PAIGE OUVIU o ronco surdo da motocicleta de Mitch a distância e tentou não alimentar a esperança de que ele mudasse a rota e estacionasse ao lado do seu trailer, mas estava apenas se enganando. Queria vê-lo e não conseguira se concentrar em mais nada durante o dia, para a decepção de seus clientes. Todos tinham pressa pela manhã; afinal, precisavam chegar em seus trabalhos e não podiam perder tempo com erros cometidos pela garçonete.

A quarta e a quinta-feira haviam sido tranquilas, mas, por alguma razão, ela sentia falta de Mitch naquele dia. Talvez por seu corpo ter se acostumado a terminar o dia com um ou mais orgasmos alucinantes. Ou talvez por sentir falta da risada de Mitch. Qualquer que fosse o motivo, o ruído do motor lhe fez a pulsação disparar.

A moto rumou naquela direção e ela o ouviu entrar no estacionamento. Pela janela, o observou parar entre o seu carro e a casa. Embora apreciasse o esforço de Mitch em ser discreto, aquele não era exatamente um esconderijo, e logo outra fofoca se espalharia pelo vilarejo. E lhe renderia outro telefonema de Hailey.

Mitch retirou o capacete e permaneceu sentado por algum tempo na moto, parecendo esgotado e frustrado. Paige se afastou da janela para lhe dar alguma privacidade e demorou mais um minuto até ouvi-lo subir os degraus e bater à porta.

Quando ela abriu, a frustração e o cansaço haviam desparecido. A expressão do rosto de Mitch estava tranquila, e um daqueles sorrisos charmosos lhe curvava os lábios.

– Olá.

– Olá – disse ela, esquivando-se para deixá-lo entrar.

Paige tinha algum trabalho burocrático a fazer. A tarefa maçante de determinar o que estavam utilizando, o que precisavam pedir, o que estava sobrando e por aí em diante. Aquela era a pior parte de administrar um restaurante, mas era um mal necessário, e ela já estava atrasada.

Mas, a despeito da postura relaxada e do sorriso cativante, era visível que Mitch tivera um dia difícil e fora à procura de sua companhia. A papelada de trabalho podia esperar.

– Eu ia preparar um sanduíche para jantar. Quer comer um antes de partir?

– Boa ideia.

– Gosta de sanduíche de mortadela de Bolonha? – Era um pouco embaraçoso lhe fazer aquela pergunta, mas não tinha muitos alimentos disponíveis no trailer.

Mitch a fitou com um olhar surpreso, que ela não soube interpretar.

– Sim, gosto.

– Com tomate e maionese?

– Claro. Posso ajudá-la?

Paige soltou uma risada.

– Obrigada, mas você sabe que a cozinha não comporta duas pessoas. Pegue um refrigerante se quiser e fique à vontade.

Quando ele se encontrava acomodado na pequena mesa da cozinha, Paige pegou uma frigideira e colocou um pouco de manteiga nela. Enquanto aquecia, cortou algumas fatias de mortadela de Bolonha e as adicionou à frigideira. Em seguida, passou maionese no pão. Minutos depois, pousou dois pratos descartáveis, cada um com um sanduíche, sobre a mesa. Após atirar um saco de batatas chips sobre o tampo, sentou-se, enquanto Mitch comia o primeiro pedaço do sanduíche.

Ao mesmo tempo em que engolia, fitava-a com olhar estranho.

– Está bom?

– Perfeito. – Ele gesticulou para o próprio prato. – Quem a ensinou a fazer um sanduíche de mortadela de Bolonha como este?

– Não sei. Aprendi a fazê-los ainda criança, quando minha mãe não estava em casa.

– Então, não foi Rose?

Paige percebera que ele estava estranho, mas agora não fazia sentido algum.

– Sabia como fritar mortadela de Bolonha, muito antes de conhecer Rose.

– Com a mesma perfeição da espessura das fatias de tomate e a quantidade exata de maionese?

– Se não escapar pelas laterais do sanduíche, a quantidade é suficiente. Você está bem?

Mitch piscou várias vezes, fitando o sanduíche, e pareceu decidir afastar qualquer problema que o estivesse afligindo.

– Acho que estou. Tive de lidar com alguns assuntos. A hospedaria. Problemas com meus irmãos.

– Algo em que eu possa ajudá-lo? – Provavelmente não, mas, de qualquer forma, tinha de perguntar.

– Tenho de fazer uma visita a Ed Grandmaison. Poderia ir comigo. Talvez para fazer o papel de testemunha, se ele quiser me chutar para fora de lá.

– Acho que não o conheço.

– A propriedade dele faz fronteira com a nossa, mas a casa fica tão distante que ele mora no vilarejo vizinho. Não costuma vir a Whitford.

– E por que ele desejaria expulsá-lo de lá? – Paige ergueu uma das mãos. – Espere. Deixe-me adivinhar. Uma mulher?

– Tínhamos 19 anos, e ela me disse que os dois haviam rompido.

– Um dos primeiros aprendizados que tive quando me mudei para Vermont foi o quanto os cidadãos da Nova Inglaterra amam guardar rancor.

– Irá comigo?

– Claro. Além do fato de um homem que não conheço querer chutá-lo para fora de sua propriedade por algo que fez quando tinha 19 anos, parece-me um bom programa.

Mitch sorriu e, em seguida, voltou a se concentrar em devorar o sanduíche. Quando acabaram, ele retirou a mesa enquanto Paige vestia uma calça jeans e uma blusa de moletom fina. Em seguida, pegaram a moto e saíram do vilarejo.

Percebendo a tensão da postura de Mitch, ela imaginou se a causa seria a visita a Grandmaison ou algo referente aos "problemas com os irmãos" a que ele se referira. Desejou questioná-lo para saber o que o estava incomodando de fato, mas lhe pareceu uma atitude de namorada; portanto, desistiu.

Em vez disso, manteve-se em silêncio, apreciando o passeio de moto até Mitch colocar os óculos de proteção e tomar uma longa estrada de terra. Paige prendeu a respiração, detestando a sensação da moto enorme sobre a lama. Mas ele não tinha nenhuma dificuldade em controlá-la e, por fim, estacionou diante de uma casa de fazenda antiga, porém impecável.

Paige o seguiu pelos degraus da escada da frente porque não sabia o que deveria fazer. E, por estar próxima o suficiente, foi capaz de ouvir os xingamentos que Ed Grandmaison deixou escapar quando viu Mitch Kowalski do outro lado da porta de tela.

– Que diabos você quer aqui?

– Olá, Ed. Eu, hã... – Mitch hesitou, transferindo o peso de um pé para o outro em uma rara demonstração de ansiedade. – Vim lhe pedir um favor.

– Você dormiu com minha esposa.

– Eu *não* dormi com sua esposa. Nem ao menos com sua namorada, já que haviam terminado o relacionamento, na época.

– Tivemos apenas um desentendimento. – Paige teve de se esforçar para manter a expressão impassível. Não por Ed Grandmaison ter guardado mágoa, mas por ver o charme de Mitch não ter nenhum efeito sobre alguém. – Que tipo de favor veio me pedir?

– Não sei se já ouviu algum comentário, mas a maré não está para peixe na Northern Star – começou Mitch, o que devia ser difícil de confessar para um homem que o odiava. – Estávamos pensando que, se você permitisse que nos conectássemos com a trilha dos quadriciclos, poderíamos incrementar os negócios durante todo o ano, e não apenas na temporada de neve. Para tanto, precisaríamos de sua permissão para abrir uma pequena trilha na extremidade de suas terras.

– Está brincando.

– Não se trata apenas da Northern Star Lodge – interveio Paige, dando um passo à frente para se posicionar ao lado de Mitch. – Se pudermos facilitar o acesso dos pilotos de quadriciclos a Whitford, beneficiaremos todo o vilarejo. Se os visitantes ficarem na hospedaria para terem acesso ao sistema de trilhas, também abastecerão, se alimentarão e comprarão insumos no centro.

Ed a fitou, pressionando os lábios em uma linha fina.

– É a namorada dele?

– Sou Paige Sullivan, a proprietária do Trailside Diner. – Ela trocou um aperto de mão com Ed sem responder à pergunta. – O Trailside atende a trilha de trenó no momento, mas a vinda dos pilotos de quadriciclo beneficiaria meu negócio tanto quanto o dos Kowalski. E muitos outros.

– Terei de conversar com minha *esposa* – disse ele, com ênfase notável na última palavra.

– Claro – concordou Mitch. – Se tiverem dúvidas, nós o colocaremos em contato com o clube do quadriciclos para que eles possam lhe explicar sobre a apólice de seguro que cobriria suas obras e tudo mais. Mas, no momento, preciso apenas saber se está disposto a, ao menos, considerar a possibilidade.

Ed deu de ombros.

– Vou considerar. A economia está ruim em todo lugar e detestaria prejudicar o vilarejo inteiro apenas porque você fez o mesmo com minha vida.

– Eu... – Mitch começou, mas Paige lhe cutucou as costas. – Obrigado.

Os dois partiram antes que a conversa desandasse mais uma vez. Mitch manteve a velocidade baixa na estrada de terra, mas, quando atingiram a asfaltada, colocou pressão no acelerador e a moto disparou, roncando, na direção de Whitford.

* * *

No dia seguinte, os rapazes se incumbiram de retirar as últimas pilhas de tralhas do celeiro para começar a remodelar o piso, enquanto o cérebro de Mitch se concentrava no enigma dos sanduíches de mortadela de Bolonha.

Não poderia ser uma simples coincidência. Caso fosse qualquer outra mulher com quem se relacionara no passado, diria que se tratava de um complô para fisgá-lo pelo estômago por meio de um sanduíche que o fazia lembrar do lar, da família e do amor.

Mas Paige não se parecia com qualquer outra mulher do seu passado e não podia imaginá-la fazendo aquele tipo de jogo. Sendo assim, significava que estava desfrutando da companhia e fazendo o melhor sexo de todos os tempos com uma mulher que, por acaso, fazia o sanduíche de mortadela de Bolonha perfeito.

Não era um bom sinal.

– Sua namorada está aqui.

As palavras de Ryan o fizeram erguer a cabeça e procurá-la com o olhar, antes que o cérebro lhe enviasse a mensagem para se manter frio. De fato, o carro de Paige cruzava o caminho que levava à garagem. Mitch pegou a camisa que havia atirado sobre a pilha para secar o suor do rosto, enquanto ela estacionava ao lado da camionete de Ryan.

Quando os efeitos da descarga de adrenalina diante da simples visão de Paige começaram a abrandar, ele se viu invadido por uma certa irritação. Aparecer em sua casa sem aviso prévio era ultrapassar um limite. Sabia que aqueles limites não eram rígidos e ele não os verbalizara, mas acreditara não ser necessário. Mitch se aproximou para encontrá-la no meio do caminho e percebeu que ela sorria, com o olhar cravado em seu peito.

– Está todo suado – disse ela.

– Desculpe. – Era o que acontecia quando uma mulher aparecia sem ser convidada, enquanto um homem estava trabalhando.

– Oh, não estava reclamando. – Paige contornou o carro na direção da porta do passageiro e retirou uma cesta do banco de trás.

– Hum... – Se a "namorada" tivesse lhe trazido um almoço, Ryan nunca mais o deixaria em paz.

– Rose está lá dentro?

– O quê?

– Rose. Ela está lá dentro? – Paige ergueu a cesta. – A sra. Dozynski me pediu para lhe trazer pastéis de ameixa.

– É mesmo? Ameixa? – Mitch tentou perscrutar sob o pano que cobria a cesta, mas ela lhe deu uma palmada na mão.

– A sra. Dozynski disse que você não pode comer nenhum. Tampouco Josh.

Ora, quanta maldade!

– Os pastéis da sra. Dozynski valem a demissão de Andy.

– Ela me preveniu de que você diria isso e lhe mandou responder que é tarde demais, portanto não precisa se incomodar.

Paige começou a contorná-lo, mas ele ainda não havia entendido o que estava acontecendo.

– Então, não veio me ver?

– Não sabia se você estaria aqui. Encontrei com a sra. Dozynski na biblioteca e ela estava aborrecida porque havia feito estes pastéis especialmente para Rose, mas tanto Dozer quanto Lauren estavam muito ocupados para trazê-los até aqui, portanto me ofereci.

– Oh. – Mitch a observou se encaminhar à escada e entrar. Então, Paige não estava ali para vê-lo. Aquele era um bom sinal.

Mitch voltou ao trabalho, agradecido, mas um tanto surpreso por Ryan não o provocar pelo fato de Paige ter aparecido e o esnobado. Talvez a simples menção ao nome de Lauren tivesse sido suficiente para emudecê-lo. Qualquer dia desses, teria de escavar para chegar ao fundo da situação entre Ryan e Lauren. Ela se casara com o melhor amigo de Ryan, tivera um filho e, em algum momento, as visitas do irmão à Northern Star Lodge rarearam. Embora não soubesse dizer ao certo o que era, Mitch estava certo de que havia algo mais naquele caso.

Quando se passou mais meia hora sem que Paige saísse da casa, ele declarou que estava na hora de fazerem um intervalo e pegou a camisa. Por mais suado que estivesse, ele a vestiu, antes de transpor a porta da cozinha. Rosie tinha regras sobre pessoas circulando pela casa sem estar totalmente vestidas.

Paige se encontrava sentada à mesa da cozinha em companhia de Rose, com um copo de chá gelado à sua frente. E as duas riam, divertidas. Ambas se calaram quando lhe notaram a presença. Mitch tinha de admitir que aquilo o fez sentir um certo constrangimento.

– Desculpe interrompê-las – disse ele. Constrangido ou não, cruzou a cozinha na direção do refrigerador, na esperança de que Rosie tivesse feito uma jarra de limonada fresca. Sabia que ela estivera fazendo limpeza escondida, porque vasos sanitários não se lavavam sozinhos. Preferia que Rosie tivesse se preocupado menos com a sujeira e mais em abastecer o refrigerador e a despensa.

– Rosie estava me contando sobre o tempo em que Liz convenceu Katie a cortar os cabelos bem curtos para que pudesse entrar no time de basebol.

A lembrança o fez soltar uma risada, enquanto se conformava com um refrigerante. Droga, nada de limonada!

– Deu tudo errado. Primeiro, nós todos já jogávamos no time; portanto, não sei como ela iria explicar um quinto menino Kowalski.

– Contaram-me que inventariam um primo problemático da cidade, que fora enviado para morar no campo com tio Frank e a tia Sarah – disse Rosie.

– Sim, essa mentira iria colar num vilarejo como este...

Paige soltou uma risada suave, fazendo os dedos de Mitch se contraírem na lata de refrigerante. Na cozinha da casa que ele chamava de lar, rindo com a mulher que era como uma mãe para ele, Paige parecia pertencer àquele lugar. Mitch *sentia* como se ela pertencesse ao local.

Desencostando-se da bancada da cozinha, ele se dirigiu à porta dos fundos.

– Vou deixá-las com suas histórias.

Após beber o restante do conteúdo do refrigerante e retirar a camisa, Mitch voltou ao trabalho. E daí que Paige parecesse se encaixar com perfeição no cenário da hospedaria, com Rose e com todo o restante do vilarejo? Aquilo não a tornava sua alma gêmea.

Paige permaneceu por mais meia hora. Mitch reparou porque, por mais que tentasse afastá-la da mente, continuava atento à porta. Infelizmente, quando, por fim, ela saiu, não se dirigiu ao próprio carro e partiu para que ele pudesse voltar a se concentrar no trabalho. Em vez disso, foi direto ao seu encontro.

– Vocês estão fazendo uma tremenda bagunça.

– Esta área deveria ser um estacionamento aquecido para os hóspedes pilotos de motoneve, mas não sei como eles poderiam parar as máquinas aqui com tanta bugiganga empilhada. Mas temos de restaurar o piso; portanto, retiramos tudo de dentro.

– Boa sorte.

– Alguma vez andou de motoneve? – Mitch não sabia por que fizera aquela pergunta, quando o que de fato desejava era que ela tivesse partido.

– Não. Parece divertido, mas, dentre todas as atividades de inverno, aquela em que mais me destaco é a leitura.

Mitch entreabriu os lábios, mas voltou a fechá-los no mesmo instante ao perceber que estava prestes a se oferecer para levá-la para um passeio de motoneve. Talvez tivesse de voltar a Whitford com mais frequência, agora que o futuro da hospedaria estava incerto, portanto poderia acompanhá-la naquela atividade quando houvesse neve. Mas seria o mesmo que lhe dizer que, dessa vez, voltaria e gostaria de revê-la. E Mitch não agia daquela forma.

– Ler é ótimo – disse ele.

– É melhor eu ir embora. Tenho de atualizar o livro-caixa e preciso revisar os próximos pratos especiais de Gavin. Ele está sob minha supervisão desde que as pessoas descobriram que ele lhes deu tofu para comer.

Mitch soltou uma risada, tentando imaginar uma reação como *aquela*.

– Aposto que foi bem aceito – disse ele, sarcástico.

– Gavin vive repetindo que eles gostaram até descobrirem do que se tratava, mas eu lhe disse que não se deve impor esse tipo de ingrediente a pessoas que foram criadas comendo bolo de carne e empadão inglês.

Quando Paige girou para partir, ele lhe segurou a mão, entrelaçando os dedos aos dela.

– Ryan partirá amanhã e tenho de colocar alguns trabalhos em dia... Trabalhos de verdade. Mas talvez possamos sair na segunda-feira, à noite. Quem sabe jantar ou algo do tipo?

O sorriso de Paige lhe aqueceu o corpo de uma forma que o sol e o esforço físico não conseguiam.

– Parece uma ótima ideia. Vejo-o na segunda-feira, então. Às 18 horas seria ótimo.

– Coloque aquele vestido de verão vermelho que usou no *Old Home Day*. – Ele se inclinou para a frente e a beijou, ignorando possíveis olhares curiosos. Em seguida, permaneceu parado como um tolo, observando-a ir até o carro desparecer de vista.

CAPÍTULO 15

Às 18 horas de segunda-feira, Paige se sentia ridícula. Era uma tolice dedicar tanto tempo aos cabelos e à maquiagem para jantar com Mitch.

Quando ele lhe pedira para usar o vestido de verão, experimentara um *frisson* ao constatar que Mitch passara algum tempo recordando sua aparência com aquela roupa. E também a fizera presumir que não iriam de moto. Gostava daquele meio de transporte, mas, sabendo que os cabelos não ficariam emplastrados na cabeça devido ao capacete, resolveu penteá-los com mais esmero. Optou por aplicar uma maquiagem leve e calçou um par de sandálias confortáveis, mas elegantes o suficiente para ir a um lugar mais sofisticado, se essa fosse a intenção de Mitch.

O nervosismo a pegou de surpresa. Embora não tivesse de se preocupar com um beijo de boa-noite ou qualquer constrangimento em convidá-lo a entrar, sentia-se tremer por dentro, e havia um leve rubor em seu rosto quando verificou o próprio reflexo no espelho pela enésima vez.

De alguma forma, aquela noite era diferente, admitiu Paige. Aquele era um encontro amoroso, o que não se encaixava com as justificativas racionais que dera a si mesma para fazer sexo com Mitch. Era um passo que tornava aquele relacionamento real. E ambos não se permitiam ter relacionamentos reais.

Paige concluiu que estava encrencada. Além de lhe proporcionar um divertimento temporário, a relação com

Mitch servira para lhe provar o quanto estivera solitária. Os dois anos que passara sozinha foram proveitosos. Comprara uma casa, prosperara nos negócios e recuperara a sensação de ter um lar, pela qual sempre ansiara. Mas estava na hora de começar a pensar em compartilhar a vida com alguém.

E, idiota que era, não se apaixonara por alguém tão estabelecido em Whitford quanto ela. Deveria haver algum homem bom e solteiro naquele vilarejo, procurando por uma mulher da comunidade para formar uma família. Construiriam uma vida juntos, enviariam os filhos para as escolas de Whitford e os veriam crescer no povoado que Paige aprendera a amar. Mas não, tinha de perder a cabeça por um homem cuja vida se encontrava em outro lugar e que não mostrava nenhum interesse em voltar a morar em Whitford.

Bem, não abriria mão do próprio sonho, solitária ou não, disse ela à imagem que o espelho lhe devolvia. Sairia, se divertiria e, depois que Mitch partisse, talvez começasse a procurar outro homem que a fizesse se sentir como Mitch fazia. Ao menos teria a própria casa e o restaurante, porque jamais atiraria aquelas conquistas pela janela a fim de segui-lo.

Por sorte, um veículo parou no estacionamento, resgatando-a dos pensamentos caóticos. Estava na hora de se divertir.

Mitch trajava roupas informais. Uma camiseta e uma bermuda cargo, sinal de que não iriam a nenhum lugar elegante. Mas não importava. Sentia-se bela naquele vestido, e as chamas refletidas nos olhos azuis de Mitch faziam valer a pena cada segundo gasto retocando a aparência.

Envolvendo-a nos braços fortes, ele a beijou até fazê-la temer que os cabelos, tão bem penteados, arrepiassem com a energia sexual que ambos geravam. As mãos longas lhe percorreram os braços até encontrar as dela.

– Está pronta?

Mitch trouxera a camionete da hospedaria e, quando lhe abriu a porta, ela se viu hesitante em subir no veículo e mostrar demais. Após ele a erguer pela cintura e sentá-la na beirada do banco, Paige se inclinou para a frente e lhe depositou um breve beijo de agradecimento nos lábios.

Mas, com o corpo encaixado entre as pernas macias, Mitch não se contentou com o selinho. Escorregou as mãos sob o vestido de verão que ela usava e subiu pelas coxas sedosas, enquanto os lábios se apossavam dos dela com um beijo ardente. Os calcanhares de Paige estavam unidos atrás de sua cintura, mas ele se encontrava um pouco rebaixado. Se subisse no estribo, poderia...

A porta de um carro bateu, trazendo-a de volta à realidade. Encontravam-se no estacionamento do restaurante, embora, por sorte, Mitch tivesse estacionado com a porta do passageiro virada para o trailer. Ela o empurrou com uma risada e recolheu as pernas para dentro da camionete.

– Não pode culpar um homem por tentar – disse ele, antes de fechar a porta.

Os dois conversavam enquanto Mitch dirigia com a mão esquerda, a direita ocupada em segurar a dela. Ed Grandmaison lhe enviara um e-mail pelo website da hospedaria, comunicando-lhe que havia entrado em contato com o clube de quadriciclos e que estava disposto a permitir que a trilha cruzasse suas terras.

Mitch fez uma pausa com um movimento negativo de cabeça.

– Mas deixou claro que estava fazendo isso em benefício de ambos os vilarejos, e não em consideração à família Kowalski ou à hospedaria.

– Desde que ele esteja disposto a permitir, não importa o motivo. Carl e eu estávamos conversando sobre o que isso significaria para nossos negócios no verão. Talvez mais clientes nos finais de semana.

– Ao menos seu estabelecimento não tem carpete. Esses clientes extras de final de semana estarão cobertos de poeira da estrada se o clima estiver seco, ou de lama, se chuvoso.

– Estávamos pensando em oferecer almoço em embalagens de viagem. Sanduíches prontos, um pacote de batatas chips e uma bebida. Os pilotos poderão sentar em suas máquinas, caminhar pelo parque ou levar os lanches com eles, se quisessem.

Mitch lhe apertou a mão.

– Acho uma ótima ideia. Espero que tudo dê certo, para o bem de todos.

Paige lutou contra as ardentes sensações que aquelas palavras a fazia experimentar, lembrando a si mesma que aquele senso de *união* era apenas temporário. Seria ela, Josh e algumas outras pessoas a lidarem com o clube de quadriciclos, e os Grandmaison, a se reunir com os moradores do vilarejo para deixar tudo organizado e formar grupos de trabalho. Mitch teria partido, antes de precisar lidar com os frutos de seu projeto.

Quando ele colocou os óculos de proteção, antes de manobrar na direção de uma lanchonete, Paige arqueou as sobrancelhas.

– Acredite em mim. É necessário.

Não era exatamente o lugar que Paige estava esperando, mas resolveu aproveitar o momento. E, quando Mitch entrou em um parque público, carregando os lanches que haviam comprado em uma das mãos, enquanto a guiava em direção a um gazebo à margem de um pequeno lago, ela ficou feliz por ter entrado no clima do programa.

– É lindo! – disse Paige, observando um barco a vela que navegava nas águas espelhadas pelo sol.

– Eu ia levá-la àquele lugar à margem do rio, onde a beijei pela primeira vez, mas temi não conseguir me controlar e não quero desperdiçar a comida que alguém levou trinta e oito segundos para fazer. Aqui há pessoas suficientes por perto, portanto terei de me comportar.

E ele conseguiu cumprir a promessa – mais ou menos. Consumiram a refeição quase com a mesma rapidez com que fora feita. Em seguida, caminharam de mãos dadas na direção da margem. Um pai ensinava o filho a usar um barco com controle remoto e os dois os observaram por alguns minutos. A forma como a família jogava *Frisbee* os fez rir. Um casal que se beijava atrás de um imenso carvalho fez o rosto de Paige se abrir em um sorriso.

O encontro seguia quase perfeito. Tranquilo e caloroso, permeado da antecipação que a invadia todas as vezes que Mitch lhe afastava os cabelos dos ombros ou lhe pousava a mão na base da coluna.

À medida que o sol se punha, ele a guiou para o banco próximo ao gazebo, onde haviam comido, e gesticulou para que Paige se sentasse.

– Vamos ficar um pouco mais. Prometo que a levarei para a cama cedo para não ter de atirar o relógio pela janela quando o alarme a acordar, amanhã.

Paige havia pousado a cabeça sobre o ombro largo. O braço musculoso a envolvia quando a primeira explosão de fogos de artifício iluminou o céu quase escuro. Ela ofegou, inclinando a cabeça para trás para fitá-lo.

– Sabia que isso iria acontecer?

– Claro que sim. – Mitch sorriu. – Bem, não sabia se conseguiríamos vê-los. O vilarejo do outro lado do lago faz um pequeno show de fogos de artifício todas as noites. Acho que é algo para encantar os turistas. Achei que teríamos uma boa visão deles daqui, mas não tinha certeza.

Mais uma chuva de fogos explodiu, dessa vez ainda mais altos, e a próxima fez Paige rir como uma criança. Ela sempre amara fogos de artifício, embora aquela fosse a primeira vez que os contemplasse nos braços de um homem sexy e terno.

E o fato de ser beijada até perder o fôlego enquanto a explosão final acontecia também era uma novidade.

O ACORDO que Mitch fizera com ela o estava matando, mas não iria quebrá-lo. Paige estava com trabalho atrasado e ele sempre tinha tarefas a cumprir, então se sentaram à ampla mesa nos fundos, quando ela concluiu seu turno no restaurante. Trabalhariam por duas horas e depois fariam sexo.

Mitch não sabia por que permitia que ela sugasse a tampa da caneta enquanto pensava. E a tarefa de Paige parecia requerer muito raciocínio porque ela não parava de sugar a caneta. Como diabos ele poderia se concentrar na leitura dos relatórios de sua equipe com a visão da tampa da caneta presa entre aqueles lábios apetitosos?

Quando roçou o pé ao dela, Paige ergueu o olhar dos papéis espalhados diante dela. Devia ter conseguido lhe ler a mente, porque franziu a testa.

– Tem certeza? Não se passou nem vinte minutos ainda.

Droga! Duas noites atrás, conseguira, por fim, ter o prazer de lhe retirar o vestido vermelho que ela usava, mas, na anterior, telefonemas sucessivos o impediram de vê-la. Após uma ligação de Ryan para saber notícias da hospedaria, outra de Scott para falar sobre assuntos de trabalho e de um inspetor de Chicago, ficara tarde demais para visitá-la.

O resultado fora aquele desejo enorme de fazer sexo com Paige, e não se concentrar no trabalho. Mas ela parecia não ter o mesmo problema, enquanto sugava aquela maldita caneta e fazia anotações esporádicas sobre o que estava lendo.

Quando Ava passou pela mesa para tornar a encher as xícaras de café, Paige ergueu a cabeça.

– Pode pedir a Gavin para vir aqui assim que tiver um minuto livre?

– Claro.

O rapaz não perdeu tempo e apareceu antes que Paige pudesse acrescentar creme e açúcar ao café. A visão do garoto fazia Mitch se sentir um tanto envelhecido. Podia se lembrar do tempo em que Gavin era tão pequeno que o pai tinha de erguê-lo no colo e sentá-lo no banco para que pudesse pedir sorvete. Enquanto o cozinheiro conversava com Paige, ele se ocupou em colocar açúcar no café.

– Como é possível tantas das pessoas do Maine não gostarem de frutos do mar? – Gavin perguntava.

– Acho que não foram as vieiras – disse Paige. – E sim o queijo Gouda. E esse guisado de vitela com vinho que você quer fazer... Estou um pouco em dúvida quanto a esse prato. Não seria melhor substituir a vitela por frango para ver como vai ser a aceitação do vinho no guisado?

A julgar pelo suspiro profundo e dramático, Mitch teve a sensação de que o rapaz se sentia como um artista que fora requisitado a pintar uma obra-prima com aquarelas utilizadas no jardim de infância.

– Acho que sim. Posso tentar a sopa fria de melão outra vez? É perfeita para este clima, se conseguíssemos que as pessoas a provassem.

Foi a vez de Paige suspirar.

– Sim, mas vamos inventar uma palavra para substituir "sopa". As pessoas presumem que uma sopa seja quente; portanto, hesitarão em experimentar o prato.

Gavin se afastou resmungando, mas ela se limitou a sorrir com um movimento negativo de cabeça.

– Gavin está achando difícil agora. Espere até ele se mudar para a cidade e ocupar um cargo baixo. Quando só puder cozinhar o que determinarem, ele pensará neste emprego com mais carinho.

– Outro dia, encontrei o pai de Gavin. Ele me disse que o filho adora trabalhar aqui e que isso o está deixando mais confiante, além de lhe proporcionar uma experiência real para levar com ele quando for para a faculdade de gastronomia.

– Sentirei falta de Gavin. E os pratos especiais não serão mais tão excitantes.

A próxima tarefa de Paige parecia requerer mais escrita e menos raciocínio, portanto Mitch conseguiu se concentrar no laptop à sua frente. A perna se encontrava encostada à dela, sob a mesa e, de vez em quando, Paige roçava o tornozelo ao dele, fazendo-o sorrir. Aquilo era o que ele chamava de boas condições de trabalho.

Se Paige possuísse uma casa maior, seria fácil imaginá-los daquela forma, talvez à mesa da sala de jantar ou à mesa de centro. Os dois trabalhando lado a lado até a hora de se enroscarem no sofá para assistir à televisão, que ele insistiria que comprassem, antes de irem para a cama. Era um cenário aconchegante, e ele achou preocupante o fato de não o repudiar instintivamente. Não era afeito àquelas cenas do cotidiano doméstico.

Às 13h45, o telefone de Mitch tocou, fazendo-o se sobressaltar no esforço de afastar da mente os pensamentos tolos de ambos morando na mesma casa.

– Alô?

– Seu irmão é um idiota. – Era Rose, e não parecia nem um pouco satisfeita.

– Terá de ser mais específica.

– Josh caiu quando saía da banheira e parece que ficou entalado, talvez até machucado. E não pode ou não quer destrancar a porta para que eu possa entrar.

– Andy não pode ajudá-lo?

– Ele foi pescar com Drew. Acho que o clima não está muito bom com Mallory e eles precisam de um tempo juntos, como pai e filho.

Mitch fechou os olhos e esfregou o dorso do nariz.

– Acha que ele está machucado?

– Ele está xingando a plenos pulmões, portanto eu diria que, se não está machucado, está enlouquecido. Mas Josh disse que está bem, então não deve ser tão grave.

– Chegarei daqui a alguns minutos.

Paige não conseguiu disfarçar a preocupação.

– Quem está machucado?

– Josh caiu e não quer deixar Rosie cuidar dele. Terei de adiar nossa sessão de sexo.

– A expectativa torna tudo mais excitante.

– Se essa tensão sexual não me fizer explodir até lá – resmungou ele, antes de se lembrar que estavam em um lugar público. Mitch olhou ao redor, mas, por sorte, o fato de estarem trabalhando ou a interferência de Ava havia mantido os clientes na outra extremidade do restaurante.

Após recolher seu material, ele se inclinou e a beijou.

– Em sua casa, amanhã?

– Farei o jantar.

Mitch a beijou outra vez e, em seguida, saiu na direção da caminhonete. Fez o trajeto do restaurante à hospedaria em menos tempo do que o permitido por lei. Ninguém se encontrava por perto, portanto subiu a escada, presumindo que Josh ainda estivesse estirado no chão do toalete.

Rose nunca se mostrara tão feliz em vê-lo como naquele momento.

– Ele não quer me dizer o que está acontecendo.

– Traga-me um prego ou algo longo e fino para que eu possa arrombar a fechadura. – Depois que Rose se afastou, ele bateu à porta. – Josh, que diabos está acontecendo aí?

– Deixe-me em paz.

– Tão logo Rose volte, arrombarei a fechadura.

A única resposta foi uma saraivada de xingamentos capaz de deixar qualquer marinheiro orgulhoso. Mitch aguardou até que Rose surgisse, apressada, com uma agulha de crochê em uma das mãos.

– Acho que esta é fina o suficiente.

– Obrigado. Vá lá para baixo e eu a avisarei quando tudo estiver resolvido.

Rose o fitou como se quisesse argumentar, mas desistiu, diante da postura firme de Mitch. Havia uma boa chance de o único ferimento de Josh ser no orgulho, mas ao menos irmãos não tinham de manter a dignidade entre si. Após outra leva de xingamentos de dentro do banheiro, Rose fitou Mitch com um olhar severo e se afastou.

Mitch levou apenas alguns segundos para arrombar a fechadura e abriu a porta devagar, temendo que Josh estivesse esparramado do outro lado. De fato, o irmão estava caído, mas não em frente à porta. Encontrava-se despido, molhado e, de alguma forma, havia conseguido enfiar a perna engessada atrás da base do pedestal da pia antiga, quando caiu. Uma rápida inspeção revelou a Mitch que Josh se encontrava muito mais furioso do que machucado.

Após alguns minutos, tentando retirá-lo de lá por diferentes ângulos, por fim, conseguiu. Mitch teve de ficar de pé sobre a banheira e se inclinar para a frente para levantar o irmão pelas axilas e, dessa forma, deslizá-lo para trás e sentá-lo.

Quando, por fim, Josh conseguiu se livrar da pia, Mitch lhe atirou uma toalha e se sentou na beirada da banheira para recuperar o fôlego. Josh pousou a toalha sobre os quadris e recostou a cabeça à parede para fazer o mesmo.

– Você se machucou?

– Estirei alguns músculos, principalmente os das costas. – O que devia ter doído, porque Mitch sabia que a coluna do irmão já estava prejudicada pelo uso das muletas. – Acho que me sinto como se tivesse sido atropelado por um caminhão, mas não houve danos ao gesso ou à perna e consegui não bater com a cabeça na banheira.

– Então, sobreviverá. Podia ter morrido em uma queda como essa, mas sobreviverá.

– Você é um idiota.

– Eu estaria na cama de Paige a esta hora se você aprendesse a secar os pés antes de pisar na cerâmica.

– Ela pode me agradecer outra hora.

– Agora, quem está sendo idiota? – Mitch se ergueu e ajudou o irmão a fazer o mesmo.

Quando se certificou de que Josh não iria cair e poderia completar a tarefa de se secar e se vestir sem ajuda, ele desceu a escada e não se surpreendeu ao encontrar Rose parada no primeiro degrau, como os braços cruzados.

– E então?

– Ele está bem. Escorregou e ficou com a perna engessada entalada atrás da pia. Ficou furioso e provavelmente machucou as costas, mas ficará bem.

– Não quero nenhum de vocês fora de casa esta noite; portanto, farei o jantar.

Os pensamentos de Mitch vagaram para Paige. Podia voltar ao centro em instantes e recomeçar de onde pararam. Mas colocar um pouco de distância entre ambos não era uma má ideia, já que ele saíra do restaurante sonhando com os dois brincando de casinha.

E sabia quando uma mãe zelosa como Rose necessitava lamber as crias, mesmo que para se sentir melhor.

– Você é o máximo, Rosie – disse ele, beijando-lhe o topo da cabeça. – Não importa o que os outros digam.

Mesmo com outros pensamentos em mente, como encontros românticos e beijos sob uma chuva de fogos de artifício, a mente de Paige continuava a se voltar para a reação de Mitch quando ela aparecera na hospedaria de surpresa.

Estava ganhando prática em decifrar a expressão das pessoas, e a de Mitch, quando ela saíra do carro, não era de felicidade ao vê-la, e sim de quem imaginava que diabos ela fora fazer lá. Depois agira de uma forma tão inconstante que a fizera imaginar se não estaria com menopausa precoce.

Por um lado, Mitch programara um encontro romântico de verdade. Mas, por outro, Paige percebera sua hesitação quando ela lhe dissera que nunca havia andado de motoneve, o tipo de abertura que levaria qualquer pessoa a se oferecer para levá-la na garupa. Mas aquilo significaria que, depois que partisse, mesmo que não telefonasse ou lhe enviasse uma mensagem de texto, voltaria e a procuraria.

Era aquela certeza que tinha de manter em mente, a de que Mitch estava falando sério quando dissera que partiria sem olhar para trás. E, como garantira a si mesma que não se importava, Paige resolveu ir à Whitford General Store para comprar algumas coisas. Estava determinada a cozinhar algo para o jantar em vez de requentar a comida que trazia do restaurante.

Fran se precipitou na direção dela, antes mesmo que o sino sobre a porta parasse de soar.

– Hailey já lhe telefonou?

– Não tive notícias dela. Por quê?

– Vamos todas à casa de Mallory dentro de alguns instantes. Ela está se separando de Drew. Após um processo tão exaustivo para chegarem a esse ponto, Mallory quer apressar a separação. Faremos a festa da arrumação das malas, embora "festa" não seja a palavra mais apropriada.

Mas Mitch iria para sua casa, e ela decidira lhe fazer um jantar.

– Lamento saber disso.

– Todas lamentamos, querida. Mas, quanto mais rápido a ajudarmos a fazer as malas e sair daquela casa, mais rápido os dois começarão a refazer suas vidas.

Paige não estava disposta a passar a noite separando os pertences de um e de outro em pilhas e colocando as de Mallory em caixas. Prometera a Mitch que lhe faria um jantar.

Mas sua vida não girava mais em torno de homens, lembrou a si mesma. Mitch era um luxo temporário, e as amigas eram essenciais. Não viraria as costas a uma delas só porque Mitch Kowalski estava disposto a lhe dedicar algum tempo naquela noite.

– Estarei lá – disse ela a Fran. – Basta dizer o horário.

Três horas depois, a residência dos Miller estava repleta de caixas, mulheres e copos de plástico vermelhos com as infames margaritas de Rose. Mallory, pálida e calada, abria caminho entre o caos, apontando objetos que precisavam ser embalados e lhes mostrando o que deveria ficar, ou seja, a maioria dos itens.

– Meu novo apartamento é muito pequeno, portanto não posso levar muita coisa – disse ela. – Além do mais, acho que gostaria de começar do zero.

Partia o coração de Paige observar Mal retirar a caneca de café favorita que se encontrava pendurada e deixar a de Drew ou separar os próprios livros dos dele na prateleira da sala de estar. Talvez aquele fosse o motivo que a fez aceitar o drinque que Rose lhe entregou ao entrar no toalete, onde Page estava separando itens de higiene pessoal da amiga.

– Só tomarei este – preveniu ela. – Tenho de acordar às quatro e meia da manhã.

Rosie anuiu.

– Um será suficiente para fazê-la se livrar desse peso. Seja por divórcio ou pela morte de um cônjuge, encaixotar a vida que esperávamos ter e começar uma nova é algo deprimente.

– Gostaria muito que o casamento deles tivesse dado certo.

– Esse era o desejo de todos nós, mas não me surpreendi com essa separação. O casamento de duas pessoas que têm objetivos diferentes na vida, em questões tão vitais, está fadado ao fracasso. Ainda mais se um deles não foi sincero em relação ao que quer da vida. Na verdade, é surpreendente que tenha durado tanto.

Paige tomou um gole do drinque forte e colocou o copo na beirada da pia para continuar a separar os artigos de higiene pessoal da amiga.

– Não há como fazer concessões em determinadas questões. Filhos é uma delas. Ou você os quer ou não.

– Concordo. Pode-se fazer concessões em relação a onde morar ou se a esposa acompanhará o marido em suas viagens e questões do tipo, mas que tipo de família você quer construir é algo muito importante.

Talvez fosse o efeito do primeiro gole da bebida, mas Paige tinha a sensação de que Rosie não estava mais se referindo aos Miller.

– Mas para algumas pessoas o local onde vão viver tem tanta importância quanto decidir se terão filhos ou não.

– Pode ser. Ou talvez o homem preencha o vazio que a mulher pensou ter ocupado com o trabalho, os amigos ou a comunidade.

Paige manteve o olhar fixo na gaveta, enquanto separava os frascos de esmalte e pensava em uma resposta delicada. Afinal, adorava Rose e não queria ofendê-la. Talvez fosse um conceito pré-concebido ou o modo de pensar da mulher mais velha, mas era o tipo de atitude que sempre irritara Paige.

A de que um homem tornaria tudo melhor.

– Talvez... – começou em tom calmo – a mulher não tenha um vazio a preencher. Talvez tenha uma vida completa e esteja esperando por um homem que a compartilhe com ela.

– Alguns homens precisam correr o mundo.

– Bem, esse não seria o tipo de homem para mim – disse Paige com uma risada divertida, como se as duas estivessem conversando em nível hipotético.

Rosie deixou escapar um suspiro.

– Talvez não. É melhor eu voltar para a cozinha e vigiar a bebida alcoólica. Há uma linha tênue entre aliviar o clima pesado e um bando de mulheres bêbadas atirando tudo que veem pela frente nas caixas.

Paige tomou outro gole do drinque e fez uma careta para o espelho. Não era fã do drinque e, droga, se esquecera de telefonar para Mitch.

CAPÍTULO 16

Após tomar banho, fazer e barba e colocar um pacote de preservativos na carteira, Mitch deixou o quarto assoviando e se encaminhou à escada. Não tinha ideia de onde estavam todos, mas não queria saber. Tudo que importava era que, em breve, estaria com Paige.

Uma batida à porta da cozinha o pegou de surpresa, já que não ouvira nenhum veículo se aproximar. Um hóspede ocasional procurando por um lugar para passar a noite se encaminharia à porta da frente.

Quando Mitch alcançou a cozinha, Drew já estava entrando. Dizer que o amigo parecia ter saído do inferno era eufemismo. Havia apenas duas razões para um homem ficar com aquela aparência, e Drew não estava doente; portanto, ao que tudo indicava, ele não conseguiria usar aqueles preservativos, afinal.

Drew fez contato visual com ele por um segundo, mas foi o suficiente para Mitch perceber as lágrimas que ameaçavam lhe banhar os olhos, antes de ele desviar o olhar para o chão.

– Mallory está embalando seus pertences agora.

– Droga, sinto muito, amigo. – Mitch se dirigiu ao refrigerador e, de lá, retirou duas latas de cerveja.

– Esperava que vocês conseguissem superar essa crise – disse ele, entregando uma das latas a Drew.

– Talvez pudéssemos, se conseguíssemos ao menos uma vez estar em sintonia. Meu problema é a mentira. Dez anos de mentira. Mas ela acha que o problema é que eu dou mais importância a filhos que não existem do que a ela.

– Está de carro?

– Esperava que você me arranjasse um quarto. Não quero ficar parado, assistindo Mal me abandonar.

Segurando a lata de cerveja aberta em uma das mãos, Mitch voltou a abrir a geladeira para pegar uma embalagem com mais seis.

– Vamos nos sentar na varanda dos fundos e consumir essas cervejas.

Drew pegou a embalagem.

– Parece um bom plano.

– Vá na frente. Tenho de dar um telefonema e logo estarei lá.

– Diga a Paige que lhe mandei lembranças.

– Ora, poderia ser assunto de trabalho.

– Claro que sim – disse Drew por sobre o ombro, enquanto se dirigia aos fundos.

Paige atendeu no segundo toque.

– Eu ia lhe telefonar agora.

– Deixe-me adivinhar. Está ajudando Mallory a embalar seus pertences.

– E aposto que deve estar ajudando Drew a se embebedar.

– Algo do tipo. Ele dormirá aqui esta noite e eu pretendo beber muito menos do que ele, portanto não se preocupe com a possibilidade de Drew aparecer por aí e fazer uma cena.

Paige deixou escapar um suspiro.

– É uma situação difícil.

Sim, Paige tinha razão. Era uma situação difícil e a prova, se é que ele precisava de uma, de que o amor não era o suficiente para que duas pessoas com objetivos diferentes na vida permanecessem juntas.

– Se o trabalho de embalar envolver bebida alcoólica, não dirija. Telefone se precisar, e Rosie irá buscá-la.

– Humm... Rosie está aqui. Fazendo margaritas.

Mitch caminhou até a janela e constatou que o carro de Rosie não estava lá.

– Ela está se tornando uma fujona, com a idade.

– Não direi isso a ela. De qualquer forma, Fran não está bebendo, portanto se encarregará de levar quem precisar para a casa. E estou tomando apenas um drinque. Afinal, meu alarme desperta às quatro e meia da manhã.

Mitch a fez prometer telefonar se houvesse qualquer problema na casa de Mallory e desligou sem lhe perguntar o que ela faria na noite seguinte. Ultimamente, estivera burlando sua estratégia de jogo. Uma das regras-chave era não permitir que uma mulher se acostumasse a tê-lo por perto. A expressão de sofrimento no rosto do amigo fora um lembrete doloroso do tipo de caos emocional no qual não queria se envolver.

Drew estava tomando o último gole da primeira lata de cerveja, quando Mitch se juntou a ele na varanda. Tomar algumas cervejas era uma coisa, mas se embebedar não iria ajudar o amigo a se sentir melhor.

– Fico me perguntando se eu teria me casado com Mal se soubesse desde o início que ela não queria ter filhos. – Não havia como voltar no tempo e "ses" não ajudavam a encontrar respostas, mas Mitch abriu outra cerveja e sentou para escutar o amigo. – Acho que sim. Talvez tivesse pensado que ela mudaria de ideia após algum tempo de casados. E, no início de nosso casamento, ter filhos não figurava no topo de minha lista de prioridades. Há uma boa possibilidade de que tivéssemos onde estamos agora, apenas teríamos tomado uma estrada diferente.

– Teria sido mais fácil ou mais difícil?

Drew considerou a pergunta e, em seguida, deu de ombros.

– Não sei. Acho que a raiva pelo fato de Mal ter mentido para mim por dez anos está amortecendo o sofrimento. Acho que seria muito mais doloroso e triste se tivesse sido da outra forma.

Talvez Drew não estivesse percebendo ainda, mas Mitch podia ver que ele estava amargando com uma boa cota de dor e tristeza.

– Pensei que você tivesse uma vida maravilhosa. Um respeitado chefe de polícia, com uma bela mulher. Esperava receber a notícia de que teriam um filho a qualquer momento.

– *Você* tem tudo – rebateu Drew, apontando uma nova lata de cerveja na direção dele. – Seu próprio negócio, muito dinheiro e não precisa se preocupar com o que as mulheres desejam da vida. Limita-se a lhes dar o que elas querem na cama e se afastar, antes que a situação se complique. – Aquela podia ser a forma como vivia, mas o modo simplista com que Drew a resumiu o incomodou. – Veja você e Paige – continuou o amigo, embora Mitch tivesse certeza de que não queria tocar naquele assunto. – Você é um homem do mundo, bem-sucedido, e ela é uma menina do interior, mas nenhum dos dois está fingindo que tem o mesmo objetivo na vida. Querem apenas fazer sexo um com o outro e seguir, cada um, seu caminho. É o que eu deveria ter feito com Mal. Feito sexo com ela e depois seguido o meu caminho.

– Não deveria. Você a amava.

– Ainda a amo. – Drew arremessou a lata de cerveja, que explodiu contra a grade recém-pintada. – Droga! Ainda a amo.

– Eu sei.

– Mas não quero amar Mal.

Ainda não haviam inventado nenhum interruptor mágico para desligar um sentimento, portanto estava claro para Mitch que a única alternativa do amigo era suportar o sofrimento. Fora o que fizera após o término do relacionamento com Pam. Na época, pensara estar no fundo do poço, mas, vendo o sofrimento de Drew agora, tinha de admitir que fora mais a raiva e menos a dor que o incomodara quando cada um tomou seu caminho.

– Vou beber a isso. – Não que julgasse ser experiente no quesito amor, mas sem sombra de dúvida aquele era um sentimento que tendia a fazer as pessoas infelizes.

Mitch não era contra o amor, apenas não estava preparado para senti-lo. A Northern Star Demolition era sua amante, e ele aprendera, por caminhos sinuosos, que ela não deixava espaço para uma esposa. Talvez algum dia pudesse se dedicar menos à empresa, mas aquele dia estava distante. Nesse meio-tempo, não havia sentido prometer a uma mulher que ela seria seu mundo.

Imagens de Paige lhe pipocaram na mente. Imagens do restaurante que ela recuperara sozinha e do trailer exíguo que transformara em lar. Assim como ele, Paige sabia o que queria da vida e se lançara com afinco à tarefa de conseguir.

Mitch tomou mais alguns goles de cerveja, enquanto fitava o pôr do sol. Era uma vantagem que ambos soubessem que se encontravam em rotas diferentes na vida e que estavam apenas desfrutando juntos de um interlúdio suspenso no tempo. Ou assim ele se forçava a acreditar.

Talvez, se tomasse mais uma cerveja, pudesse convencer a si mesmo que ainda pensava dessa forma.

NA MANHÃ seguinte, o fato de a esposa do chefe de polícia sair de casa quando todo o vilarejo acreditava que os dois estavam se reconciliando era, sem dúvida, a fofoca do momento no restaurante. Paige tentava manter a cabeça baixa e a boca fechada, mas seu carro fora visto no pátio dos Miller.

"Como está Mallory?", era a forma como as pessoas a cumprimentavam naquele dia, e ela não tinha ilusões. Talvez, vinte por cento fosse preocupação genuína, mas os outros oitenta representavam uma abertura para que ela pudesse despejar tudo que sabia sobre a pobre mulher. Embora fosse esperado que Paige, por ser proprietária de um local de reunião, alimentasse os clientes não só de *cheeseburguers* e batatas fritas, mas também de fofocas, Mal era uma amiga, e ela se recusava a fornecer combustível para aquele tipo de rumor.

Partira antes das 22h da casa de Mallory, na noite anterior, no momento em que o trabalho de embalar os pertences estava dando lugar a mudanças de humores inspiradas pelo álcool. Houve lágrimas seguidas de discursos acalorados que se concentravam no fato de os homens não prestarem e mais lágrimas. Paige tratara de escapar de lá e ir direto para a cama, exausta pela tensão emocional daquela noite.

Quando ela passou pela porta e entrou na cozinha com uma panela enorme repleta de pratos sujos, Carl apontou com o polegar por sobre o ombro.

– Deixei um desorientado lá nos fundos.

Paige pousou a panela e deixou a área de lavagem para se dirigir aos fundos. A uma mesa de armar que ninguém utilizava, estava sentado um deprimido Mitch.

Quando a viu, ele ergueu o olhar, estreitando-o contra as luzes fluorescentes.

– Pagarei a mais por meu desjejum e seis galões de café, se puder ficar sentado aqui atrás.

– Está tão mal assim?

– Nada bem.

A compaixão fez o coração de Paige se apertar dentro do peito. Para ele, a noite anterior devia ter sido ainda pior. Estivera sozinho para lidar com a tristeza de Drew, que ele considerava como seu melhor amigo.

– Trarei uma garrafa térmica com café só para você, além de um suco de laranja. O que deseja comer?

– Tudo que tiver, multiplicado por quatro.

– Tem certeza de que conseguirá comer tanto?

Mitch anuiu, o movimento o fazendo contrair as feições em uma careta de dor. Com um gesto negativo de cabeça, Paige passou a Carl o pedido de quatro panquecas, quatro ovos mexidos, quatro fatias de torrada, quatro fatias de bacon e quatro salsichas. O estômago era dele.

Após lhe trazer a garrafa térmica com a bebida encorpada, ela retornou ao restaurante para fazer mais café e verificar como estavam os clientes. Katie Davis havia ocupado um lugar ao balcão, parecendo tão deprimida quanto Mitch.

– Por que permitiu que eu bebesse tanto, ontem à noite? – Aquelas foram as primeiras palavras da amiga.

– Nem reparei que você estava bebendo. Deve ter se excedido depois que eu saí.

– Talvez. A noite de ontem está um pouco enevoada. – Katie folheou o cardápio que não precisava ler e Paige teve a impressão de que ela mal discernia as palavras. – Mas me lembro de alguém perguntando à minha mãe por que ela não gostava de Andy Miller.

Paige precisava repor os cafés nas mesas, mas fingiu não reparar nas xícaras vazias empoleiradas nas beiradas das mesas.

– O que ela respondeu?

– Que mal conseguia se lembrar e mudou de assunto, como já a vi fazer antes. – Katie franziu a testa para o cardápio. – O olhar da minha mãe se torna triste quando toca nesse assunto. Não que isso aconteça sempre, mas, quando acontece, fica aborrecida.

– Nunca perguntou a ela?

– Sim, mas quando era criança. Depois de adulta, não mais.

– Se esse assunto a incomoda e se acha que é importante, deveria perguntar a Rosie.

Katie atirou o menu de volta ao suporte e ergueu o olhar para fitá-la.

– E se ela traiu meu pai com seu melhor amigo?

Havia uma razão para Katie administrar a barbearia de Whitford, e não era nenhuma paixão por barbeadores elétricos e espuma de barbear.

Aquele fora o estabelecimento comercial do pai e Paige sabia que a amiga preferira assumi-lo a vê-lo fechado. Os dois haviam sido muito unidos, e era fácil perceber por que Katie temia a resposta da mãe.

– Acho que deveria perguntar a ela – repetiu Paige. – Mesmo que a reposta seja tão grave quanto está pensando, conversar com sua mãe será melhor do que ficar remoendo essa dúvida.

Katie anuiu e Paige aproveitou a trégua na conversa para repor o café nas xícaras dos clientes. As refeições começaram a surgir na janela da cozinha e a clientela não parava de sair e entrar. Demorou algum tempo até que ela conseguisse escapulir para os fundos, a fim de verificar como estava Mitch.

Constatou que ele parecia melhor diante de uma pilha de pratos vazios e da garrafa térmica de café quase no fim.

– Obrigado. Drew, aquele pobre idiota, teve de voltar ao trabalho, e eu ia para a cama, mas, com o barulho das marteladas e do aspirador de pó, pensei que fosse enlouquecer.

– Drew está bem?

– Não muito, mas acho que tão cedo não pensará em afogar as mágoas no álcool.

Paige se lembrou do que ele dissera sobre beber menos que Drew e imaginou se Mitch também teria algumas mágoas para afogar.

– Tenho a impressão de que Mal também não deve estar nada bem hoje, a julgar pela condição de Katie. Mas alguém me contou que Fran e Butch carregaram as caixas dela esta manhã, portanto acho que ao menos ela conseguiu acordar.

– É uma situação chata. – Mitch se levantou e se espreguiçou meio sem jeito, como se temesse se movimentar demais. – Acho melhor eu voltar e ver quais são as diversões para hoje. Se tiver um pouco de sorte, posso varrer o pó, mas, conhecendo a família demente que possuo, Josh me fará manejar uma serra elétrica. Ficará em casa à noite?

– Talvez – disse ela, em tom deliberadamente casual.

– Talvez eu passe por lá.

– Então, talvez eu o veja mais tarde.

Carl gritou o nome de Paige lá de dentro. Mitch fez outra careta de dor e saiu pela porta dos fundos. Ela retornou ao trabalho, mas, enquanto servia panquecas e limpava mesas, acrescentou lençóis limpos e depilação de perna à lista das atividades daquele dia. Com um pouco de sorte, Mitch conseguiria recuperar as forças durante o dia, porque iria precisar.

MITCH SE esticou no sofá de Paige, que era o único móvel de tamanho normal naquele trailer, adorando a sensação de tê-la estirada sobre o corpo.

– Pense bem – começou ela. – Se eu tivesse uma televisão, não estaríamos desfrutando deste momento, juntos. Provavelmente, estaríamos concentrados na caixinha de imagens.

– Acho que não chamam a televisão assim há pelo menos uns cinquenta anos. Tudo que disse foi que é uma pena você não ter uma televisão porque estou com tempo para assistir a uma agora. Poderia ficar antenado com o que o resto do mundo está comentando.

– Pessoas da vida real são mais interessantes.

– Por falar em pessoas interessantes, conversou com sua mãe nesses últimos dias?

Paige ofegou.

– Por cinco minutos. Ela queria saber o que eu achava que significava o fato de Corey ter deixado que sua ligação caísse no correio de voz por duas vezes em meia hora. Ele alegou estar nadando na piscina, mas ela tem certeza de que é um sinal de que o namorado estava com uma calculadora na mão descobrindo quantos anos era mais novo que ela.

– Isso quer dizer que o relacionamento deles está indo ladeira abaixo?

– Eu lhes daria mais ou menos uns cinco minutos. Esse foi mais breve do que os outros. Fingir ser jovem, moderna e descolada foi um pouco forçado, e a máscara não demorou a cair.

– É uma pena que ela não consiga perceber o quanto você é incrível. – Ele beijou o cabelo dela, que, por alguma razão, o encantava. – Sua mãe é que está perdendo.

– Como estão as coisas com seus irmãos e a hospedaria?

– Na verdade, melhor. Estava muito preocupado com Josh, mas, depois que ele se irritou o suficiente e colocou tudo para fora, voltou a ser como era.

– Acham mesmo que a venderão?

Mitch ainda não tinha certeza. Tampouco sabia definir como se sentia em relação àquela possibilidade. O fato de ser capaz de entender racionalmente o ponto de vista do irmão mais novo não anulava a ligação afetiva que tinha com aquela propriedade.

– Não sei. Talvez a perspectiva de ter uma escolha seja suficiente para Josh. Se ele concordar em permanecer até que o pessoal do quadriciclo nos descubra, talvez possamos contratar um gerente. Não queremos que Rosie fique lá, sozinha. Ou podemos vendê-la.

– Nenhum de vocês se interessa em administrá-la?

– Estou assoberbado com minha empresa. E Ryan, também. Sean nunca gostou da ideia de viver em uma hospedaria com estranhos entrando e saindo. Além disso, Emma, sua esposa, é dona de uma empresa de paisagismo de sucesso.

– E quanto à sua irmã? O namorado dela não poderia fazer seus trabalhos artísticos aqui?

– Duvido que algum dia Liz volte para ficar. Talvez, se ela se desse conta do erro que está cometendo e dispensasse aquele parasita fracassado... Do contrário, ele não concordará em morar aqui.

Paige lhe desferiu uma cotovelada.

– Ora, posso imaginar o motivo.

– Somos os irmãos de Liz. Nosso dever é não gostar de parasitas fracassados que a manipulem para ficar sentados o dia todo, observando três peças de sucata de metal e dizendo que estão contemplando a própria arte.

– Sua irmã está namorando com ele há muito tempo. *Ela* deve gostar desse homem.

– Acho que ela o ama. Mas nós, não.

– Então... é pouco provável que os dois se disponham a administrar a Northern Star.

– Ela? Diabos, sim. *Os dois*? Seria mais fácil o inferno congelar.

– É melhor conversarmos sobre algo mais animado.

– Se você tivesse uma televisão, poderíamos assistir a desenhos animados.

– Você é engraçado.

Mitch escorregou as mãos sobre o abdome sedoso dela e as deixou vagar mais para baixo.

– Que tal irmos para o quarto descobrir atividades mais engraçadas ainda?

Não tiveram nenhuma dificuldade em fazê-lo. Paige era uma amante divertida e ele achava que nunca se cansaria de sentir seu toque ou de observar aquele belo rosto e ouvir as risadas espontâneas que ela deixava escapar.

Naquela noite, Paige estava mais terna do que nunca, e ele aproveitou para saborear cada centímetro do corpo de curvas graciosas, antes de fazerem amor de modo lento e suave. Mitch amava a forma como ela sussurrava seu nome, arqueando o corpo em um convite sensual.

Mais tarde, ele a envolveu nos braços, na posição em que a cama pequena os forçava a ficar, mas Mitch não se importava com a falta de espaço. Deitado de costas, com Paige quase deitada sobre ele, a cabeça pousada em seu ombro, deixou a mão escorregar, preguiçosa, pelas costas macias.

Estava cansado após a noite anterior na companhia de Drew e gostava da sensação de tê-la ao seu lado.

– Paige?

– Humm? – Ela estava quase adormecida.

– Estou exausto. Você se importa se eu passar a noite aqui?

Paige se aconchegou ainda mais a ele.

– Fique.

Para o diabo com as regras! Apenas uma vez não iria mudar nada. Era tarde e ele tivera de lutar contra a ressaca durante toda a manhã, era só. O fato de o corpo de Paige se encaixar ao dele como uma luva não tinha nada a ver com aquela decisão.

CAPÍTULO 17

Katie tinha apenas 3 ou 4 anos quando Rose desistira da ideia de enfeitar a filha com laços de fita rosa e sapatos de boneca. Jeans, camisetas e bonés. Ela jogava basebol com os meninos no parque e a única vez em que utilizara seu forninho elétrico de brinquedo fora em uma tentativa fracassada de derreter os talheres que havia subtraído da cozinha para fazer bolinhas de estilingue. Katie fora uma moleca e nunca mudara.

Assumira até mesmo a barbearia que fora o orgulho e a felicidade de Earle, trabalhando duro para manter o padrão que ele estabelecera. Por esse motivo, quando Rose olhou pela janela e avistou o jipe velho da filha entrando na propriedade em plena quarta-feira, o temor a invadiu. Algo de errado devia estar acontecendo.

Rose alcançou a varanda da frente no instante em que a filha saltava do carro.

– Olá, querida.

– Olá, mamãe. Pensei em passar por aqui para visitá-la.

– Sem motivo algum? – Algo estava errado. Rose podia sentir, apesar do tom despreocupado da filha.

– Sem nenhum motivo.

– E quanto à barbearia?

Katie deu de ombros.

– Virei a placa de "fechado" com um bilhete de que retornaria dentro de uma ou duas horas. Essa parte do dia tem movimento fraco e, se algum cliente encontrar a porta fechada, bastará dirigir mais quinze minutos em outra direção para ter os cabelos cortados.

Rose guiou o caminho até a cozinha, onde recebia a maioria de suas visitas. Ao chegar lá, pretendia oferecer almoço à filha, mas estava ansiosa por saber o que motivara àquela visita inesperada.

– Diga-me o que a trouxe aqui, querida.

Katie rodou o chaveiro no dedo, sem lhe sustentar o olhar.

– Por que detesta tanto Andy Miller?

A postura de Rose se tornou tensa e a mente girou, tentando se lembrar das palavras que usara para tranquilizar a filha no passado.

– Não o odeio. Apenas não somos amigos, é só.

– Por quê?

– Às vezes, as pessoas não se tornam amigas. Não é nada grave.

– Vocês eram amigos. Lembro-me de, quando eu era criança, vê-lo sempre por perto. Eu o chamava de tio Andy. E, de repente, as visitas cessaram. Sempre que eu a questionava sobre ele, você mudava de assunto ou me dava alguma resposta evasiva.

– Isso foi há muito tempo. Quer comer alguma coisa? Não preparei nada, mas...

– Não fez nada porque está castigando os rapazes desde que eles contrataram Andy. Mais uma prova de animosidade e, quando existe tanto rancor entre um homem e uma mulher, geralmente há sexo envolvido na questão.

Rose não queria conversar sobre aquele assunto com a filha. Não no momento. Na verdade, nunca.

– Nunca fiz sexo com Andy Miller, pode ter certeza.

– Então do que se trata, mãe? O que aconteceu quando eu era pequena que a fez odiá-lo por quase trinta anos?

Dessa vez, não conseguiria escapar daquela conversa, pensou Rose. Não poderia distrair Katie com um petisco ou uma mudança de assunto. Respirando fundo, Rose cruzou as mãos na frente do corpo.

– Quando você estava com 7 anos, Andy e seu pai saíram para uma corrida de motoneve. Andy conheceu umas mulheres em um bar, convenceu-as a ir até o quarto de hotel que eles ocupavam... E o seu pai me traiu.

Katie se deixou afundar na cadeira, com os olhos azuis do mesmo tom de Earle arregalados sob a aba do boné de brim.

– Tem certeza? Ele confessou?

O último desejo de Rosie era dizer algo ofensivo sobre o pai de Katie. Os dois haviam sido muito unidos e a filha venerava a memória de Earle.

– Sim. Pouco depois de voltar para casa.

– Mas você o perdoou. Quero dizer, permaneceu ao lado dele e pareciam felizes, juntos.

Rosie se sentou. Em seguida, esticou os braços sobre a mesa e segurou a mão da filha.

– Nós *fomos* felizes, querida. De verdade. E, sim, eu o perdoei. A princípio, foi difícil, mas seu pai era um bom homem e se arrependeu muito do que fez. Tive certeza de que ele não incorreria no mesmo erro. Até onde sei, Earle manteve a palavra. Foi apenas naquela viagem que fez com Andy.

– E você o culpa por isso. – Aquela não era uma pergunta.

– Ele sabia que seu pai nos amava mais do que tudo na vida, mas, ainda assim, Andy quase lhe atirou uma mulher no colo. Achei uma atitude desrespeitosa.

A filha nada disse. Limitou-se a observar as mãos unidas sobre a mesa. Rose também ficou em silêncio, permitindo que ela absorvesse a notícia. Katie tinha idade suficiente para nutrir a ilusão de que os pais eram humanos, mas cometer adultério era muito diferente de mentir sobre o que havia acontecido com seu cachorro.

– Não é culpa de Andy. – A voz de Katie soou carregada de emoção. – Papai foi responsável pelo que fez. Ninguém mais.

– Se há uma fama que o amor não tem é a de tornar alguém racional. O mesmo acontece com o ódio.

– Não consigo acreditar que o papai a traiu.

Rose apertou a mão da filha.

– Não deixe que esse deslize de seu pai mude a forma como se lembra dele. Não ouse fazê-lo. Passei por muito sofrimento para colocar nossa família nos eixos outra vez e não permitir que você fosse atingida pelo que aconteceu. Nós nos amávamos e a amávamos. Isso é tudo que importa.

– Se de fato tivesse perdoado o papai, não estaria punindo Andy.

As palavras da filha a penetraram como uma faca em brasa, mas mal teve tempo para processar os próprios sentimentos, antes de ouvir as batidas características das muletas contra o piso da varanda dos fundos.

Katie aprumou a coluna, soltando a mão da mãe, quando Josh transpôs a porta da cozinha e a fechou com a ponta da muleta.

– Olá, Katie. Pensei que aquela lata-velha parada no caminho devia ser a sua.

– Aquela lata-velha deve ter uma quilometragem mais baixa do que a sua última namorada.

– Não encha o saco! Viu o jogo, ontem à noite?

– Eu lhe disse que o nosso arremessador reserva não era forte o suficiente para garantir a vitória, se tivéssemos muitas entradas extras.

– Mas oferecemos uma baita de uma resistência.

Rosie revirou os olhos com a troca costumeira de provocações entre aqueles dois. Mas, quando Josh girou na direção do refrigerador para procurar algo, percebeu Katie o observando e seu radar materno entrou em modo alerta.

Não que a ideia fosse assombrosa. Adoraria que a filha se casasse e construísse uma família. O fato de Mary lhe enviar constantemente fotos dos netos de New Hampshire só lhe fazia crescer o desejo de ser avó. E a ideia de Josh ser seu genro em vez de apenas um filho do coração quase a levou às lágrimas. Mas ele sempre tratara Katie como um dos rapazes, e não parecia inclinado a vê-la de outra forma.

Quando Josh começou a retirar da geladeira ingredientes para fazer sanduíches, Katie se levantou.

– É melhor eu voltar. Só Deus sabe que hecatombe a cidade inventou para explicar o fechamento da barbearia em plena luz do dia.

– Onde está a mostarda?

Rose ignorou Josh, contornou a mesa e envolveu a filha em um abraço.

– Pense no que eu lhe disse – sussurrou Katie, contra os cabelos da mãe.

– Pensarei. E eu a amo, docinho.

– Eu também a amo. Até mais, Josh.

– Até mais. Rose, você escondeu a mostarda?

Quando a filha se retirou, Rose encontrou a mostarda, que estava escondida ao lado do ketchup na porta da geladeira e, por estar se sentindo um pouco mais benevolente no momento, fez alguns sanduíches.

– Você sabe qual é a cor dos olhos de Katie?

Como era de se esperar, Josh se mostrou confuso com a pergunta. Ao vê-lo estreitar o olhar, Rose percebeu que ele tentava trapacear se baseando na cor de seus olhos.

– Hã, castanhos?

Rose fez que não com a cabeça e começou a guardar os ingredientes dos sanduíches. Os olhos de Katie eram azuis. Não brilhantes como os dos Kowalski, mas cinzentos como os do pai. De vez em quando, Rose provocava o marido, dizendo que Katie era tão parecida com ele que conseguira contrariar todas as probabilidades e herdar o gene recessivo.

Josh talvez fosse um caso perdido, e Sean vivia longe demais para visitá-la com frequência. Portanto, ao que parecia, sua melhor chance de ter um bebê nos braços, mesmo que não fosse um neto genuíno, seria Mitch. Se ao menos ela soubesse qual deles estava sabotando seus planos...

PAIGE CANTAROLAVA canções românticas enquanto se movia pelo trailer, listando na mente as tarefas de limpeza que tinha a cumprir. Na verdade, estivera cantarolando o dia inteiro, o que tirara Carl do sério, mas ela não conseguia se impedir.

Acordar nos braços de Mitch fora uma forma inebriante de começar o dia, e nada se mostrara capaz de lhe estragar o bom humor. Nem mesmo as reclamações de Mitch quando ela acordara às 4h30 da manhã.

Por volta das 7h, ele aparecera no restaurante para tomar um breve café da manhã e lhe depositou um beijo de despedida nos lábios diante de todos, antes de voltar à hospedaria.

Agora faltavam mais ou menos duas horas para o retorno de Mitch, e ela pretendia usar aquele tempo de forma útil.

O repertório alegre e romântico que tocava na mente de Paige cessou como o som de um disco arranhando quando ela consultou o calendário para se certificar de que escrevera "noite do cinema" no dia determinado e se deu conta da data. Josh tiraria o gesso dentro de seis dias. Katie mencionara o dia e Paige anotara no calendário para se lembrar de perguntar a Mitch se tudo correra bem.

Faltava menos de uma semana. Claro que isso não implicava em Mitch montar na motocicleta e partir de Whitford no segundo em que o médico retirasse o gesso do irmão, mas não permaneceria ali por muito tempo.

O relacionamento dos dois havia mudado, talvez o suficiente para ele considerar lhe pedir que o acompanhasse. Até mesmo para que ela cogitasse lhe dar uma resposta positiva.

O que não significava que tivesse de vender o restaurante. Ava poderia gerenciá-lo com a ajuda de Carl e, graças às maravilhas da comunicação moderna, Paige poderia controlar as questões administrativas mais importantes a distância. Seria uma ótima desculpa para passar um fim de semana prolongado na hospedaria uma ou mais vezes por mês.

O trailer era mais problemático. Não poderia vendê-lo sem ter de passar pelo processo desgastante de separar o terreno em que ele estava assentado daquele que abrigava o restaurante – presumindo que a propriedade fosse grande o suficiente para ser subdividida. Talvez pudesse alugá-lo. Para uma única pessoa, claro. De preferência sem animais de estimação.

Paige compilava uma lista mental de qualidades de um inquilino ideal, quando o telefone celular tocou e o nome estampado no identificador de chamadas a fez experimentar um arrepio na espinha. Era a mãe, e a palavra "Donna" teve o efeito de um balde de gelo na cabeça de Paige.

A mãe. A mulher que largara tudo para seguir um homem por mais vezes do que ela conseguia se lembrar. Como estivera considerando fazer, segundos atrás.

Mitch deixara claro que não estava interessado em um relacionamento que durasse mais do que aquela curta estada em Whitford. No entanto, lá estava ela, afastando-se do próprio negócio e alugando a casa mesmo que em pensamento para segui-lo até Nova York. Pronta a atirar tudo pela janela por um par de olhos azuis e um sorriso estonteante.

Quando o toque de notificação de chamada perdida no telefone celular soou, Paige se deu conta de que estivera parada fitando o aparelho. Atirou-o sobre a mesa e esfregou as palmas das mãos na calça jeans. A mãe podia esperar.

Que diabos estava fazendo?

Antes que pudesse mudar de ideia, pegou o telefone outra vez, discou o número de Mitch e deixou escapar um suspiro de alívio quando a ligação caiu no correio de voz.

– Oi, sou eu. Surgiu um imprevisto e não ficarei em casa esta noite, mas falarei com você mais tarde. – Sem nada mais a acrescentar, apertou o botão para finalizar a chamada.

Em seguia, ainda sob os efeitos do choque, recolheu toda a papelada de trabalho e a colocou em uma sacola. Havia uma pequena despensa que servia de escritório no restaurante, e ela o usaria. O restaurante, a ordem de produção e a constante dúvida entre embalagens de isopor e papel eram a sua realidade, não um sonho ilusório tirado de um romance épico em sua imaginação.

Paige cruzou o terreno e entrou pela porta dos fundos para não ser vista. Gavin lhe notou a presença, mas se limitou a saudá-la com um aceno de mão quando ela gesticulou que estaria no escritório. Estava na hora de colocar em dia assuntos importantes que estivera negligenciando enquanto se relacionava com Mitch.

E, se trancasse a porta do escritório, poderia até se permitir um bom choro.

Mitch inclinou a moto para fazer a curva, deixando que a máquina devorasse os quilômetros e o ruído do motor lhe tranquilizasse os pensamentos.

Estivera xingando durante uma hora seguida, sem nenhum destino certo na mente. Apenas dando voltas por onde lhe apetecia.

Mas estava na hora de voltar para casa. Já que não veria Paige naquela noite, aproveitaria o tempo vago e traçaria mais planos para a hospedaria. Grandmaison concordara em deixá-los construir uma trilha em uma das extremidades de suas terras desde que pudesse supervisionar o trajeto e o custo.

Se ele conseguisse concluir o trabalho externo, havia a possibilidade de a hospedaria começar a receber um fluxo regular de clientes de verão já em maio, quando as trilhas eram oficialmente abertas. Se tivessem um bom inverno e os pilotos de motoneve abrissem suas carteiras, seria o suficiente para recuperar a saúde financeira da hospedaria e colocá-la na disputa pelo mercado.

Mas refletir sobre o futuro da hospedaria o fez lembrar da possibilidade de vendê-la, e aquele não era um assunto para discutir durante um passeio de moto no verão. Tampouco

Paige, que soara estranha na mensagem que pusera fim ao programa que fariam à noite.

Mitch girou o acelerador, forçando-se a se concentrar na estrada, em vez de pensar em pessoas que estavam complicando sua vida. Nada além de si próprio, a motocicleta e o vento que o fustigava.

E o carro de polícia que ele não havia notado a tempo.

Encontrou um ponto seguro no acostamento e parou. Seus dias de burlar os policiais haviam ficado no passado. Após inclinar a moto sobre o descanso, retirou a carteira do bolso. *Por favor, faça com que não seja Bob Durgin. Por favor, faça com que não seja Bob Durgin.*

Pelo espelho retrovisor da moto, observou Bob Durgin sair do carro da patrulha e suspender a calça pelo cinto coldre. Ótimo. Imaginou quanto lhe custaria a multa por dirigir 12 km por hora acima de velocidade permitida e tudo mais que ele fizera de errado na infância.

– Está com pressa?

– Não, senhor. – Mitch se sentou na moto para não assomar muito acima do velho policial. – Estava apreciando o clima e acho que empolguei um pouco.

– Vocês, Kowalski, sempre se empolgaram um pouco.

Aquela não era a primeira vez que Mitch era parado por excesso de velocidade. Sabia que o melhor era se mostrar educado com o policial que estava apenas fazendo o seu trabalho, não oferecer desculpas esfarrapadas ou se mostrar agressivo. Mas Durgin era demais.

– Nós nos empolgávamos quando éramos jovens e sem juízo. Como a maioria dos adolescentes. Mas está muito enganado se acha que ficarei sentado aqui, ouvindo seus desaforos porque foi você quem perdeu o controle da nova viatura e a destruiu. Não sou mais um moleque e não admitirei que me trate como um. Escreva logo essa multa e vá cuidar da sua vida.

Por um segundo, Mitch pensou que Bob fosse ter um enfarte ali mesmo, no acostamento. Aquela não seria uma história e tanto para acrescentar ao repertório dos Kowalski sobre Whitford?

O rosto de Durgin se tornou rubro.

– Se vocês fossem meus filhos, eu os teria ensinado bons modos e respeito, mas não, Sarah tinha de escolher aquele cretino do Kowalski e ter uma prole de moleques insuportáveis.

Levou alguns segundos para que as palavras do policial fizessem sentido, e Mitch teve de recorrer a todo seu autocontrole para impedir que o queixo caísse a seus pés. Bob Durgin os odiava porque queria se casar com a mãe deles?

Jamais imaginara aquela possibilidade, mas o rosto de Durgin se tornava mais rubro a cada segundo.

– Esqueça o que eu disse. Dirija mais devagar ou passará a noite atrás das grades.

O policial voltou para o carro da patrulha e seguiu pela estrada, antes que Mitch tivesse tempo devolver a carteira ao bolso. Aquilo fora inesperado. Enquanto ligava a moto e a colocava de volta na estrada a uma velocidade mais moderada, gesticulava negativamente com a cabeça, ainda perplexo. Whitford era de fato um lugar confuso.

Quando voltou à hospedaria, encontrou Josh no salão com toda a papelada relativa à proposta da trilha de ligação espalhada sobre a mesa de centro. No mesmo instante, Mitch percebeu que o irmão estava de bom humor e que a lata que se encontrava pousada na extremidade da mesa era de refrigerante, e não de cerveja.

– Sabia que Bob Durgin queria se casar com nossa mãe e ainda está furioso com o papai?

Josh o fitou como se ele fosse louco e, em seguida, fez que não com a cabeça.

– Não, mas isso explica muita coisa. Como descobriu?

– Ele me disse aos berros no acostamento da estrada, antes de se sentir envergonhado e partir sem me aplicar uma multa. – Mitch se dirigiu à cozinha para pegar um refrigerante e se juntou ao irmão no sofá. – Está tentando chegar a alguma conclusão ou apenas verificando?

– No geral, estava apenas verificando. – Josh empurrou a papelada para o lado e se inclinou para trás no sofá. – Acho que eu deveria ter continuado lutando para colocar esse plano em prática, apesar de nosso pai tê-lo decretado inviável.

– Muitas pessoas não lutam pelo que querem.

– Não é que eu não queira a hospedaria. Quero dizer, quero e não quero. É nosso lar, sabe disso. E quanto a Rosie? Ela devotou toda a sua vida a esta casa e a nós. E o que faremos? Nós a atiraremos na rua, desempregada e sem teto em uma fase da vida em que ela devia estar relaxando e se divertindo?

– Ninguém atirará Rose na rua. Se os novos proprietários não quiserem mantê-la, ou ela não gostar deles, encontraremos um lugar para ela ficar e a sustentaremos. A hospedaria é como um lar para todos nós também, portanto seria difícil perdê-la. Mas você precisa ter uma vida. – Josh clareou a garganta, antes de tomar um grande gole do refrigerante, e Mitch percebeu que o irmão estava prestes a chorar. – Ninguém o culpará por isso.

– Fico pensando se não seria melhor eu esperar mais alguns anos. Se esse plano com os quadriciclos der certo, seria possível dobrar a receita da hospedaria e, dessa forma, contratar um gerente, o que me deixaria livre para fazer o que quisesse. Mas eu já disse a mim mesmo que ficaria apenas mais alguns anos, antes. O tempo foi passando e permaneço aqui.

– Tem ideia do que quer fazer?

Josh soltou uma risada.

– Essa é a pior parte. Não tenho a menor ideia. Quero apenas sair daqui e fazer... alguma coisa. Seja o que for.

– Dê-nos um tempo para pensar e descobriremos uma solução que inclua você partir para fazer alguma coisa que o agrade.

Ambos permaneceram calados por alguns minutos e, em seguida, Josh lhe deu uma cotovelada.

– Não se encontrará com Paige esta noite?

– Ela cancelou nosso encontro. Disse que surgiu um imprevisto.

– Talvez tenha precisado lavar o cabelo.

– Muito engraçado. – Mitch seria até capaz de rir do gracejo, não fosse a lembrança do tom estranho na voz de Paige quando deixara a mensagem.

Algo a estava incomodando. Talvez devesse ter ligado para ela, apenas para se certificar de que estava tudo bem. Poderia ter algo a ver com a mãe de Paige. Ou algum contratempo no restaurante. Ela não mencionara nenhuma emergência.

– Quando admitirá que Paige é especial?

Mitch o fitou com um olhar furioso, como se fosse capaz de fazê-lo retirar o que disse por força da mente.

– Meta-se com a sua vida.

– Alguém precisa se meter, ou você estragará tudo.

– Estragarei o quê? Como lhe disse várias vezes, estamos apenas nos divertindo um pouco. Paige não é diferente de...

– Mitch não conseguiu concluir. Queria, mas não podia se forçar a dizer que ela não era diferente de qualquer outra mulher com quem se divertira antes. – Droga! – Josh não aproveitou para provocá-lo pela admissão tácita. Limitou-se a tomar o refrigerante e deixar que Mitch aceitasse o fato de que gostava daquela mulher. E muito. – Temos objetivos diferentes na vida – disse ele, agarrando-se à única razão que podia impedi-lo de não ceder aos próprios sentimentos.

– E então? Simplesmente partirá?

– E como poderia ficar? Dar as costas à Northern Star Demolition e a todas as pessoas que emprego para ficar em Whitford e dormir naquela maldita cama de solteiro de Paige?

– Ela tem uma cama de solteiro?

– Como você gosta de se prender a detalhes!

– E o que fará?

A única coisa que poderia fazer.

– Vou aproveitar o tempo que me resta com Paige e voltar para a minha vida, enquanto ela ficará aqui, vivendo a dela.

– Você é um idiota.

– Falou o imbecil que não consegue enxergar o que está bem diante de seus olhos.

Josh franziu a testa.

– O que você quer dizer com isso?

– Nada. Tenho de verificar minhas mensagens de e-mail.

Mas acabou verificando mais a própria mente do que a caixa de correio, embora não conseguisse chegar à outra conclusão que não aquela que compartilhara com Josh. Tinha de partir e Paige tinha de ficar.

Ao menos, ao contrário de Drew e Mallory, ambos haviam sido sinceros um com o outro desde o início, portanto não tinha ninguém a culpar, exceto a si mesmo.

CAPÍTULO 18

PAIGE DECIDIU que precisava de mais batatas chips. Baixando o olhar à cesta de compras, fez um cálculo mental e teve a certeza de que havia mais chocolate do que salgadinhos crocantes. O certo seria uma boa quantidade de batatas chips para cada chocolate.

Talvez devesse variar com tortilhas crocantes de milho. Eram bastante salgadas e poderiam equilibrar sua cota de alimentos caseiros. Pegou um saco e se encaminhou à caixa registradora, onde despejou todas as compras no balcão.

– Oh, Deus! – disse Fran, com um movimento negativo de cabeça. – Estava levando fé nesse cara.

Paige teve de suprimir um xingamento. Sabia que deveria ter ido a um supermercado da cidade fazer aquele tipo de compra.

– Esse *cara* terá de voltar ao trabalho na próxima semana. Estou apenas fazendo um estoque para preencher o vazio deixado pela falta de sexo e, assim, não precisar subir pelas paredes.

– Querida, sei reconhecer contramedidas para desilusão amorosa.

– Acho que as tomei no tempo certo. – Paige se viu impressionada com a própria capacidade de dizer aquelas palavras como se acreditasse nelas. – Acho que acabarei jogando metade dessas compras fora.

– Leve-as para a próxima noite do cinema. Sempre haverá pelo menos uma mulher desejando afogar as tristezas no chocolate e nos salgadinhos crocantes.

Após colocar as compras em sacolas recicláveis, Paige se despediu de Fran e caminhou a passos lentos na direção de casa. Havia passado na biblioteca, onde se abastecera de livros e revistas, na esperança de que fossem interessantes o suficiente para lhe afastar Mitch da mente.

Quando alcançou o trailer, percebeu que talvez devesse ter esperado a partida de Mitch para começar a se lamentar. Ele se encontrava sentado nos degraus da frente, recostado à porta, com as mãos pendendo entre os joelhos. Embora o coração disparasse diante daquela visão, ela se obrigou a se manter firme. Podia não sair daquela relação com o coração intacto, mas manteria ao menos a dignidade.

– Tentei telefonar, mas sempre caía no correio de voz – disse ele.

– Tive de ligar para um fornecedor hoje e cometi o erro de usar meu telefone celular para manter a linha do restaurante livre. Agora está no carregador.

– Estive pensando que poderíamos pegar a moto e ir até a cidade para jantar em algum lugar.

A ideia parecia perfeita.

– Não posso. Tenho muito trabalho atrasado.

Mitch se levantou e se aproximou.

– Você estava ocupada ontem à noite. E nesta também. Está me dispensando, Paige Sullivan?

– Claro que não. Apenas deixei muito trabalho acumular e perdi muitas horas de sono. Se não parar para colocar tudo em dia, daqui a pouco perderei o controle.

Paige desejou que aqueles olhos azuis não fossem tão penetrantes. Fingir não era o seu forte, e temia que o tom desinteressado que empregava não combinasse com o que estivesse refletido no rosto.

– Senti sua falta. – Ele se aproximou e Paige deu um passo atrás. A reação o fez inclinar a cabeça para o lado. – O que está acontecendo?

E agora vinha a pior parte. Paige inspirou fundo e estampou um sorriso no rosto.

– Nada. Nós nos divertimos, mas nossa relação está interferindo no meu trabalho, portanto acho que está na hora de cada um seguir seu caminho.

– Só isso? Foi divertido, mas está na hora de cada um seguir seu caminho?

– Não é assim que você age? Não disse que isso é tudo que temos e que você não vai telefonar ou mandar mensagem? Tenho certeza de que essas palavras faziam parte do discurso Kowalski pré-sexo.

A mandíbula de Mitch se contraiu, antes de ele negar com a cabeça com um gesto veemente.

– Não está soando como você. Por que está tão zangada?

Paige se recusava a cair em prantos diante dele.

– Deveria passar o pouco tempo que lhe resta em Whitford com sua família. Talvez eu o veja por aí... algum dia desses.

Paige estava quase alcançando a porta, quando ele a segurou pelo braço e a girou.

– Fale comigo, droga! Diga-me qual é o problema?

As malditas lágrimas de emoção começaram a se acumular nos olhos de Paige e logo estavam lhe escorrendo pelo rosto.

– O problema é que percebi que você partirá em breve e isso me fará sofrer. Sei que nossa relação deveria se limitar ao divertimento sem complicação, mas eu não consegui, está bem? Estou afundada até os joelhos na complicação. Portanto, está na hora de você colocar seu sorriso, que é sua marca registrada, no rosto e ir embora, antes que eu me envolva ainda mais. – Pela primeira vez, Mitch parecia desprovido de uma resposta sedutora. Na verdade, se encontrava tão calado e imóvel que Paige não saberia dizer se ele estava respirando até ouvi-lo inspirar fundo e baixar o olhar ao chão. – Vá embora, Mitch. É isso que você sempre faz. Eu sabia disso e estou esperando que faça o mesmo agora.

– Precisamos conversar sobre esse assunto. Você precisa...

– O que preciso é administrar meu negócio, cuidar da minha casa e da minha vida.

– E eu era um luxo temporário.

– Era tudo que você queria ser. – Paige aguardou que ele dissesse algo, talvez que seus sentimentos por ela haviam mudado, mas Mitch desviou o olhar, com a mandíbula contraída e as mãos enfiadas nos bolsos. – Boa sorte com a hospedaria.

Paige entrou e, dessa vez, ele não tentou impedi-la. Minutos se passaram até que ela ouviu o motor da moto se afastando pela rua principal.

Escorregando, com as costas contra a porta, Paige desceu até se sentar no chão. Em seguida, descansou a cabeça sobre os joelhos e deu vazão ao pranto.

Fora a atitude certa a tomar. Fizera uma promessa a si mesma e não iria quebrá-la, nem por Mitch, porque abrir mão do restaurante, daquele trailer exíguo e dos amigos que fizera a faria infeliz e, um dia, odiaria a ambos por isso.

Tomara a atitude certa. Só queria que não doesse tanto.

* * *

Rose observava Andy através da janela da cozinha. Ele estava cortando toros de madeira para alguma finalidade, utilizando uma bancada improvisada, feita de madeira compensada e um par de cavaletes. Os rapazes estavam com tantos projetos em andamento na hospedaria que ela não conseguia mais acompanhar.

Estivera pensando em Andy desde a visita da filha. Não gostava da ideia de que estivera punindo o velho amigo para não admitir que, no fundo, um pequeno pedaço de seu coração sempre estaria partido. Ela e Earle tiveram um bom casamento até o dia em que ele morrera. E Rose o amara, mas não conseguira esquecer por completo a infidelidade do marido. Em vez de arriscar a vida agradável que levavam juntos, com Katie, ela havia canalizado aquele rancor para Andy. E aquilo não era justo.

Antes que pudesse mudar de ideia, desligou a torneira da pia que estava enchendo para lavrar os pratos e enxugou as mãos. Em seguida, endireitou a coluna e saiu para o quintal.

Andy pareceu surpreso em vê-la, mas permaneceu calado enquanto Rose se aproximava. Limitou-se a pousar a serra e retirar as luvas.

– Aceito seu pedido de desculpas – disse ela, estacando a alguns centímetros de distância.

Andy pareceu ensaiar um sorriso, mas pensou melhor e não o fez.

– Obrigado.

– É só. – Rose girou e se afastou.

– Tem certeza? – perguntou ele em tom baixo, mas Rose estacou e girou para fitá-lo. – Acho que não é só e, se está disposta a aceitar meu pedido de desculpas, prefiro que diga tudo que está atravessado em sua garganta para que possamos seguir em frente.

– E se ele não tivesse me contado? – Rose perguntou, embora não tivesse ido até ali com a intenção de fazer nada além de aceitar o pedido de desculpas de Andy. – Você continuaria frequentando a minha casa? Comendo meus jantares? Teria sido capaz de me olhar nos olhos?

– Eu era jovem e tolo. Sei que não serve de desculpa e não me orgulho do que fiz, mas não. Se Earle não tivesse lhe contado, eu também não lhe diria nada.

– Você me desrespeitou. E a Katie, também. Diabos! Você desrespeitou Earle colocando-o naquela posição. Sei que não o forçou a fazer nada que ele não quisesse, mas, se os dois tivessem se limitado a jantar e voltar para o hotel, meu marido não teria quebrado os votos do casamento.

– Sei disso. Foi por esse motivo que permiti que minha amizade com ele esfriasse, embora tivesse sofrido com isso. Vocês estavam tentando salvar o casamento e minha presença constante tornaria tudo mais difícil. Não queria que brigassem por minha causa, além de tudo que acontecera.

Rose ficou tentada a lhe perguntar se aquela atitude o fazia se sentir um herói, mas engoliu a própria amargura. Andy tinha razão. Se estava disposta a aceitar o pedido de desculpas, tinha de abandonar a raiva e encarar a verdade que tentava negar há décadas.

– Culpá-lo tornou mais fácil perdoar meu marido.

Dessa vez, Andy não conseguiu suprimir o sorriso, embora permeado de tristeza.

– Como disse antes, eu era jovem e tolo, mas, passados alguns anos, percebi o que você estava fazendo.

– E nunca contou a ninguém. Sou grata por isso.

– Eu sabia o quanto você e Earle estavam lutando para manter o casamento. Ter a cidade inteira os julgando não ajudaria em nada.

Andy fora um bom amigo para Earle, mesmo depois que ela os separou. E essa era a razão pela qual ele não lhe contaria o que acontecera naquele hotel se Earle não o tivesse feito. Não por não querer ser desrespeitoso com ela, mas para que o amigo mantivesse a família. Ela punira Andy, fazendo-o perder o melhor amigo por ser um homem fiel às amizades.

– Farei o jantar esta noite. Será bem-vindo a participar.

– Obrigado.

Rose entrou e terminou de encher a pia com água para lavar a louça do café da manhã. As mãos executavam a tarefa com um leve tremor, portanto resolveu começar pelos talheres, e não pelos copos, até que se acalmasse. Embora a conversa a tivesse deixado nervosa, não podia negar que estava se sentindo muito melhor após ter se livrado da amargura que carregara por décadas.

Mitch entrou na cozinha, abriu a porta do refrigerador com força e, de lá, retirou uma jarra de limonada. Após pousar um copo na bancada com um baque surdo – que, por milagre, não quebrou –, encheu-o até a borda e recolocou a jarra na geladeira, batendo a porta de modo brusco outra vez.

Havia dois dias que Mitch estava com aquele humor, e para Rose bastava.

– Se arrancar a porta dessa geladeira, toda a comida vai estragar.

– E por que se importa? Não vai cozinhá-la mesmo.

Havia um limite, e Mitch acabara de ultrapassá-lo.

– Com quem pensa estar falando, Mitchell Kowalski?

A bravata o desertou e os ombros largos se curvaram.

– Desculpe. Fui grosseiro e não deveria ter falado assim com você.

– O que aconteceu entre você e Paige? – Quando Mitch deu de ombros, ela gesticulou para que ele se sentasse em uma cadeira. – Conte-me.

– Paige disse que foi divertido, mas que está na hora de cada um seguir seu caminho. Isso é tudo.

Mas não era tudo. Qualquer idiota poderia ver.

– Não é dessa maneira que gosta de pôr fim aos seus relacionamentos?

– Sim, é. Mas... Acho que esperava que não fosse tão rápido.

– Então, se Paige tivesse terminado na próxima semana, estaria tudo bem? – Se Mitch estivesse disposto a falar, ela estava determinada a ouvir, mas exigiria que fosse honesto.

– Ela chorou. Disse que para ela não era mais apenas um divertimento e que queria que eu me afastasse, antes de se envolver ainda mais. Mas eu não consegui. Fiquei parado lá, até que ela entrasse.

– E por que vocês têm de se afastar um do outro?

Mitch deixou escapar um suspiro pesado e escorregou as mãos pelos cabelos.

– Não temos os mesmos objetivos na vida. Veja o que aconteceu com Drew e Mallory.

– Basta cada um ceder um pouco.

– Ficar aqui por seis semanas... Vocês todos conhecem o homem que sou *aqui*. É como estar de férias, mas não sou o mesmo quando vou embora. Vivo focado no trabalho, viajando de um lado para o outro, carregando a vida em uma mala. E *gosto* dessa rotina. Um de nós teria de abrir mão de muita coisa, o que acabaria com nosso relacionamento no futuro. A verdade é que temos vidas diferentes, que, por acaso, se cruzaram durante algumas semanas.

– Se a quiser de verdade, encontrará uma forma de fazer dar certo.

Mitch fitou a mesa por um longo tempo e, em seguida, fez um movimento negativo lento de cabeça que partiu o coração de Rose.

– Tentar que dê certo e fracassar apenas a faria sofrer mais. É melhor fazer o que Paige sugeriu e me afastar agora, antes que ambos nos envolvamos mais.

– Querido, o amor não é como fazer rapel em uma caverna, onde se pode controlar a descida e a que profundidade deseja ir, mas sim se atirar na cova.

– Bem, no momento, a cova é rasa, portanto podemos sair com alguns arranhões, mas sem nenhuma fratura.

Exceto no coração de ambos, pensou Rose enquanto ele se erguia e desaparecia pela porta dos fundos. Conhecera Mitch com apenas algumas semanas de vida e, quisesse ele admitir ou não, a cova em que caíra não era tão rasa quanto imaginava.

AQUELE ERA o grande dia. Mitch atirou as muletas de Josh na traseira da caminhonete e os dois se dirigiram à clínica para que ele tirasse o gesso.

– Terá de ir devagar por algum tempo – disse Mitch, enquanto aguardavam na sala de espera.

– Você já me disse isso uma dezena de vezes. Tenho certeza de que Rosie está bordando essas mesmas palavras em meu travesseiro neste exato minuto.

– Agora que temos um plano para a hospedaria, não quero que se sobrecarregue tentando deixar tudo pronto. Ryan passará uns tempos aqui no próximo mês; portanto, deixe o trabalho pesado para ele e o restante das tarefas para Andy.

Josh prestou uma continência preguiçosa.

– Sim, senhor.

– Idiota.

Uma mulher munida de uma prancheta enfiou a cabeça pela porta da sala de espera.

– Josh? Estamos prontos para atendê-lo.

Quando a enfermeira levou Josh lá para dentro, Mitch recostou a cabeça à parede e fechou os olhos. Se tudo corresse bem ali, estaria livre para partir. Poderia voltar ao seu apartamento, fazer as malas e seguir para onde a Northern Star Demolition o levasse.

Para Chicago, talvez. Lá estava em andamento um projeto de grande monta e se sentiria melhor inspecionando o trabalho de Scott, sem parecer estar supervisionando-o. Em seguida, iria para a Filadélfia finalizar os contratos para a demolição de alguns cortiços velhos, e então ficaria em Miami por algum tempo. Possuía uma equipe excelente, mas seus dedos coçavam para segurar as rédeas outra vez.

Não estava preocupado com a possibilidade de os negócios terem desandado em sua ausência. O que o inquietava era a possiblidade... Não, a probabilidade de, assim que voltasse ao trabalho, sentir os dedos formigarem com o desejo de tocar Paige outra vez. Nunca tivera aquele tipo de preocupação antes. Um beijo de despedida, um sorriso e o problema estava resolvido.

Tinha plena ciência de que sentiria falta de Paige e estava tentando de todas as formas não pensar sobre o assunto. Mas, cada vez que fechava os olhos, via as lágrimas que ela derramara. Às vezes, chegava a ouvi-la dizer que o amava bem próximo ao seu ouvido e amargava mais uma noite insone, imaginando se de fato seria capaz de atirar tudo para o alto pela chance de a escutar dizê-las todos os dias pelo resto da vida se ouvisse aquelas palavras dos lábios de Paige.

Mas, à luz clara do dia, Mitch lembrava as responsabilidades para com seus funcionários e a satisfação de ser excelente no que fazia. Também conseguia visualizar Paige no restaurante e no trailer, não apenas feliz com a própria vida, mas orgulhosa de ter construído tudo aquilo sozinha. E então, dizia a si mesmo que estava na hora de deixar Whitford.

Tudo dera certo no médico e Mitch passara os dois dias seguintes se preparando para partir. Embalou tudo, menos os itens que cabiam nos alforjes da moto, e despachou-os para seu apartamento. Passou um bom tempo conversando com Josh e Ryan no viva-voz, sobre como iriam proceder em relação à hospedaria. Decidiram que o irmão mais novo conversaria com Sean e Liz sobre a possibilidade de vendê-la e depois consultariam Rose para saber sua opinião.

Embora ainda devesse usar as muletas pelo máximo de tempo possível, Josh estava recuperado no aspecto emocional, mental e físico. Mais cedo do que desejava, Mitch se encontrava sentando na varanda com o telefone celular em uma das mãos.

Discou o número de Paige, tentando não prender a respiração enquanto aguardava ouvir sua voz pela primeira vez em dias. Por sorte não o fez, porque tudo que conseguiu ouvir foi a mensagem impessoal do correio de voz lhe dizendo para deixar recado.

Talvez fosse melhor ir até o centro do vilarejo. Tentar vê-la uma vez mais antes de partir e dizer... nada. Não havia o que pudesse lhe dizer para tornar aquela situação menos dolorosa. Ouviu o sinal para deixar a mensagem.

– Oi! É Mitch. Estou partindo hoje e... Sei que lhe disse que não telefonaria ou escreveria mensagens de texto, mas não me pareceu certo ir embora sem ao menos me despedir, então... – Não conseguia encontrar as palavras que desejava. Que *poderia* dizer, sem tornar tudo mais difícil. *Gostaria de encontrar uma forma de fazer nossa relação dar certo. Sentirei saudades. Acho que estou apaixonado por você.* – Então, bem... Adeus, Paige. – Ele tocou no botão "desligar" e atirou o braço para trás na intenção de arremessar o telefone no quintal, mas recuperou o bom senso a tempo de guardá-lo no bolso.

Estava tudo terminado. Nada restava senão se despedir de Josh e de Rose, antes de pegar a estrada. Havia passado na delegacia de polícia para se despedir de Drew, que estava se afogando no trabalho para afastar a mente do casamento fracassado.

– Mantenha-se longe das escadas – disse ele a Josh, quando Rose saiu para vê-lo partir.

– Preocupe-se com seus escombros e deixe o resto comigo. – Os dois trocaram um abraço. Mitch lhe deu tapinhas fortes nas costas, feliz por ter o irmão mais novo de volta ao normal.

Em seguida, foi a vez de Rosie. Como era esperado, ela estava chorando e não queria deixá-lo partir.

– Não fique três anos sem aparecer desta vez.

– Não ficarei. – Embora soubesse que acabaria como Ryan, enfurnado na hospedaria, evitando o centro para se esquivar das lembranças dolorosas.

Mitch permitiu que Rose o paparicasse por alguns minutos a mais. Em seguida, montou na moto e ligou o motor. Os dois permaneceram na varanda e, quando ele alcançou o caminho que levava à estrada, buzinou, antes de deixar a Northern Star para trás e se dirigir ao coração de Whitford.

Parou a moto quando alcançou a intercessão e a equilibrou entre as coxas durante uns minutos. À frente se estendia a estrada e a cidade de Nova York. A Northern Star Demolition. Malas aguardando para serem feitas, antes de partir para o próximo trabalho.

À esquerda encontrava-se o estacionamento municipal, que era pequeno, embora largo o suficiente para que ele manobrasse a moto e se dirigisse direto ao restaurante de Paige.

Poderia convencê-la a deixar Whitford. Sabia que Paige gostava dele... Talvez até o amasse... E, se lhe dissesse que a desejava em sua vida, talvez ela abrisse mão do restaurante e do trailer. Mas os dois estariam vivendo apenas a vida *dele* dali para frente.

Certifique-se de que ambos têm os mesmos objetivos na vida, porque é muito doloroso descobrir, após anos de casamento, que estava enganado. As palavras que Drew lhe dissera em sua primeira manhã na cidade reverberaram em sua mente.

Para ele, o que Paige possuía era um estabelecimento comercial e um lugar para dormir. Mas, para ela, o restaurante, o trailer... e até mesmo Whitford, eram o sonho que ela se dedicara a tornar realidade.

Um carro, que Mitch não ouvira se aproximar, buzinou e ele colocou a motocicleta em movimento na direção da intercessão e para fora da cidade.

CAPÍTULO 19

Havia castigos piores do que pessoas especulando se você estava dormindo ou não com o homem mais cobiçado da cidade. Como, por exemplo, os olhares piedosos, os cochichos pelas costas, as palmadinhas confortadoras nas mãos e o mantra "ele é que saiu perdendo" repetido sem clemência. Na semana que se seguiu à partida de Mitch, Paige tivera de lidar com todas essas situações desagradáveis aonde quer que fosse e, principalmente, no trabalho.

Mitch Kowalski partira o coração de Paige Sullivan e toda Whitford ficara sabendo.

Ou pensava saber, pensou ela irritada, enquanto caminhava pela rua com a bagagem pesada que trouxera da biblioteca. Seu coração não estava partido. Talvez arranhado, mas não partido. Pelo amor de Deus, estavam todos agindo como se ele a tivesse abandonado à beira do altar!

Para o descontentamento de Paige, aquele era um dia quente, úmido, e ela decidiu desviar o caminho para descansar no parque. A carga estava pesada, já que alugara mais livros do que o de costume. A maioria, suspenses policiais e *nenhum* romance. Claro que, tão logo assentou as nádegas no banco, foi invadida pelas lembranças do dia em que Mitch se sentou ao seu lado e ela teve a impressão de que seria beijada.

Talvez seu coração estivesse com algumas rachaduras além de arranhado. E o fato de Josh e Andy terem aparecido para tomar o café da manhã no restaurante não a ajudara em nada. Com os olhos azuis e a voz tão parecidos com os do irmão, fora doloroso atender Josh e, para piorar, percebera que ele se dera conta de que sua presença a estava deixando perturbada. Paige estampara seu melhor sorriso no rosto, porque não queria que Josh se sentisse constrangido em frequentar o restaurante. Ou Ryan, que, em breve, voltaria a Whitford.

Paige estava sentada no banco há cinco minutos, tentando não pensar sobre Mitch, quando o telefone celular tocou. Ao se deparar com o nome da mãe no identificador de chamadas, quase não atendeu. Decididamente, não estava com energia para suportá-la naquele dia. Mas fazia algum tempo que as duas não se falavam, portanto resolveu atender.

– Alô?

– Adivinha de onde estou lhe telefonando?

De algum centro de reabilitação mental e/ou emocional?

– De onde?

– Da Costa Rica! Eu e Steven chegamos esta manhã e, como foi uma viagem intempestiva, não tive tempo de lhe telefonar antes.

– Quem é Steven?

– Oh, eu não lhe contei? – A risada nervosa de Donna soou quase histérica do outro lado da linha. – Corey estava começando a ficar desatencioso... Acho que comentei com você sobre isso. Conheci Steven em um jantar dançante beneficente e ele me disse que eu era a mulher mais estonteante do salão. Duas semanas depois, me convidou a viajar para a Costa Rica. Oh, querida, acho que ele é o homem certo.

Claro que era. O certo depois do anterior e antes do próximo.

– Isso é maravilhoso. Espero que seja.

Seguiu-se um longo silêncio e Paige pensou que a mãe tivesse pousado o telefone e se esquecido de que estava falando com a filha. Infelizmente, não seria a primeira vez.

– Não parece muito animada, querida. Está tudo bem?

Aquele raro momento de sensibilidade da mãe quase foi a perdição de Paige. Por um instante, ela imaginou ter uma mãe como todo mundo. Uma que pusesse os sentimentos da filha acima de todos os interesses e que faria tudo para lhe abrandar o sofrimento.

– É que, no fim das contas, o homem que estava saindo comigo não era o certo.

– Oh, Deus! Nem ao menos sabia que estava saindo com um homem! Bem, é uma pena, querida. Tudo de que precisa é colocar uma boa maquiagem, um belo vestido e procurar outro. E, quanto mais rápido, melhor.

Aquela era a Donna que ela conhecia e amava.

– Sim, ficarei atenta aos possíveis candidatos.

O assunto voltou a gravitar em torno de Steven, o contador, e sua bela casa na Costa Rica. Em silêncio, Paige elevava uma prece aos céus para que aquele novo relacionamento da mãe não findasse com uma intimação judicial. Donna era especialista em consegui-las.

Minutos depois, Paige conseguiu colocar um fim ao telefonema com um suspiro de alívio. Em seguida, recolheu a carga de livros e completou o restante do caminho até o trailer. Hailey iria buscá-la dentro de uma hora para irem à cidade assistir a um filme. Desde que conseguissem encontrar algo que não acabasse com um meloso "felizes para sempre", não se importava com o que veriam. Precisava apenas de uma distração.

Quando, por fim, Hailey chegou, inclinou a cabeça para o lado e franziu a testa ao vê-la.

– Ao que parece, conseguiu pentear os cabelos. Mas um rímel nos olhos e um *gloss* nos lábios não seria nada mau.

– Já tive minha cota de "enfeite-se e tudo ficará bem" hoje.

– Donna lhe telefonou?

Paige revirou os olhos.

– Ela está na Costa Rica com um novo namorado. O homem certo.

– Sim, por ora. Está pronta?

– Vamos.

Hailey aguardou até que ela estivesse prisioneira dentro do carro, cruzando a estrada principal, para fazer a pergunta que Paige esperava, mas não queria escutar.

– Tem falado com Mitch?

– Não e nem vou falar. – Aquele fora o combinado e a amiga sabia disso tão bem quanto ela. – O que está passando no cinema? Estou a fim de ver um filme de ação. Ou terror.

– Terror, não. Na última vez que me arrastou para ver um filme desse tipo, acordei chorando e chamando por minha mãe no meio da noite. Graças a Deus que moro sozinha.

Paige soltou uma risada, permitindo que Hailey lhe ajudasse a recuperar o bom humor. Ela e Mitch haviam decretado as regras desde o início. Nada de telefonemas ou mensagens de texto. E ela não ficaria curtindo fossa. E também não precisava colocar batom, um vestido bonito e sair à procura de um namorado. Não queria outro homem em sua vida.

Além disso, não havia nenhum outro homem que lhe interessasse.

* * *

– Fez um excelente trabalho, Scott – elogiou Mitch, batendo com a mão sobre a pilha de papéis que havia verificado e, em seguida, colocando-os dentro de uma pasta. – Agradeço-lhe por ter tomado conta de tudo enquanto eu estava no Maine.

– É para isso que me paga. – Scott Burns inclinou-se para trás na poltrona e ergueu o copo de uísque que estava em uma mesa de canto, próxima. – E, para ser sincero, gostei do desafio. Faz bem, de vez em quando.

Mitch pegou o próprio uísque, recostou-se no sofá e colocou os pés sobre a mesa de centro. O gesto o fez se recordar da noite em que se sentou no sofá de Paige e tocou a parede do toalete com as pontas dos dedos. A lembrança o fez ingerir o uísque de uma vez só. Aquela era uma suíte de nível médio, sem muitos luxos, mas sem dúvida possuía mais metros quadrados do que o trailer.

– Essa é a forma que encontrou de me dizer que não precisam mais de mim? – perguntou, forçando-se a se focar no trabalho.

– É a forma que encontrei de dizer que... talvez você possa voltar para resolver o que tiver deixado pendente em casa.

Mitch julgara ter feito um excelente trabalho em esconder o fato de que retornara de Whitford modificado, mas talvez estivesse enganado. Ainda assim, podia desconversar.

– Meu irmão quer vender a hospedaria.

– É mesmo? E o que acha disso?

– Não sei ao certo. Não posso imaginar aquela propriedade como não sendo nossa casa, mas, por outro lado, tenho certeza de que não quero administrar a hospedaria.

– Ah. Seu irmão mais novo se cansou de carregar esse fardo?

– Sim.

Scott balançou o copo de uísque e fitou Mitch nos olhos.

– E quanto à mulher?

– Que mulher?

– Ora, vamos, eu o conheço há bastante tempo.

– O nome dela é Paige. – Mitch sentiu uma pontada de dor só de dar voz ao nome dela. – Ela reabriu um antigo restaurante no centro do vilarejo e é uma mulher... incrível. Mas eu tenho meus negócios e ela, os dela. Viajo constantemente e Paige ama Whitford. Como pode ver, estava fadado a dar errado.

– Espere. Deixou essa mulher por causa da empresa?

– E o que mais poderia fazer, Scott? Dar as costas aos meus negócios e deixar todo mundo, inclusive você, desempregado?

O homem que era a mão direita de Mitch soltou uma risada.

– Você sabe que sou casado e tenho dois filhos, certo?

– E por que diabos está dizendo isso?

– Não são duas escolhas incompatíveis. No momento, estou viajando porque preciso estar em campo nesta fase do trabalho, mas depois voltarei para casa. Para *eles*. E trabalharei em casa até que minha presença seja necessária em outro lugar. E então, darei um beijo de despedida na minha esposa e telefonarei para casa todas as noites para lhes dizer que os amo. – Mitch fez menção de dizer algo, mas Scott ainda não havia terminado. – E não ouse me dizer que nossa situação é diferente porque você é o dono da empresa. Nós dois temos uma carga de trabalho muito parecida. Na verdade, se passássemos a dividir os trabalhos agora que todos provamos que não afundaremos sua empresa, metendo os pés pelas mãos quando você não estiver presente, poderíamos ter mais tempo para ficar em casa.

– Quase não fico em casa. Não seria justo.

– Você *escolheu* viver dessa forma. A maior parte de todo o trabalho que fará nos próximos dez a quinze dias poderia ser realizado em Nova York; o planejamento, a execução dos projetos, a carga descomunal de trabalho, no computador. E, se pode fazer isso tudo de Nova York, também poderia fazê-lo do Maine. Oh, espere... Mais ou menos como esteve trabalhando nessas últimas seis semanas?

– Deveria tê-lo demitido há cinco anos, quando contraiu aquela gripe e esqueceu de ligar para avisar.

Scott ofegou.

– Perdeu sua chance, amigo. E, por falar em trabalhar de casa, já que concluí todo o trabalho de campo por ora, vou pegar o primeiro avião amanhã para passar o próximo final de semana com minha esposa e filhos. Como fazem todas as pessoas casadas, cujo trabalho exige viagens constantes.

– Vá se danar.

– É bom tê-lo de volta, chefe. – Scott se levantou e estendeu a mão para cumprimentá-lo.

– Obrigado por não ter afundado minha empresa.

Quando Scott partiu, Mitch se serviu de outro uísque e caminhou até a janela. Não dispunha de uma vista privilegiada, mas era o que havia para observar, enquanto refletia sobre a questão Paige Sullivan.

Mas o problema não era Paige, e sim ele. Aquela mulher vivia uma vida maravilhosa, fazendo o que desejava, no lugar que amava. Ele surgira na cidade, a seduzira, fora seduzido e depois partira.

E lá estava ele, em Chicago, fazendo o que amava, dormindo em uma cama ampla o suficiente para quatro pessoas e, mesmo assim, não conseguia parar de pensar em Paige. Como desejava acordar ao lado dela, naquela cama. Todas as vezes que tomava um banho no toalete espaçoso, a mente se voltava para ela. *Tudo* o fazia pensar em Paige. Sentia uma saudade imensa.

Pensara que aquela dor abrandaria após os primeiros dias, mas, cada vez que o telefone tocava, esperava ouvir a voz de Paige ou pensava em algo que desejava lhe dizer. Perdê-la era como ser atingindo constantemente por uma bola de demolição. Tinha a sensação de que demoraria a esquecê-la. Se algum dia conseguisse.

A pergunta era: o que faria quanto a isso?

Paige ouviu o motor suave de um carro e o ruído dos pneus esmagando o cascalho ao mesmo tempo em que a luz dos faróis penetravam a escuridão do quarto.

Não havia razão para um carro estacionar entre o restaurante e seu trailer à meia-noite, portanto ela pegou o telefone celular no criado-mudo e, preparada para ligar para a polícia, encaminhou-se à janela.

Quando a alcançou, o motor do carro havia sido desligado e ela ouviu a porta do veículo batendo. A pessoa não estava agindo com discrição. Com o coração batendo na garganta, perscrutou pela fresta da cortina, com cuidado para não fazer o tecido balançar e pronta para telefonar para o serviço de emergência se não reconhecesse o motorista.

Mas o reconheceu, o que não contribuiu em nada para lhe acalmar a pulsação. Mitch se encontrava parado no estacionamento, com as mãos enfiadas nos bolsos da calça e o olhar fixo na porta do trailer.

Os segundos pareciam longos minutos enquanto ela o observava, com nenhum dos dois tomando a iniciativa. Mitch parecia cansado. E, embora tivesse aparecido no meio da noite, dava a impressão de que não estava muito satisfeito em estar ali. Paige sabia que poderia abrir a porta, mas temia que, caso se afastasse da janela e o perdesse de vista, ele mudasse de ideia sobre o que fora fazer ali e partisse.

Apenas quando viu os ombros largos subirem e descerem em um profundo suspiro e Mitch dar alguns passos na direção do trailer foi que ela se mexeu. Não podia mudar o fato de estar usando uma camiseta velha, que mais parecia um trapo, mas ao menos tentou ajeitar os cabelos. Em seguida, acendeu a luz e escancarou a porta, quando o ouviu subir os degraus.

Mitch estacou e se limitou a fitá-la, com a luz se derramando sobre ele. Paige saboreou a visão daquele homem, forçando-se a admitir que estivera aterrorizada com a possibilidade de nunca mais voltar a vê-lo.

– Oi.

– Não sei o que fazer.

– Sobre o quê?

– Sobre nós. Não posso abrir mão da Northern Star Demolition. Tenho minhas obrigações. Dezenas de pessoas e as respectivas famílias dependem de mim para trabalhar. E preciso fazer viagens constantes. Fundei aquela empresa e não posso perdê-la.

Mitch iria pedir para que ela o acompanhasse. Paige tentou se preparar, mas o choque diante da escolha que teria de fazer quase lhe roubou o ar. Poderia tê-lo. Tudo que tinha a fazer era abrir mão da própria casa. Do restaurante. Dos amigos. E aquilo significava partir seu coração outra vez, porque não podia deixar tudo que possuía para trás. *Não* o faria.

– Mas não posso pedir para que vire as costas às suas conquistas – prosseguiu ele, e Paige soltou o ar que não percebera estar prendendo. – Você comprou esse trailer e trouxe aquele velho restaurante de volta à vida. Fez de Whitford seu lar. Portanto, não sei o que fazer.

– Não sei o que dizer.

Mitch exibiu um sorriso fraco, oscilando nos calcanhares.

– Esperava que você soubesse o que fazer.

Paige desejava desesperadamente saber.

– O que você quer?

– Você. Eu a desejo e não quero ser um luxo. Quero que você precise de mim. Que não consiga se concentrar em nada porque não é capaz de me tirar da cabeça. Quero que pegue o telefone porque lembrou de algo que quer compartilhar comigo. Quero que não seja sequer capaz de respirar diante da possibilidade de nunca mais me ver, porque é assim que me sinto em relação a você. Quero ser item de primeira necessidade.

Lágrimas inundaram os olhos de Paige.

– Eu preciso de você, porque o amo e você me faz feliz. Sou capaz de viver sozinha, mas minha vida será muito melhor se estiver ao seu lado.

– Eu a amo. E nós podemos fazer essa relação dar certo. Estou disposto a reduzir o número de viagens e delegar mais trabalho aos meus homens de confiança, se isso significar ficar mais tempo com você, em casa. Desde que esteja esperando por mim.

– Sempre. – Mitch se apossou dos lábios macios com um beijo profundo até deixá-la ofegante. – As mulheres deste vilarejo ficarão arrasadas quando souberem que você está fora do mercado.

– Há outras mulheres neste vilarejo além de você?

– Boa resposta.

– Estou tentado adoçá-la para fazer a pergunta-chave. O semblante de Mitch se tornou sério, enquanto lhe tomava uma das mãos na dele. – Acha que podemos comprar uma cama maior?

Com uma risada, Paige soltou a mão.

– Lá se vai aquele belo espaço que estava sobrando.

– Todos os três metros quadrados. E talvez uma televisão?

Paige inclinou a cabeça para o lado e sorriu.

– Já está você tentando mudar tudo.

– E talvez, se eu tiver de fazer uma viagem rápida, apenas para supervisionar algum detalhe, você possa me acompanhar para fazermos sexo no chuveiro do quarto do hotel.

– Teremos de colocar seu computador no lugar do fogão e viver à base de comida de micro-ondas. – Dessa vez, foi Paige a adotar uma expressão séria. – Ou poderíamos escolher uma casa, juntos. Com um banheiro gigante para não precisarmos fazer sexo nos chuveiros de hotel. Gostaria que fosse próximo do centro do vilarejo para poder ir a pé para onde quisesse, mas não há muitas escolhas por aqui.

– Sei o quanto este trailer significa para você.

– Vou mantê-lo e o alugar. Mas a casa que escolhermos terá um significado ainda maior para mim.

– Quero que se case comigo. Quero uma aliança no dedo para senti-la presente quando estiver longe de casa. Quero dizer para todo mundo: "vou para casa ver minha mulher" quando estiver esperando o avião. E um dia lhes direi: "vou para casa para ver minha mulher e meus filhos".

Paige lhe envolveu o pescoço com os braços e disse "sim" repetidas vezes, pontuando cada uma delas com um beijo.

– Quer tal entrarmos, antes que alguém chame a polícia para nos prender?

– Está brincando? Devem estar anotando tudo, quem sabe gravando um vídeo, para apresentarem todos os detalhes no café da manhã.

Mitch lhe segurou a mão e a guiou para dentro do trailer, onde lhe capturou os lábios com um beijo longo e lento.

– Quanto mais rápido formos para a cama, mais rápido desfrutarei do prazer de acordar ao seu lado. Ou melhor, sob você, já que não podemos deitar lado a lado nesta cama minúscula.

Com uma risada, Paige o guiou para o quarto.

– Será divertido ser sua esposa.

Enquanto a deitava sobre a cama, Mitch a beijou e disse:

– E eu vou amar ser seu marido.